W0074512

SCIENCE FICTION

Herausgegeben
von Wolfgang Jeschke

MICHAEL SWANWICK

IN ZEITEN DER
FLUT

Roman

Aus dem Amerikanischen
von
NORBERT STÖBE

Deutsche Erstausgabe

WILHELM HEYNE VERLAG
MÜNCHEN

HEYNE SCIENCE FICTION & FANTASY
Band 06/5890

Besuchen Sie uns im Internet:
http://www.heyne.de

Titel der amerikanischen Originalausgabe
STATIONS OF THE TIDE
Deutsche Übersetzung von Norbert Stöbe
Das Umschlagbild ist von Karel Thole

Umwelthinweis:
Dieses Buch wurde auf chlor- und
säurefreiem Papier gedruckt

Redaktion: Wolfgang Jeschke
Copyright © 1991 by Michael Swanwick
Amerikanische Erstausgabe by
William Morrow and Company, Inc., New York
Mit freundlicher Genehmigung des Autors
und Paul & Peter Fritz, Literarische Agentur, Zürich
(# 43930)
Copyright © 1997 der deutschen Übersetzung
by Wilhelm Heyne Verlag GmbH & Co. KG, München
Printed in Germany November 1997
Umschlaggestaltung: Atelier Ingrid Schütz, München
Technische Betreuung: M. Spinola
Satz: Schaber, Satz- und Datentechnik, Wels
Druck und Bindung: Ebner Ulm

ISBN 3-453-12669-6

Inhalt

Danksagungen

Der Autor ist folgenden Personen
zu Dank verpflichtet: David Hartwell
für seine Hinweise, worauf ich zu
achten habe, Stan Robinson für den
Alraune-Trick, Tim Sullivan und Greg
Frost für ihre Anmerkungen in einem
frühen Stadium und abermals Greg
Frost für die Erfindung der Akten-
taschen-Nanotechnik, Gardner Dozois
für seine Erzählung ›Die Ketten der
See‹ und dafür, daß er dem Bürokraten
Nachhilfe in Überlebenstechnik gegeben hat, Marianne für Einblicke in
die Bürokratie, Bob Walters für Dino-
Teile, Alice Guerrant für die Walsuhle
und andere Besonderheiten der
Gezeitengewässer, Sean für das Suizid-
spiel, Don Keller für praktische Unterstützung, Jack und Jeanne Dann für das
Zitat von Bruno, das ich aus ihrem
Hotelzimmer entwendet habe, als sie
gerade nicht hinschauten, und Giulio
Camillo für sein Gedächtnistheater, das
hier zu einem Palast ausgebaut ist;

Camillo war einer der berühmtesten Männer seines Jahrhunderts, ein Gedanke, bei dem wir alle einen Moment lang innehalten sollten. Zu viele Quellen haben zur Entstehung dieses Buchs beigetragen, als daß man sie alle erwähnen könnte, doch die C. L. Moore, Dylan Thomas, Brian Aldiss, Ted Hughes und Jamaica Kincaid entlehnten Motive sind zu augenfällig, als daß sie unerwähnt bleiben dürften. Dieser Roman entstand mit Hilfe eines Stipendiums der M. C. Porter-Stiftung.

Der fliegende Leviathan

Der Bürokrat fiel vom Himmel.

Einen Moment lang lag Miranda blau und weiß unter ihm, die Eiskappen angeschwollen und kurz vor dem Schmelzen, und dann war er auch schon gelandet. Er fuhr mit dem Hochgeschwindigkeitszug über die Hochebene des Piedmont bis zum Heliostaten-Terminal in Port Richmond und nahm den ersten Flug nach außerhalb. Das Luftschiff *Leviathan* trug ihn über die Fallinie und die Wälder und Korallenhügel des Tidelands. Dort wimmelte es von hochspezialisierten Ökosystemen, die sich auf die magische Verwandlung durch die Große Flut vorbereiteten. In armseligen Dörfern und abgelegenen Siedlungen trafen die Menschen Vorkehrungen für die bevorstehende Evakuierung.

Der Salon des *Leviathans* war menschenleer. Die Hände hinter dem Rücken verschränkt, blickte der Bürokrat trübsinnig aus den Heckfenstern.

Der Piedmont war trüb und blau, am Horizont dräute eine Gewitterfront. Er dachte an die Wasserfälle, wo Fischadler in der Thermik schwebten und wo der Mittagsfluß sich in Kaskaden in die Tiefe ergoß und seinen Namen verlor. Drunten wimmelte das Tideland von Leben, wie blaugrüner wuchernder Schimmel in einer Petrischale. Der Gedanke an all den Schlamm und die Armut dort unten bedrückte ihn. Er sehnte sich nach der kühlen, sterilen Umgebung des Weltraums.

Helle Lichtflecken trieben auf dem braunen Wasser, lange Reihen miteinander verbundener Hausboote wurden flußaufwärts geschleppt, da sich das reiche Bürgertum umsichtigerweise auf den Weg nach Port Richmond machte, solange die Frachtraten noch niedrig waren. Als er auf einen Fensterschalter drückte, sprang ihm der Dschungel entgegen, und die eben noch verschwommenen Bäume lösten sich in einzeln unterscheidbare Blätter auf. Der Schatten des Heliostaten wanderte am Nordufer des Flusses entlang, glitt über Schlammflächen hinweg, über schwankendes Schilf und knorrige Wassereichen. Auf einmal ließ sich eine aufgeschreckte Gruppe eichelähnlicher Polypen von einem tiefhängenden Ast fallen und verschwand im Schlick, während sich an der Wasseroberfläche braune Kreise ausbreiteten.

»Wie das hier riecht«, meinte Kordas Surrogat.

Der Bürokrat schnüffelte. Er roch den schwachen Geruch der Blumenerde in den Körben mit Hängepflanzen und den süßlichen Duft des Vogelkots in den Käfigen aus geflochtener Weide. »Sollten mal wieder saubergemacht werden.«

»Romantisch sind Sie wirklich nicht.« Das Surrogat, das aussah wie ein trauriges Gerippe, stützte sich mit gestreckten Armen aufs Fensterbrett. Die flackernde Projektion von Kordas Gesicht wurde von der Glasscheibe schwach reflektiert. »Ich würde alles dafür geben, könnte ich an Ihrer Stelle dort unten sein.«

»Was spricht dagegen?« fragte der Bürokrat mürrisch. »Sie sind der Vorgesetzte.«

»Keine Respektlosigkeiten. Das ist nicht bloß wieder so ein Fall von Schmuggel. Das ganze Konzept technischer Kontrolle steht hier auf dem Spiel. Wenn wir auch nur eine selbstreplizierende Technik durchgehen lassen – nun, Sie wissen ja, wie gefährdet das Gleichgewicht eines Planeten ist. Wenn die Abteilung überhaupt eine Existenzberechtigung hat, dann liegt sie genau hierin begründet. Darum wäre ich Ihnen dankbar, wenn Sie Ihren Negativismus dieses eine Mal einschränken würden.«

»Ich muß sagen, was ich denke. Dafür werde ich schließlich bezahlt.«

»Ein weitverbreiteter Irrtum.« Korda trat vom Fenster zurück, hob eine leere Konfektschale hoch und besah sich die Unterseite. Seine Bewegungen waren hektisch und zerfahren, was jeden, der ihn näher kannte, gewundert hätte. Korda persönlich war schwerfällig und lethargisch. Die Surrogation schien eine verschüttete Persönlichkeit zum Vorschein zu bringen, einen übertrieben mäkligen kleinen Mann, der normalerweise unterdrückt wurde. »Die einheimische Keramik ist am Boden stets unglasiert, ist Ihnen das schon aufgefallen?«

»Da steht sie im Brennofen drauf.« Korda machte ein verdutztes Gesicht. »Das ist ein Planet mit einer konstanten Schwerkraft. Man kann hier nicht in Schwerelosigkeit brennen.«

Korda schüttelte verwundert den Kopf und stellte die Schale wieder zurück. »Wollen Sie noch mehr wissen?«

»Ich habe um …«

»Amtsbefugnisse ersucht. Ja, ja, das Schreiben liegt auf meinem Schreibtisch. Ich fürchte, das ist vollkommen ausgeschlossen. Die Abteilung für Techniktransfer hat bei den örtlichen Behörden einen schweren

Stand. Jetzt schauen Sie mich nicht so an. Ich habe Ihr Ersuchen über das Außenweltministerium zum Steinernen Haus weitergeleitet, und dort wurde es abgelehnt. Wenn's um ihre Autonomie geht, sind sie hier empfindlich. Sie haben das Ersuchen gleich wieder zurückgeschickt. Mit zusätzlichen Einschränkungen – man ermahnt Sie ausdrücklich, keine Waffe zu tragen, keine Verhaftungen vorzunehmen und Verdächtigen gegenüber keinerlei Zwang anzuwenden.« Er griff zu einem Topf mit Hängepflanzen hoch und kippte ihn, um darin herumzustochern. Als er ihn losließ, schwang der Topf hin und her.

»Wie soll ich dann meine Arbeit tun? Soll ich etwa zu Gregorian gehen und sagen, entschuldigen Sie, ich habe zwar keine Befugnisse, dafür aber Grund zu der Annahme, daß Sie etwas an sich genommen haben, das Ihnen nicht gehört; würde es Ihnen etwas ausmachen, es zurückzugeben?«

In die Wandverkleidung unter den Fenstern waren mehrere Schreibtische eingebaut. Korda schwenkte einen heraus und untersuchte sorgfältig dessen Inhalt: Papier, Kohlestifte, Tintenlöscher. »Ich verstehe nicht, warum Sie sich deswegen soviel Kopfzerbrechen machen«, sagte er schließlich. »Spielen Sie nicht den Beleidigten, ich weiß, Sie können es schaffen. So tüchtig sind Sie, wenn Sie sich eine Sache in den Kopf gesetzt haben. Ach, das hätte ich fast vergessen. Das Steinerne Haus hat eingewilligt, Ihnen einen Verbindungsoffizier zuzuteilen. Einen gewissen Chu, vom inneren Abschirmdienst.«

»Wird er befugt sein, Gregorian festzunehmen?«

»Theoretisch, ja, nehme ich an. Aber Sie wissen, wie Planetenregierungen sind – praktisch wird er wohl eher ein Interesse daran haben, Sie im Auge zu behalten.«

»Na fabelhaft.« Ein bombastisches Wolkengebilde trieb auf sie zu, bewegt von Meereswinden, die auf der anderen Seite der Welt entstanden waren. Der *Leviathan* hob geringfügig den Bug, dann stürmte er weiter. Das Licht wurde grau, und ein Regenschauer ergoß sich über den Heliostaten. »Wir wissen nicht einmal, wo wir nach dem Mann suchen sollen.«

Korda klappte den Schreibtisch wieder ein. »Ich bin sicher, es wird Ihnen ein Leichtes sein, jemanden zu finden, der weiß, wo er steckt.«

Der Bürokrat blickte in das Unwetter hinaus. Regentropfen trommelten gegen das Gewebe der Gaszelle, prasselten gegen die Fensterscheiben und rauschten in die Tiefe. Der Wind trieb den Regen in mächtigen Böen heran, und heftige Schauer wechselten sich mit Phasen relativer Ruhe ab. Das Land löste sich auf, das Luftschiff blieb inmitten des Chaos zurück. Der Regen und die überlasteten Motoren machten einen solchen Lärm, daß man sich nur mit Mühe unterhalten konnte. Es war wie das Ende der Welt. »Ist Ihnen klar, daß das alles in ein paar Monaten überflutet sein wird? Wenn wir den Fall Gregorian bis dahin nicht gelöst haben, werden wir's niemals schaffen.«

»So lange werden Sie nicht brauchen. Ich bin sicher, Sie werden früh genug wieder im Palast der Rätsel sein, um zu verhindern, daß Ihr Untergebener Ihren Posten übernimmt.« Kordas Gesicht lächelte, um anzuzeigen, daß er scherzte.

»Sie haben mir nicht gesagt, daß Sie meine Aufgaben jemand anderem übergeben haben. Wie kommen Sie überhaupt dazu, jemanden an meine Stelle zu setzen?«

»Philippe hat jedenfalls dankbar eingewilligt, die Stellung in der Zwischenzeit zu halten.«

»Philippe!« Im Nacken verspürte er ein kühles Prickeln, so als kreisten über ihm Haie. »Sie haben meinen Posten Philippe überlassen?«

»Ich dachte, Sie mögen ihn.«

»Ich mag ihn sehr«, sagte der Bürokrat. »Aber ist er auch der richtige Mann für den Posten?«

»Nehmen Sie's nicht persönlich. Es liegt eine Menge Arbeit an, und Philippe kennt sich hervorragend damit aus. Soll die Abteilung etwa lahmgelegt werden, bloß weil Sie weg sind? Eine solche Einstellung möchte ich, ehrlich gesagt, nicht unterstützen.« Das Surrogat öffnete abermals den Schreibtisch, holte einen Fernseher heraus und schaltete ihn ein. Es drehte den Ton so weit herunter, bis nur noch ein Flüstern aus dem Lautsprecher kam, dann probierte es die Kanäle durch. Bild folgte auf Bild, doch keines stellte es zufrieden.

Der *Leviathan* brach aus den Wolken hervor. Als heller Sonnenschein in den Salon strömte, blinzelte der Bürokrat benommen. Der Schatten des Luftschiffs am Boden wurde eingerahmt von einem verschwommenen Regenbogen. Das Schiff hob sich freudig, als strebte es in den Himmel empor.

»Suchen Sie nach etwas Bestimmtem, oder spielen Sie bloß damit herum, weil Sie wissen, daß es Sie ärgert?«

Korda wirkte verletzt. Er straffte sich, wandte dem Gerät den Rücken zu. »Ich hatte gehofft, ich würde auf einen von Gregorians Werbespots stoßen, um eine Vorstellung zu bekommen, was da auf uns zukommt. Sei's drum! Ich muß dringend wieder an die Arbeit. Seien Sie ein braver Junge und schauen Sie zu, daß Sie sich in dieser Angelegenheit vorbildhaft verhalten, hm? Ich verlasse mich auf Sie.«

Sie schüttelten sich die Hände, und Kordas Gesicht verschwand vom Surrogat. Das Gerät schaltete automatisch auf standby.

»Philippe!« sagte der Bürokrat. »Diese Idioten!« Er war sich quälend deutlich der Tatsache bewußt, daß er rasch an Boden verlor. Er mußte diesen Fall abschließen und so rasch wie möglich zum Palast der Rätsel zurückkehren. Philippe war ein raffgieriger Bursche. Der Bürokrat beugte sich vor und schaltete den Fernseher ab.

Als der Bildschirm verblaßt war, wirkte alles geringfügig verändert, so als sei eine Wolke an der Sonne vorbeigezogen oder als habe sich ein Fenster in einen muffigen Raum aufgetan.

Eine Zeitlang saß er einfach bloß da und dachte nach. Der Salon war hell und luftig, in Wandhaltern zwischen den Fenstern waren Orchideenzweige arrangiert, und in den Korbkäfigen, die zwischen den Töpfen mit Hängepflanzen an der Decke befestigt waren, zwitscherten Vögel. Alles war auf Tourismus ausgerichtet, doch ironischerweise hatten die Planetenbehörden die Urlaubsorte im Tideland geschlossen, um eben diese Touristen abzuschrecken, denn die Erfahrung hatte gezeigt, daß Außenweltler den Evakuierungsbeamten gegenüber weniger fügsam waren als Einheimische. Trotz des offensichtlichen Luxus hatte man bei der Einrichtung größten Wert auf Gewichtsersparnis gelegt und ohne Rücksicht auf die Kosten nur die leichtesten Materialien verwendet. Die Treibstoffersparnis würde die zusätzlichen Kosten niemals aufwiegen; dies alles war reine Gehässigkeit gegenüber den außerplanetarischen Batterieherstellern.

Der Bürokrat reagierte empfindlich auf diese Art von Reibereien. Sie ergaben sich überall dort, wo die voranschreitende Grenze der technischen Kontrolle mit einheimischem Stolz zusammentraf.

»Verzeihen Sie, Sir.« Ein junger Mann mit einem kleinen Tisch trat ein. Er trug ein ungewöhnliches Gewand, das über und über mit funkelnden Monden und Sternen besetzt war, mit Fabelwesen und Ibissen, eingewoben in einen Stoff, der beim Gehen vom tiefsten Blau zum sattesten Rot und wieder zurück changierte. Er stellte den Tisch ab, hob ein Tuch hoch, unter dem ein leeres Goldfischglas zum Vorschein kam, und streckte eine weiß behandschuhte Hand aus. »Ich bin Leutnant Chu, Ihr Verbindungsoffizier.«

Sie schüttelten sich die Hände. »Ich dachte, mir sollte jemand vom inneren Abschirmdienst zugeteilt werden«, sagte der Bürokrat.

»Wir halten uns gern ein wenig bedeckt, wenn wir im Tideland operieren, wissen Sie.« Chu öffnete das Gewand. Darunter trug er eine blaue Fliegeruniform. »Gegenwärtig gebe ich mich als Unterhaltungsoffizier aus.« Er breitete die Arme aus und neigte kokett den Kopf, als erwartete er ein Kompliment. Der Bürokrat gelangte zu dem Schluß, daß er Chu nicht mochte.

»Das ist lächerlich. Diese ganze Heimlichtuerei ist völlig unnötig. Ich will doch bloß mit dem Mann reden, das ist alles.«

Ein ungläubiges Lächeln. Chu hatte Wangen wie Bälle und ein kleines sternförmiges Mal am linken Auge, das verschwand, wenn er die Mundwinkel hochzog. »Was werden Sie tun, wenn Sie ihm gegenüberstehen, Sir?«

»Ich werde ihn befragen und feststellen, ob er im Besitz von technischer Konterbande ist. Falls ja, ist es meine Aufgabe, ihm seine Verantwortung klarzumachen und ihn zu überzeugen, sie zurückzugeben. Weiter reichen meine Befugnisse nicht.«

»Angenommen, er weigert sich. Was werden Sie dann tun?«

»Nun, ich werde ihn bestimmt nicht zusammenschlagen und ins Gefängnis schleppen, falls Sie das meinen.« Der Bürokrat tätschelte seinen Bauch. »Sehen Sie sich bloß mal diese Wampe an.«

»Vielleicht«, sagte Chu wohlüberlegt, »verfügen Sie ja über technische Zusatzkräfte, wie man sie im Fernsehen sieht. Wie Muskelimplantate und dergleichen.«

»Verbotene Technik bleibt verbotene Technik. Wenn wir sie anwendeten, wären wir nicht besser als die

Kriminellen.« Der Bürokrat hüstelte, dann sagte er mit plötzlichem Enthusiasmus: »Wo fangen wir an?«

Der Verbindungsoffizier richtete sich ruckartig wie eine Marionette auf, plötzlich ganz bei der Sache. »Wenn es Ihnen recht ist, Sir, würde ich zunächst gern erfahren, wieviel Sie über Gregorian wissen, welche Anhaltspunkte Sie haben und so weiter. Dann werde ich meinerseits Bericht erstatten.«

»Vor allem ist er ausgesprochen charmant«, sagte der Bürokrat. »Das meint jeder, mit dem ich gesprochen habe. Ein eingeborener Mirandaner von irgendwo aus dem Tideland. Seine Herkunft liegt ziemlich im dunkeln. Einige Jahre war er in den biowissenschaftlichen Labors des Äußeren Kreises beschäftigt. Hat meines Wissens gute Arbeit geleistet, aber nichts Außergewöhnliches. Vor etwa einem Monat hat er dann gekündigt und ist nach Miranda zurückgekehrt. Soviel ich weiß, ließ er sich als eine Art Buschzauberer nieder. Als eine Art Medizinmann oder so, darüber wissen Sie bestimmt mehr als ich. Kurz nach seinem Weggang stellte man allerdings fest, daß er möglicherweise wichtige verbotene Technik entwendet hat. Daraufhin wurde die Behörde für Techniktransfer eingeschaltet.«

»Das müßte eigentlich ausgeschlossen sein.« Chu lächelte spöttisch. »Es heißt, das Embargo von Techtransfer sei nicht zu umgehen.«

»Sowas kommt vor.«

»Was wurde gestohlen?«

»Tut mir leid.«

»Ach, so wichtig also?« Chu schnalzte nachdenklich mit der Zunge. »Und was wissen Sie sonst noch über ihn?«

»Erstaunlich wenig. Wir kennen natürlich sein Aussehen, wir haben seinen genetischen Fingerabdruck, die üblichen Persönlichkeitsprofile. Interviews mit einigen Bekannten. Anscheinend hat er keine echten

Freunde und redet nie über seine Vergangenheit. Im Rückblick scheint klar, daß er seine Akte möglichst sauber halten wollte. Er muß das Verbrechen seit Jahren geplant haben.«

»Haben Sie ein Dossier über ihn?«

»Eine Kopie von Gregorians Dossier«, sagte der Bürokrat. Er öffnete die Aktentasche, holte das Dossier heraus und schüttelte es ein wenig.

Chu verrenkte sich vor Neugier fast den Hals. »Was haben Sie denn sonst noch da drin?«

»Nichts«, meinte der Bürokrat. Zum Beweis, daß die Aktentasche leer war, drehte er sie herum, dann reichte er Chu das Dossier. Es war in dem weißen Lotosformat gedruckt, das auf den hohen Welten im Moment gerade beliebt war, und auf Taschentuchgröße zusammengefaltet.

»Danke.« Chu hielt das Dossier über den Kopf und schwenkte die Hand. Das Papierquadrat verschwand. Zum Beweis, daß seine Hand leer war, drehte er sie wiederholt um.

Der Bürokrat lächelte. »Machen Sie das noch einmal.«

»Oh, die erste Zauberregel lautet, man soll denselben Trick nie zweimal in Folge vorführen. Das Publikum weiß dann nämlich, worauf es zu achten hat.« Seine Augen glitzerten unverschämt. »Dürfte ich Ihnen noch etwas anderes zeigen?«

»Ist es wichtig?«

Chu zuckte die Achseln. »Jedenfalls ist es lehrreich.«

»Machen Sie nur«, sagte der Bürokrat. »Wenn es nicht zu lange dauert.«

Chu öffnete einen Käfig und holte einen Regenvogel heraus. »Danke.« Mit einer Handbewegung dimmte er die Fenster, bis der Salon im Halbdunkel lag. »Ich beginne meine Vorstellung mit folgendem Kunststück.«

Er verneigte sich tief und vollführte eine schwung-
volle Gebärde. Seine Bewegungen waren ruckartig,
entschieden, künstlich. »Willkommen, liebe Freunde,
Landsleute und Außenweltler. Es ist meine Aufgabe,
Sie heute mit Taschenspielertricks und wissenschaftlichen Mätzchen zu unterhalten und zu erfreuen.« Er
zwinkerte vielsagend. »Dann lasse ich mich ein wenig
über die Mutationsfreudigkeit des hiesigen Lebens
und die zahllosen Formen der Anpassung an die
Große Flut aus. Während die terranische Flora und
Fauna – wir selber ausdrücklich eingeschlossen – der
Rückkehr des Meeres nicht zu trotzen vermögen, stellt
sie für die einheimischen Lebensformen lediglich ein
vorübergehendes und wiederkehrendes Ereignis dar.
Die Evolution, die endlosen Äonen der periodischen
Überflutung … bla, bla, bla. Hin und wieder verglei-
che ich die Natur mit einem Magier – womit ich
natürlich auf mich selbst anspiele –, der die Veränderungen mit einer Handvoll Zaubertricks bewirkt. Was
zu der Bemerkung überleitet, daß ein großer Teil der
einheimischen Fauna dimorph ist, was lediglich bedeutet, daß sie in zwei unterschiedlichen Formen auf-
tritt, je nachdem, welche Jahreszeit gerade herrscht.
Dann demonstriere ich es.« Er streichelte sanft den
Kopf des Regenvogels, der auf seinem Zeigefinger
saß. Die langen Schwanzfedern hingen wie Schmuck-
anhänger herab. »Der Regenvogel ist ein typisches
Wandeltier. Wenn sich die Lebensverhältnisse im Tideland ändern, wenn das Meer ansteigt und den halben
Kontinent überschwemmt, paßt er sich in seiner Erscheinung an.« Plötzlich tauchte Chu beide Hände tief
in das Goldfischglas. Der Vogel wehrte sich heftig und
verschwand in einem Wirbel aus Blasen und Sand.
Der Illusionist hob die Hände aus dem Wasser. Der
Bürokrat bemerkte, daß er nicht einmal nasse Ärmel
bekommen hatte.
Als das Wasser klar wurde, schwamm darin aufge-

regt ein bunter Fisch, der lange Schwanzflossen hinter sich herzog. »Schauen Sie!« rief Chu. »Der Sperlingsfisch – in der Sommergestalt ein Flugtier, im Winter ein Wassertier. Eines der Wunder, welche die Natur hier für uns bereithält.«

Der Bürokrat applaudierte. »Ausgezeichnet gemacht«, sagte er mit einem Anflug von Ironie.

»Ich zeige auch Zauberkunststücke mit einem Behälter voll flüssigem Helium. Zersplitternde Rosen und dergleichen.«

»Ich glaube, das wird nicht nötig sein. Sie sagten, Sie verfolgten mit Ihrer Demonstration eine bestimmte Absicht?«

»Gewiß.« Die Augen des Illusionisten glitzerten. »Und zwar folgende: ich wollte zeigen, daß es sehr schwer sein wird, Gregorian zu fangen. Er ist ein Zauberer, verstehen Sie, und er ist im Tideland geboren. Er kann seine Gestalt verändern oder die seiner Feinde, wie es ihm paßt. Er kann mit Gedanken töten. Wichtiger noch, er kennt sich hier aus, und Sie nicht. Er kann seine Macht gegen Sie wenden.«

»Sie glauben doch nicht im Ernst, daß Gregorian ein Zauberer ist? Daß er übernatürliche Kräfte hat, meine ich.«

»Das wollte ich damit sagen.«

Angesichts dieser fanatischen Gewißheit fehlten dem Bürokraten die Worte. »Ähem … Ja. Ich danke Ihnen für die Warnung. Was halten Sie davon, wenn wir uns jetzt an die Arbeit machen?«

»Natürlich, Sir, sofort, Sir.« Der junge Mann faßte sich erst an die eine Tasche, dann an die andere. Sein Gesichtsausdruck veränderte sich, wurde gequält. In verlegenem Ton sagte er: »Äh … ich fürchte, ich habe meine Unterlagen im vorderen Laderaum gelassen. Wenn Sie sich einen Moment gedulden würden?«

»Natürlich.« Der Bürokrat versuchte seine Genugtuung über das Unbehagen des jungen Mannes zu verbergen.

Als Chu gegangen war, wandte sich der Bürokrat wieder dem vorbeiziehenden Wald zu. Das Luftschiff schwang sich empor und beschrieb eine Kurve, dann neigte es den Bug und sank in die Tiefe. Der Bürokrat erinnerte sich daran, wie er es zum erstenmal in Port Richmond gesehen hatte, als es in schiefem Winkel angelegt hatte. Mit seinen Schwanzflossen, Aufzügen und Hebeplattformen transzendierte das gewaltige Luftschiff irgendwie seine antiquierte Häßlichkeit. Es war ganz langsam heruntergeschwebt, anmutig, mit donnernden Rotoren. Sein Bauch war von Klettfliegen bedeckt, und Ankertrossen hingen vom Maul herab wie Riementang.

Wenige Minuten später machte der *Leviathan* an einem Heliostatenturm am Rande des staubigen kleinen Flußstädtchens fest. Eine einsame, in makelloses Weiß gekleidete Gestalt kletterte eine Strickleiter hinauf, dann legte der Heliostat wieder ab. Niemand war ausgestiegen.

Die Salontür öffnete sich, und eine schlanke Frau in der Uniform des inneren Abschirmdienstes trat ein. Sie näherte sich dem Bürokraten und reichte ihm ihre Papiere. »Verbindungsleutnant Emilie Chu«, sagte sie. Und nach einer Pause: »Sir? Fühlen Sie sich nicht gut?«

Hexenkulte der Weißmarsch

Gregorian küßte die alte Frau und stieß sie von der Felswand. Mit zuckenden Gliedmaßen stürzte sie kopfüber ins kalte graue Wasser. Als sie aufschlug und tief in die Dünung tauchte, spritzte weißer Gischt. Sie kam nicht wieder hoch. In einiger Entfernung hob sich etwas Dunkles, Schlankes aus dem Wasser, das an einen Otter erinnerte, dann tauchte es und verschwand.

»Das ist ein Trick«, sagte der echte Leutnant Chu. Auf dem Bildschirm verblaßte Gregorians Gesicht: massig, lebenserfahren, zuversichtlich. Seine Lippen bewegten sich lautlos. Sei das, wozu du bestimmt bist. Nach der fünften Wiederholung hatte der Bürokrat den Ton abgestellt, doch er kannte die Worte inzwischen auswendig. Leg ab deine Schwäche. Wage es, ewig zu leben. Der Werbespot endete und fing wieder von vorne an.

»Ein Trick? Wie das?«

»Ein Vogel kann sich nicht von einem

25

Moment zum anderen in einen Fisch verwandeln. Ein solcher Umwandlungsprozeß braucht Zeit.« Leutnant Chu krempelte einen Ärmel hoch und griff ins Goldfischglas. Der Sperlingsfisch wich ihr aus, seine hellen Schwanzflossen huschten durchs Wasser. Dunkler Sand wurde aufgewirbelt und verdeckte ihnen vorübergehend die Sicht. »Der Sperlingsfisch ist ein Höhlenbewohner. Als Gregorian den Vogel ins Wasser tauchte, war er im Sand versteckt. Ein rasche Handbewegung, so«, sie machte es vor, »und der Vogel ist tot. Dann steckt man ihn in den Sand, während der Fisch gleichzeitig hervorkommt.«

Sie legte den kleinen toten Körper auf den Tisch. »Ganz einfach, wenn man weiß, wie's gemacht wird.«

Gregorian küßte die alte Frau und stieß sie von der Felswand. Mit zuckenden Gliedmaßen stürzte sie kopfüber ins kalte graue Wasser. Als sie aufschlug und tief in die Dünung tauchte, spritzte weißer Gischt. Sie kam nicht wieder hoch. In einiger Entfernung hob sich etwas Dunkles, Schlankes aus dem Wasser, das an einen Otter erinnerte, dann tauchte es und verschwand.

Der Bürokrat schaltete den Fernseher aus.

Die Verbindungsoffizierin lehnte mit geradem Rükken am Fenster und rauchte einen dünnen schwarzen Zigarillo, die Bügelfalten ihrer Uniform waren messerscharf. Emilie Chu war dünn, ein Rasseweib mit zynischen Augen und einem spöttischen Lächeln um den Mund. »Keine Nachricht von Bergier. Offenbar ist mein Doppelgänger entwischt.« Sie streichelte mit kühler Belustigung ihren kaum sichtbaren Schnurrbart.

»Wir wissen nicht, ob er bereits von Bord gegangen ist«, erinnerte sie der Bürokrat. Die Fenster waren jetzt klar, und in der frischen, hellen Luft erschien die Begegnung mit Chu jetzt unwirklich, wie der Stoff, aus dem Reiseanekdoten sind. »Sprechen wir mit dem Kommandanten.«

Der rückwärtige Beobachtungsraum war voller uniformierter Schulmädchen von der Laserfield-Akademie, die einen Tagesausflug unternahmen. Während der Bürokrat hinter Chu eine Leiter hochkletterte und durch eine Luke ins Innere des Gasbehälters stieg, stießen sie sich gegenseitig an und kicherten. Als sich die Luke schloß, befand sich der Bürokrat im Innern der dreieckigen Kielverstrebung. Zwischen den hochaufragenden Gaszellen war es dunkel, und die schmale Reihe der Deckenleuchten vermittelte eher einen Eindruck der gewaltigen Ausmaße des *Leviathans*, als daß sie Licht gespendet hätten. Ein weibliches Besatzungsmitglied sprang neben ihnen auf den Verbindungssteg. »Passagiere haben hier keinen ...« Als sie Chus Uniform sah, straffte sie sich.

»Zum befehlshabenden Piloten Bergier, bitte«, sagte der Bürokrat.

»Sie wollen den Kommandanten sprechen?« Die Frau starrte ihn an, als wäre er eine Sphinx, die aus dem Nichts materialisiert war, um ihr ein besonders kniffliges Rätsel zu stellen.

»Wenn es Ihnen nicht zu viele Umstände macht«, sagte Chu mit leiser Drohung.

Die Frau machte auf den Fersen kehrt. Sie führte sie durch den Schlund des Luftschiffs zum Bug, wo eine dermaßen steile Treppe zur Pilotenkanzel hochführte, daß sie auf allen vieren hinaufgehen mußten. Von der dunklen Holztür schimmerte ihnen eine Einlegearbeit aus Elfenbein entgegen, ein phallisches Rosenmuster. Die Frau klopfte dreimal kurz hintereinander, dann packte sie eine Strebe und schwang sich mit affenartiger Gewandtheit ins Dunkel hoch. Eine tiefe Stimme grollte: »Herein.«

Sie öffneten die Tür und traten hindurch.

Die Pilotenkanzel war klein. Die Windschutzscheibe war verdunkelt, so daß der Raum allein von den zahllosen Navigationsschirmen im Vordergrund erhellt wurde. Es roch nach Schweiß und muffiger Kleidung. Bergier, der Kommandant, stand über die Monitore gebeugt und wirkte wie ein betagter Adler. Sein Gesicht war ein bleicher Schnabel, der, als er das Kinn hob, auf einmal edel wirkte; ein Poet mit schütterem Bart, der über den leuchtenden Gefilden seiner Welt brütete. Als er sich umwandte, war sein Blick auf eine ferne Tragödie gerichtet, die ergreifender war, als es jede gegenwärtige Gefahr je hätte sein können. Unter den Augen hatte er dunkle, tief eingegrabene Ringe. »Ja?« sagte er.

Leutnant Chu salutierte schneidig, und der Bürokrat, dem gerade noch rechtzeitig einfiel, daß sämtliche Luftschiffkommandanten gleichzeitig auch für den inneren Abschirmdienst arbeiteten, zeigte seine Papiere vor. Bergier besah sie sich, reichte sie zurück. »Nicht jeder heißt Ihresgleichen auf unserer Welt willkommen, Sir«, sagte der Kommandant. »Sie halten uns in Armut, Sie leben von unserer Arbeit, Sie beuten unsere Bodenschätze aus und haben nichts als Herablassung für uns übrig.«

Der Bürokrat blinzelte überrascht. Ehe er sich eine Antwort zurechtlegen konnte, fuhr der Kommandant fort: »Jedenfalls bin ich Offizier und kenne meine Pflichten.« Er steckte sich eine Tablette in den Mund und saugte geräuschvoll daran. Ein faulig-süßer Geruch breitete sich in der Kabine aus. »Stellen Sie Ihre Forderungen.«

»Ich habe keine Forderungen«, setzte der Bürokrat an. »Ich möchte bloß …«

»Hier spricht die Stimme der Macht. Sie halten die Technik unter Verschluß, die Miranda in ein Paradies verwandeln könnte. Sie kontrollieren die Fertigungsverfahren, die es Ihnen gestatten, unsere Wirtschaft nach Belieben zu unterhöhlen. Wir sind auf Gedeih und Verderb Ihrem Wohlwollen ausgeliefert. Dann kommen Sie mit diesem Schreiben hier hereinspaziert und stellen Forderungen, die Sie zweifellos lieber als Ersuchen bezeichnen, und tun so, als wäre es zu unserem eigenen Wohl. Wir wollen dieses Verhalten doch nicht scheinheilig bemänteln, Sir.«

»Die Technik hat auf der Erde nicht unbedingt ein ›Paradies‹ geschaffen. Oder unterrichtet man hier keine klassische Geschichte?«

»Die typische Zurschaustellung von Arroganz. Sie verweigern uns unser materielles Erbe und erwarten auch noch von mir, daß ich Ihnen dafür danke. Nein, Sir, kommt gar nicht in Frage. Ich habe auch meinen Stolz. Und ich …« Er brach ab. In der plötzlichen Stille sah man, wie sein Kopf hin und wieder herabsank, als kämpfte er gegen den Schlaf. Sein Mund klappte auf und zu, auf und zu. Seine Augen schwenkten langsam zur Seite, als suchte er nach einem verlorenen Gedankenfaden. »Und … äh … Und … äh …«

»Der Illusionist«, beharrte der Bürokrat, »der sich als Leutnant Chu ausgibt. Haben Sie ihn schon gefunden?«

Bergier straffte sich, fand seine unerschütterliche Ruhe wieder. »Nein, Sir, das haben wir nicht. Wir haben ihn nicht gefunden, denn er ist nicht mehr hier. Er hat das Schiff verlassen.«

»Das kann nicht sein. Sie haben einmal angelegt, und niemand ist von Bord gegangen. Ich habe zugesehen.«

»Wir fliegen zum Meer. Wir sind so gut wie unbesetzt. Auf dem Rückflug, da könnte mir ein agiler, entschlossener Mann vielleicht entgehen. Aber ich habe jeden einzelnen Passagier überprüft und habe meine Crew in jeden einzelnen Frachtraum und jede Gerätekammer des *Leviathans* hineinschauen lassen. Ich habe sogar einen Techniker mit einem Flugtornister zu den Auslaßventilen hochgeschickt. Ihr Mann ist nicht mehr an Bord.«

»Das läßt sich nur so erklären, daß er seine Flucht

im voraus geplant hat. Vielleicht hatte er einen Falt-gleiter an Bord versteckt«, schlug Chu vor. »Für einen athletischen Mann dürfte das nicht schwer gewesen sein. Er hätte bloß ein Fenster zu öffnen und wegzu-fliegen brauchen.«

Wahrscheinlicher war, dachte der Bürokrat, und der Gedanke traf ihn mit der Wucht des Unvermeidlichen, wahrscheinlicher war, daß der Mann den Piloten ein-fach bestochen hatte, damit der ihm etwas vorlog. Um seinen Verdacht zu kaschieren, sagte er: »Mich wun-dert nur, daß Gregorian sich solche Umstände ge-macht hat, um herauszufinden, wieviel wir über ihn wissen. Es scheint kaum der Mühe wert.«

Bergier blickte finster auf die Monitore und schwieg. Er betätigte einen Schalter, worauf sich das Motorengeräusch veränderte und tiefer wurde. Ganz allmählich wendete das Schiff.

»Er hat Sie einfach bestochen«, meinte Chu. »So ein-fach ist das.«

»Glauben Sie wirklich?« fragte der Bürokrat un-gläubig.

»Zauberern ist nichts unmöglich. Ihren Gedan-kengängen ist nicht leicht zu folgen. Hey! Vielleicht war das sogar Gregorian persönlich? Er hat schließlich Handschuhe getragen.«

»Fotos von Gregorian und von Ihrem Doppelgän-ger«, sagte der Bürokrat. »In Vorderansicht und im Profil.« Er holte sie aus der Aktentasche, schüttelte die Feuchtigkeit ab und legte sie nebeneinander vor die Monitore. »Nein, schauen Sie sich die doch mal an – der Gedanke ist wirklich abwegig. Was sollen denn nun die Handschuhe damit zu tun haben?«

Chu verglich die hochgewachsene, bullige Gestalt Gregorians sorgfältig mit ihrem schlanken Doppel-gänger. »Nein«, pflichtete sie dem Bürokraten bei. »Betrachten Sie nur mal die Gesichter.« Sogar auf dem Foto strahlte eine dunkle, animalische Kraft von Gregorian aus. Er wirkte eher wie ein Minotaurus als wie ein Mann, so kräftig waren seine Kiefer und so üppig seine Brauen, daß man hinter seiner Unscheinbarkeit etwas Tiefgründiges zu erkennen meinte. Im Schlaf hätte dieses Gesicht häßlich gewirkt, doch mit einem Zucken der Mundwinkel, einem Blinzeln würde es zu Schönheit erwachen. Es war ausgeschlossen, daß sich dieses Gesicht hinter der rosigen Rundheit des falschen Chu verborgen hatte.

»Unser Eindringling trug Handschuhe, weil er ein Zauberer ist.« Leutnant Chu bewegte nervös die Finger. »Zauberer tätowieren sich für jedes Wissensgebiet, das sie beherrschen, die Hände, angefangen vom Mittelfinger bis hinauf zu den Handgelenken. Bei einem Magus reichen sie bis zu den Ellbogen. Schlangen und Monde und was nicht noch alles. Hätten Sie seine Hände gesehen, würden Sie ihn niemals für einen Offizier vom Piedmont gehalten haben.«

Bergier räusperte sich, und als sie sich beide zu ihm umwandten, sagte er: »Mit der Technik, die Sie uns vorenthalten, könnte ein einzelner Mann dieses Schiff steuern. Er könnte sämtliche Aufgaben von der Gepäckverwahrung bis zum Passagierservice erfüllen, ohne auch nur einen einzigen Gehilfen zu haben.«

»Die gleiche Technik würde Ihren Job überflüssig machen«, erklärte der Bürokrat. »Glauben Sie wirklich, Ihre Regierung würde sich einen so teuren Luxus wie dieses Luftschiff leisten, wenn sie eine Flotte schneller, billiger, die Atmosphäre zerstörender Shuttle haben könnte?«

»Die Tyrannei hat immer logische Argumente.«

Ehe der Bürokrat antworten konnte, warf Chu ein: »Wir haben Gregorians Mutter ausfindig gemacht.«

»Tatsächlich?«

»Ja.« Chus großspuriges Grinsen ließ darauf schließen, daß sie von selbst darauf gekommen war. »Sie lebt in einem Flußstädtchen gleich hinter Lightfoot.

Dort gibt es keine Heliostatenstation, aber wir können uns von jemandem ein Boot leihen, es ist nicht weit. Dieser Ort wäre am besten geeignet, um mit unseren Nachforschungen zu beginnen. Anschließend nehmen wir uns die Fernsehspots vor und versuchen das Geld zurückzuverfolgen. Sämtliche Sendungen werden vom Piedmont ausgestrahlt, aber wenn Sie den Spots nachgehen wollen, an der Heliostatenstation gibt es ein Gate, das ist kein Problem.«

»Als erstes besuchen wir morgen die Mutter«, meinte der Bürokrat. »Ich hatte allerdings schon früher mit Planetenbanken zu tun, und ich habe ernsthafte Zweifel, daß wir das Geld werden zurückverfolgen können.«

Bergier sah ihn geringschätzig an. »Geld läßt sich immer zurückverfolgen. Es hinterläßt eine Schleimspur, wo immer es hingeht.«

Der Bürokrat lächelte skeptisch. »Das ist sehr aphoristisch.«

»Lachen Sie mich bloß nicht aus! Als ich jünger war, hatte ich fünf Frauen im Tideland.« Bergier steckte sich eine weitere Tablette in den Mund, hüllte sie in Speichel. »Ich hatte sie optimal plaziert und in solchen Abständen entlang meiner Route verteilt, daß keine etwas von der Existenz der anderen ahnte.« Der Bürokrat merkte, daß der Kommandant nicht mitbekam, wie Chu die Augen verdrehte. »Doch dann kam ich dahinter, daß mir meine Ysolt untreu war. Vor Eifersucht drehte ich beinahe durch. Das war, kurz nachdem man die Hexenkulte ausgemerzt hatte. Ich kehrte nach wochenlanger Abwesenheit zu ihr zurück. Mann, war die scharf. Ihre Periode hatte gerade eingesetzt. Das ganze Haus roch nach ihr.« Seine Nasenflügel weiteten sich. »Sie können sich nicht vorstellen, wie sie manchmal war. Als ich zur Tür reinkam, warf sie mich auf den Boden und riß meine Uniform auf. Sie war nackt. Es war, als würde ich von einem Wir-

32

belsturm vergewaltigt. Ich mußte dauernd daran denken, daß wir einen Skandal in der Nachbarschaft ver-
meiden mußten.

Ich glaube, das hätte einen Fisch zum Lachen gebracht, wie ich da unter dieser kleinen Wildkatze
strampelte. Rot im Gesicht, halb nackt und mit einem
Arm fuchtelnd, um die Tür zu schließen.

Schön und gut. Ich war ein junger Mann. Aber was
sie alles mit mir anstellte! Irgendwie hatte sie Dinge
gelernt, die ich ihr nicht beigebracht hatte. Manches
davon war mir völlig unbekannt. Wir waren schon
seit Jahren verheiratet. Und jetzt auf einmal hatte sie
neue Vorlieben entwickelt. Wie war sie darauf gekommen, hm? Wie bloß?«

»Vielleicht hatte sie ein Buch gelesen«, meinte Chu
trocken.

»Ach was! Sie hatte einen Liebhaber! Soviel war
klar. Ysolt war keine gerissene Person. Sie war wie ein
Kind, das mir ein neues Spielzeug zeigte. Probieren
wir doch mal das aus, sagte sie ... Tun wir mal so,
als wärst du die Frau und ich der Mann ... Diesmal
rühre ich mich nicht vom Fleck, und du kannst ... Es
dauerte Stunden, bis sie mir alles gezeigt hatte, was
sie gelernt hatte – ›ausgedacht‹, behauptete sie – und
ich hatte genügend Zeit, darüber nachzugrübeln, wie
ich mich verhalten sollte.

Als ich wegging, war es dunkel. Sie schlief sich aus,
ihr langes schwarzes Haar klebte an ihren verschwitzten kleinen Brüsten. Was für ein engelsgleiches Lächeln um ihre Lippen spielte! Ich wollte herausfinden,
wer mir Hörner aufgesetzt hatte, und ich nahm eine
Waffe mit. Ich sagte mir, daß er leicht zu finden sein
müsse. Ein Mann mit solchen Fertigkeiten, wie Ysolt
sie unter Beweis gestellt hatte, mußte in der einschlä-
gigen Gegend bekannt sein.

Ich ging zum Flußufer, zu den Kaschemmen und
Bordellen, und stellte ein paar Fragen. Sie meinten, ja,

ein Mann mit den erwähnten Fertigkeiten sei vor kurzem hier durchgekommen.« Aus einem verborgenen Lautsprecher kam ein respektvolles Murmeln, und Bergier betätigte einen Schalter. »Trimmen Sie den Backbordaerostaten notfalls von Hand. Ja. Nein. Sie wissen, was Sie zu tun haben.« Lange Zeit schwieg Bergier unglücklich. Der Bürokrat glaubte schon, er habe den Faden verloren, doch dann erzählte er weiter.

»Ich konnte den Mann jedoch nicht finden. Alle hatten von ihm gehört – die Kunde hatte sich verbreitet wie der neueste dreckige Witz –, und obwohl viele andeuteten, sie hätten mit ihm geschlafen, war er trotzdem nirgends zu finden. Damals, nach der Unterdrückung der Weißmarsch, trieben sich eine Menge seltsame Typen herum, und ein Sex-Artist war an sich gar nichts Besonderes. Man sagte mir, er sei mittelgroß, ordentlich gekleidet und habe einen trockenen Humor. Er rede wenig, ließe sich von den Frauen aushalten, habe dunkle Augen und blinzele nur selten. Die Flußgegend wimmelte jedoch von Leuten, die etwas zu verbergen hatten. Ein vorsichtiger Mann konnte sich ewig dort verstecken, und er war der vorsichtigste Mensch, den man sich nur denken kann. Er bewegte sich ungesehen und unbemerkt durchs Nachtleben, versprach niemandem etwas, hatte keine Freunde, keine festen Angewohnheiten. Es war, als stocherte man in Watte! Er war nirgends zu finden.

Nach ein paar Tagen änderte ich meine Taktik. Ich wollte, daß Ysolt ihn für mich fand. Darum machte ich mich impotent. Wissen Sie wie? Mit meiner Faust. Mit der guten alten Lady und ihren fünf Töchtern. Als Ysolt zu mir kam, wollte der alte Soldat um nichts in der Welt vor ihr salutieren. Ich zwang sie, sich Abwechslung zu suchen. Natürlich tat ich so, als sei ich verlegen, gedemütigt, besorgt. Nach einer Weile weigerte ich mich einfach, es noch einmal zu probieren.

Jedenfalls nahm sie wieder zu ihrem Liebhaber Zuflucht, zu dem Mann mit der außergewöhnlichen Erfahrung. Sie kehrte mit Atemübungen und Entspannungstechniken zurück, die eigentlich hätten funktionieren müssen, aber das taten sie nicht. Die ganze Zeit über verhielt ich mich ihr gegenüber abweisend und distanziert. Es lag nahe, daß sie annahm, ich gäbe ihr die Schuld an meinem Versagen. Als mich die Gesellschaft wieder zum Dienst rief, war sie bereit, alles zu versuchen, um mich zu heilen.

Bei meinem nächsten Besuch hatte sie einen Mann ›ausfindig gemacht‹, der mir in meiner Not helfen könne. Sie wußte, daß ich von den Anhängern des Hexenkults nichts hielt. Er könne jedoch einen Zaubertrank für mich bereiten. Das Mittel würde eine Menge kosten. Das gefiele ihr nicht. Dafür solle man nicht bezahlen. Doch das Glück ihres Ehemanns liege ihr so sehr am Herzen… Schließlich hatte sie mich überredet.

Am Abend tat ich Silbergeld in einen kleinen, schweren Kasten und suchte eine Reparaturwerkstatt am Hafen auf, die sie mir beschrieben hatte. Über der Seitentür brannte ein blaues Licht. Ich trat ein.

In dem Moment, als die Tür zuging, schaltete jemand sämtliche Lampen ein. Ich war geblendet. Dann traten aus dem gleißenden Licht Automobile, Gestelle mit Ölbüchsen und Gasflaschen zum Schweißen hervor. Sechs Personen hatten auf mich gewartet, darunter zwei Frauen. Sie saßen in Lastwagenkabinen und auf Motorhauben und sahen mir unfreundlich entgegen, mit dem starren Blick von Eulen.«

Als der Lautsprecher wieder zu brummeln begann, ruckte Bergier mit dem Kopf. »Warum belästigen Sie mich damit? Ich will nicht mit Routineangelegenheiten behelligt werden.« Dann fuhr er mit seiner Erzählung fort: »Eine der Frauen wollte das Geld sehen. Ich machte den Kasten auf, nahm einen Beutel aus Maulwurfsfell mit achtzig *fleur-de-vie*-Dollar heraus und warf ihn ihr vor ihr Füße. Sie öffnete den Beutel, sah das Silbergeld aufblitzen und sog die Luft ein. Das ist von der Weißmarsch, sagte sie.

Ich schwieg.

Die Hexenanhänger wechselten Blicke. Ich steckte meine Hand unter den Mantel und umklammerte meinen Revolver. Wir brauchen das Geld, meinte ein Mann. Die Hunde von der Regierung besabbern uns schon die Schultern. Ich rieche schon ihren stinkenden Atem.

Die Frau hielt eine Handvoll Silbergeld hoch, das wie irre funkelte. Kurz bevor die Weißmarsch geplündert wurde, ist ein Münzenpräger verschwunden, meinte sie. Man nahm ihm seine Vorräte weg und verteilte sie unter die Leute. Ich war da, aber ich wollte nichts haben. Sie zuckte die Achseln. Wie schnell sich doch alles verändert.

Mir war klar, daß sie glaubten, ich hätte einen flüchtigen Kameraden von ihnen ausgeraubt. Ich nehme an, Sie wissen nicht sonderlich gut über die Zerschlagung der Weißmarsch Bescheid?«

»Nein«, sagte der Bürokrat.

»Nur vom Hörensagen«, meinte Chu. »Sowas lehrt man nicht in der Schule.«

»Sollte man aber«, sagte der Kommandant. »Die Kinder sollen ruhig wissen, was es heißt, zu regieren. Das reicht zurück in die Zeit, als das Tideland noch jung war, als Kommunen und utopische Gemeinschaften wie Pilze aus dem Boden schossen. Die meisten waren harmlos, nicht lebensfähig, und verschwanden nach einem Monat wieder von der Bildfläche. Mit den Weißmarsch-Kulten verhielt es sich allerdings nicht so; sie breiteten sich aus wie ein Marschfeuer. Männer und Frauen liefen am hellichten Tag in der Öffentlichkeit nackig herum. Sie aßen kein Fleisch. Sie veranstalteten rituelle Orgien. Sie verweigerten den Dienst in der Bürgerwehr. Fabriken schlossen aufgrund von Arbeitskräftemangel. Die Ernte wurde nicht mehr eingebracht. Kinder gingen nicht mehr zur Schule. Einfache Bürger prägten ihre eigenen Münzen. Sie hatten keine Anführer. Sie zahlten keine Steuern. Keine Regierung kann so etwas dulden.

Wir fielen mit Pech und Schwefel über sie her. Binnen eines einzigen Tages wurden die Kulte vernichtet, die Überlebenden in den Untergrund getrieben und ihnen soviel Entsetzliches zugefügt, daß sie sich nie wieder hervorwagen würden. Sie können sich vorstellen, daß ich in großer Gefahr schwebte. Aber ich zeigte keine Angst. Ich fragte sie, ob sie das Geld nun haben wollten oder nicht.

Einer der Männer nahm den Beutel und wog ihn in der Hand. Dann steckte er sich je eine Handvoll Münzen in die Hosentaschen, wie ich es gehofft hatte. Das werden wir gerecht unter uns aufteilen, sagte er. Solange der Geist lebt, ist die Weißmarsch nicht tot. Er warf mir ein Bündel Kräuter zu und meinte spöttisch, die würden einen Leichnam zum Leben erwecken, von meinem schlaffen Schniedel ganz zu schweigen.

Ich legte das Bündel in meinen Bleikasten und ging. Zu Hause prügelte ich Ysolt blutig und warf sie dann auf die Straße. Ich wartete erste Woche lang, dann meldete ich dem inneren Abschirmdienst, in der Gegend trieben sich flüchtige Anhänger des Hexenkults herum. Sie tasteten das Gebiet ab, lokalisierten die Münzen und damit auch die Leute. Ich wußte immer noch nicht genau, wer meine Ysolt geschändet hatte, aber alle hatten noch ihren Anteil, somit wurde er ebenfalls bestraft. O ja, bestraft wurde er.«

Nach kurzem Schweigen sagte der Bürokrat: »Ich fürchte, ich kann Ihnen nicht ganz folgen.«

»Ich wurde zur Weißmarsch geschickt, kurz bevor sie fiel. Ich beseitigte den Münzenpräger und verstrahlte seine Bestände mit einem Gerät, das mir meine Vorgesetzten zur Verfügung gestellt hatten. Die Hälfte derer, die unserem Zorn entkamen, nahmen ihr Falschgeld mit. Sie kamen nie dahinter, warum wir sie so leicht fanden. Kurze Zeit später stellte sich heraus, daß viele Strahlenschäden erlitten hatten, an einer Stelle, wo es Männer besonders hart trifft. Kein schöner Anblick. Ich habe noch Bilder davon.« Er steckte die Hände in die Hosentaschen und hob die Brauen. »Das Zaubermittel gab ich Ysolts Hund, der daraufhin starb. Soviel zur Heimtücke von Zauberern.«

»Das Verstrahlungsgerät ist illegal«, meinte der Bürokrat. »Nicht einmal die planetarische Regierung darf es benutzen. Es kann eine Menge Schaden anrichten.«

»Tun Sie Ihre Pflicht, o Jäger des Volkes! Nur zu. Die Spur ist erst sechzig Jahre alt.« Bergier blickte verbittert auf seine Monitore. »Ich schaue aufs Land hinunter und sehe mein Leben unter mir ausgebreitet. Wir nähern uns Ysolts Verrat, der bisweilen Cuckold genannt wird, und ein Stückchen weiter liegt Penelopes Fehltritt, dann kommen Fiebertod und Entsagung. Am Ende der Strecke liegt Kap Desillusion, und das gilt für alle meine Ehefrauen. Ich habe mich vom Land zurückgezogen, vermag es aber nicht ganz loszulassen. Ich warte. Ich warte. Worauf? Vielleicht, daß es Tag wird.«

Bergier riß die Fensterläden auf. Der Bürokrat zuckte zusammen, als heller Sonnenschein hereinströmte, sie mit seinem Glanz übergoß und den Kommandanten in einen bleichen alten Mann mit schlaffen Wangen verwandelte. In der Tiefe erblickte er Dächer und Türme, Baumwipfel und eine goldene, mit Antennen gespickte Kuppel, die von Lightfoot zu ihnen emporragte.

»Ich bin die Made im Schädel«, sagte Bergier bedächtig, »die sich im Dunkeln windet.« Die Unlogik und Plötzlichkeit der Bemerkung ließ den Bürokraten zusammenfahren, und erschauernd wurde ihm klar, daß diese durchdringenden Augen das Entsetzen nicht in der Vergangenheit, sondern in der Zukunft erblickten. Die langsame Sprechweise des alten Kommandanten barg einen Vorgeschmack auf die einsetzende Senilität, so als sähe er sich unaufhaltsam dem zahnlosen Elend und einem Tod entgegentreiben, der vom Leben nicht deutlicher unterschieden war als die Linie, welche das Meer vom Himmel trennt.

Als sie sich zum Gehen wandten, sagte der Kommandant: »Leutnant Chu, ich erwarte, daß Sie mich auf dem laufenden halten. Ich werde Ihre Fortschritte genau verfolgen.«

»Sir.« Chu schloß die Tür, sie stiegen die Treppe hinunter. Chu lachte hell. »Haben Sie die Tabletten bemerkt?« Der Bürokrat brummte etwas. »Sumpfhexenpillen, sollen gut gegen Impotenz sein. Sie bestehen aus Wurzeln und Bullensperma und ähnlichem widerlichen Zeugs. Alter schützt vor Torheit nicht«, sagte sie. »Er verläßt diese kleine Kabine nie, wissen Sie. Er ist berüchtigt deswegen. Er schläft sogar darin.«

Der Bürokrat hörte nicht mehr zu. »Er ist irgendwo in der Nähe.« Er spähte mit angehaltenem Atem in die Dunkelheit, hörte aber nichts. »In irgendeinem Versteck.«

»Wer?«

»Ihr Doppelgänger. Der junge Teufelskerl.« Zu seiner Aktentasche sagte er: »Rekonstruiere seine genetische Spur und baue mir einen Lokalisierer. Damit kommen wir ihm auf die Schliche.«

»Das ist verbotene Technik«, sagte die Aktentasche. »So etwas darf ich auf einer Planetenoberfläche nicht anfertigen.«

»Verdammt noch mal!«

Die Luft im Schiffsinneren war unbewegt, schien unter Spannung zu stehen. Sie summte von den Vibrationen des Antriebs und war so lebendig wie eine zusammengerollte Schlange. Der Bürokrat spürte, wie ihn der falsche Chu aus dem Dunkel heraus beobachtete. Und lachte.

Chu legte ihm eine Hand auf den Arm. »Nicht.« Sie machte ein besorgtes Gesicht. »Wenn Sie sich emotional engagieren, hat Sie der Gegner in der Hand. Beruhigen Sie sich. Wahren Sie Distanz.«

»Ich …«

»… muß mir von so einer wie Ihnen nichts sagen lassen. Ich weiß.« Sie grinste großspurig, wieder ganz die überlegene Zynikerin. »Die planetarischen Behörden sind allesamt korrupt und ineffektiv, dafür sind wir bekannt. Trotzdem sollten Sie auf mich hören. Hier kenne ich mich aus. Ich weiß, mit welchen Leuten wir es zu tun haben.«

»Paß doch auf, Mann!«

Der Bürokrat trat zurück, während vier Männer einen Balken aus dem Schlamm hoben und ihn auf einen Sattelschlepper hievten. Auf der Ladefläche stand eine stämmige Frau mit rotem Haar und bediente die Winde. Selten hatte er so baufällige Häuser gesehen wie hier, unbemalt, mit geborstenen Fenstern und fehlenden Dachziegeln. An der Nordseite waren sie mit einer Kruste aus Klettfliegen bedeckt.

Der Boden fühlte sich weich an. Der Bürokrat schaute bedauernd auf seine Schuhe hinunter. Er stand im Schlamm. »Was geht hier vor?« fragte er.

Ein verhutzelter alter Krämer, dessen Kleidung an ihm herunterhing, als wäre er geschrumpft oder die Kleider wären größer geworden, schaute von seiner Veranda aus zu. An seinem linken Ohrläppchen baumelte ein silberner Totenschädel, der ihn als ehemaligen Angehörigen der Raummarine auswies, und in einem Nasenflügel steckte ein Rubin, der verriet, daß er ein Veteran des Dritten Einigungskrieges war. »Reißen die Gehsteige auf«, sagte er mürrisch. »Echte

Meereseiche, die jetzt bald ein Jahrhundert in der Erde reift. Mein Großpapa hat sie eingebuddelt, als das Tideland noch jung war. Damals war sie nichts wert, aber in einem Jahr bestimme ich den Preis.«

»Was muß ich tun, wenn ich ein Boot mieten möchte?«

»Also, ich sag's Ihnen ganz ehrlich, ich wüßte nicht, wie Sie's anstellen sollten. Sind nicht mehr viele Boote da, seit man die Anlegestellen abgerissen hat.« Er lächelte den verblüfften Bürokraten säuerlich an. »Waren auch aus Meereseiche. Haben sie vergangenen Monat abgerissen, als die letzte Eisenbahn ging.«

Der Bürokrat blickte unbehaglich zum *Leviathan* hinüber, der am Osthimmel allmählich kleiner wurde. Ein Mückenschwarm, entweder Vampirmücken oder Klettfliegen, drohte jeden Moment über sie herzufallen, bis er sich plötzlich entfernte und verschwand. Die Fliegen, das Luftschiff, die Eisenbahn, die Anlegestellen und die Gehsteige, ganz Lightfoot schien sich ihm zu entziehen, als würde es von einer allumfassenden Ebbe erfaßt und mitgerissen. Auf einmal fühlte er sich benommen und spürte den Boden unter den Füßen nicht mehr.

Jemand brüllte etwas, und das Holz krachte auf die Ladefläche. Die Frau, die die Winde bediente, scherzte mit den Männern im Schlamm. »Wenn ihr sehen könntet, was ich mir gerade vorstelle. Ich hab's direkt vor Augen. Ihr würdet auf der Stelle tot umfallen.«

»Zeigst du uns ein bißchen von deinen Titten, Bea?« sagte einer der Männer.

Sie schüttelte spöttisch den Kopf. »Höchstens bis zu den Nippeln. Weiter unten würdest du Dinge sehen, die du dir nicht mal im Traum vorstellen kannst.«

»Kann ich mir schon denken. Mir war bloß noch nicht danach, deswegen was zu unternehmen.«

»Warum kommst du morgen abend nicht zum Ab-

41

schiedsfest in Rosendal, dann kannst du nach Herzenslust zulangen.«

»He, soll ich wirklich *da* zulangen?« Er schnitt eine Grimasse, dann tänzelte er zurück, als der Balken ein paar Zentimeter im Geschirr nachgab. »Achte auf die Seite da! Eine so harmlose kleine Bemerkung ist es nicht wert, daß mir die Zehen zerquetscht werden.«

»Keine Angst. Auf deine Zehen hab ich's nicht abgesehen.«

»Verzeihen Sie!« rief der Bürokrat zu ihr hoch. »Könnte ich vielleicht den Lastwagen mieten? Gehört der Ihnen?«

Die rothaarige Frau sah ihn an. »Ja, der gehört mir«, meinte sie. »Aber Sie wollen die Kiste doch wohl nicht mieten. Hören Sie, die Karre läuft mit einer Batterie, die für einen doppelt so großen Wagen ausgelegt ist, deshalb muß ich die Spannung runtersetzen, klar? Aber der Transformator funktioniert nicht mehr. Die Karre läuft vielleicht 'ne halbe Stunde, dann überhitzt sie sich, und die Isolierung fängt an zu schmelzen. Ich muß ihr gut zureden. Anatole hat zwar einen überzähligen Transformator, aber ich glaube, wenn Sie den haben wollen, zahlen Sie sich dusselig. Ich halt lieber noch durch. Wenn's auf die Flut zugeht, wird er nehmen, was er kriegen kann.«

»Aniobe, ich hab's dir doch schon mal gesagt«, meinte der Krämer. »Ich könnte ihm das Scheißding für den halben Preis dessen abkaufen, was ...«

Sie ruckte mit dem Kopf. »Ach, sei doch still, Pouffe. Verdirb mir nicht den Spaß!«

Der Bürokrat räusperte sich. »Ich will nicht weit fahren. Bloß ein Stück am Fluß entlang und wieder zurück.« Eine Klettfliege stach ihn in den Arm, und er zerquetschte sie.

»Nee, die Radlager fressen sich auch allmählich fest. Die einzige Möglichkeit, heutzutage an Schmiermittel ranzukommen, ist Gireaux, und der ist auf seine alten

Tage ein richtiger Schwerenöter geworden. Versucht ständig einen kleinen Kuß zu ergattern oder so. Wenn ich plötzlich eine Tube Schmiermittel von ihm haben wollte, müßte ich wahrscheinlich vor ihm niederknien und mir die Ärmel hochkrempeln!«

Die Männer grinsten wie läufige Hunde. Pouffe hingegen schüttelte den Kopf und seufzte. »Das wird mir alles fehlen«, meinte er niedergeschlagen. Erst jetzt bemerkte der Bürokrat die gräulich korrodierten Interfacebuchsen an seinen Handgelenken; der alte Mann hatte seinerzeit auf Caliban gedient. Er mußte eine interessante Vorgeschichte haben. »Alle Freunde meinen, sie würden nach dem Umzug zum Piedmont Kontakt halten, aber es passiert einfach nichts. Wollen die mich etwa verscheißern?«

»Ach, hör doch auf«, spottete Aniobe. »Wer so reich ist wie du, findet überall Freunde. Was für ein Mensch du bist, ist völlig egal.«

Als der letzte Balken verladen war, schaltete Aniobe den Motor ab und vertäute den Kran. Die Arbeiter warteten auf die Erlaubnis, sich entfernen zu dürfen. Einer, ein gockelhafter junger Mann mit einem Kamm im steifen schwarzen Haar, trat auf die Veranda und beugte sich beiläufig über ein Tablett mit hellen Federbündeln – Fetische vielleicht oder Fischköder. Chu beobachtete ihn aufmerksam.

Als der Mann sich aufrichtete, trat Chu vor und packte ihn beim Arm.

»Ich hab's gesehen!« Chu wirbelte den Mann herum und schleuderte ihn gegen den Türpfosten. Schrekkensbleich glotzte er sie an. »Was haben Sie da unter dem Hemd?«

»Ich? Nichts! W-w-wer sind Sie …«, stammelte er. Aniobe straffte sich und stemmte die Arme in die Hüften. Die übrigen Arbeiter, der Bürokrat und der Krämer erstarrten und schauten schweigend zu.

»Ziehen Sie das aus!« fauchte Chu. »Sofort!«

Verwirrt und eingeschüchtert gehorchte er. Zum Beweis, daß nichts darunter versteckt war, hielt er ihr das Hemd mit einer Hand entgegen.

Chu ignorierte es. Sie betrachtete den Oberkörper des jungen Mannes von oben bis unten. Er war schlank und muskulös und hatte eine lange, geschwungene, silbrige Narbe auf dem Bauch und ein dunkles Büschel Haare auf der Brust. Chu lächelte.

»Nicht schlecht«, sagte sie.

Die Arbeiter, ihre Chefin und der Krämer brachen in brüllendes Gelächter aus. Chus Opfer errötete, senkte zornig den Kopf, ballte die Fäuste und verhielt sich ruhig.

»Ist Ihnen aufgefallen, wie diese Rothaarige die Männer geneckt hat?« bemerkte Chu, als sie fortgingen. »Ein aufreizendes kleines Biest.« Weiter die Straße entlang lag ein baufällig wirkendes Gebäude mit durchhängendem Dachfirst; die Hälfte der Fenster war mit passend zurechtgeschnittenen alten Werbeplakaten zugeklebt. Das Holz war verwittert und eingedunkelt, und einzelne Wortfragmente und Bilder eröffneten kleine Gucklöcher in eine freundlichere Welt: ZAR, ein Fischschwanz, etwas, das entweder eine Brust war oder ein Knie, KLE und eine Nase, die so hoch gereckt war, als wollte ihr Besitzer Regen mit den Nasenlöchern auffangen. Auf einem verblaßten Schild über dem Eingang stand HOTEL ENDSTATION. Die Überbleibsel der Eisenbahnschienen führten daran vorbei.

»Dorthin ist auch mein Mann verschwunden.«

»Warum haben Sie ihm das angetan?« fragte der Bürokrat. »Diesem Arbeiter.«

Chu tat so, als habe sie ihn nicht verstanden. »Oh, mit dem jungen Mann habe ich noch was vor. Er wird jetzt ein paar Bier trinken, um über die Sache hinwegzukommen, aber das werden seine Freunde natürlich nicht zulassen. Bis ich mein Zimmer bezogen habe, das Gepäck habe nachkommen lassen und mich ein bißchen frischgemacht habe, hat er einen kleinen Schwips. Dann gehe ich zu ihm. Wenn er mich sieht, wird es ihm ein klein wenig peinlich sein. Er wird durcheinander sein.

Dann gebe ich ihm Gelegenheit, sich über seine Gefühle klarzuwerden.«

»Was den Erfolg Ihrer Methoden angeht, so habe ich da … hm … meine Zweifel.«

»Vertrauen Sie mir«, sagte Chu. »Ich mache das nicht zum erstenmal.«

»Aha«, meinte der Bürokrat zerstreut. Dann: »Wie wär's, wenn Sie schon die Zimmer buchen würden, während ich Gregorians Mutter aufsuche?«

»Ich dachte, Sie wollten erst morgen mit ihr reden.«

»Ach, wirklich?« Der Bürokrat machte einen Bogen um einen verrottenden Stapel Lastwagenreifen. Er hatte die Bemerkung in Bergiers Anwesenheit gemacht. Er vertraute dem Mann nicht. Er hielt es nur für allzu wahrscheinlich, daß Bergier nachts einen Boten zur Mutter schicken würde, um sie davor zu warnen, sich mit ihm zu unterhalten.

Viel wichtiger war die Frage, woher der falsche Chu seine Informationen hatte. Er hatte nicht nur Chus Namen gekannt, sondern hatte das Luftschiff auch verlassen, kurz bevor die echte Chu an Bord gekommen war. Außerdem hatte er gewußt, daß man den Bürokraten nicht darüber informiert hatte, sein Verbindungsoffizier werde eine Frau sein.

Irgendein Mitglied der Befehlskette, entweder innerhalb der Planetenregierung oder in der Abteilung für Techniktransfer, arbeitete mit Gregorian zusammen. Das mußte nicht unbedingt Bergier sein, dennoch war der Kommandant ebenso verdächtig wie jeder andere.

»Ich hab's mir anders überlegt«, sagte er.

Der Tanz der Erben

Sonnenuntergang. Die Stolze Prospero war eine Piratengaleone, die der Nacht entgegensegelte. Sie berührte den Horizont, und während sie zu einem Oval abflachte, setzte sie ganze Erdteile aus Wolken in Brand. Die Schatten unter den Bäumen verflüchtigten sich zu blauer Luft. Der Bürokrat stapfte die Flußstraße entlang und wechselte ständig die Tragehand, da ihm Handfläche und Finger vom Gewicht der Aktentasche weh taten.

Am Dorfrand hatten drei zerlumpte Männer auf der Straße ein Feuer gemacht und rösteten Yamswurzeln in der Asche. Ein gewaltiger Riese war damit beschäftigt, Breitblätter in einer Wasserschüssel einzuweichen und sie um die Knollen zu wickeln. Ein grauer, hagerer Mann legte sie ins Feuer, und ihr ältlicher Kumpan bedeckte sie mit Asche. Zwei Fernsehgeräte standen im Sand; das eine lief ohne Ton, das andere war weggedreht und übermittelte seine Bilder dem leeren Pfad. »Angenehmen Abend«, sagte der Bürokrat.

»Ebenso«, antwortete der hagere, farblose Mann. Durch die Löcher in seiner Hose sah man knochige Knie. »Nehmen Sie Platz.« Er rückte ein Stück beiseite, und der Bürokrat hockte sich neben ihn, sorgsam darauf bedacht, seine weiße Hose nicht zu beschmutzen. Auf dem blassen Bildschirm blickte ein junger Mann trübsinnig durch ein Fenster aufs aufgewühlte Meer hinaus. Hinter ihm stand eine Frau, die Hände auf seine Schultern gelegt. »Der Alte glaubt nicht, daß er eine Meerjungfrau sieht«, meinte der Hagere.

»Nun, so sind Väter eben.« Bläulicher Qualm kräuselte sich in den eindunkelnden Himmel, es roch nach Treibholz und blühenden Zedern. »Seid ihr auf der Jagd?«

»Könnte man sagen«, antwortete der Hagere. Der Riese schnaubte.

»Wir sind Lumpensammler«, sagte der alte Mann grob. »Wenn wir Ihnen nicht gut genug sind, dann sagen Sie's und hauen Sie ab!« Alle drei blickten ihn unverwandt an.

In der plötzlichen Stille hörte der Bürokrat das Programm, bei dem er die Männer gestört hatte. *Byron, komm vom Fenster weg. Dort draußen ist nichts, bloß das kalte, unbeständige Meer. Geh ins Freie. Dein Vater denkt ...*

Mein Vater denkt nur ans Geld.

»In meiner Aktentasche habe ich eine Flasche vakuumdestillierten Schnaps.« Er holte die Flasche heraus, nahm einen Schluck und bot sie den Männern an. »Wenn Sie probieren möchten ...«

»Das ist sehr freundlich von Ihnen.« Die Flasche machte zweimal die Runde, dann sagte der Hagere: »Sie wollen bestimmt zum Dorf.«

»Ja, zu Mutter Gregorian. Vielleicht kennen Sie das Haus.«

Die drei wechselten Blicke. »Aus der werden Sie

nichts rausbekommen«, meinte der Hagere. »Im Dorf erzählt man sich so allerlei über sie, wissen Sie. Das ist schon ein Original.« Er deutete mit einem Nicken zum Fernseher. »Könnte man glatt senden.«

»Erzählen Sie mir von ihr.«

»Nee, lieber nicht.« Er hob einen streichholzdünnen Arm und zeigte zum Dorf. »Der Weg mündet auf die erste Straße am Hafen. Gehen Sie zum Fluß runter, dann bis zur fünften …«

»Sechsten«, meinte der Alte.

»Dann eben bis zur sechsten. Gehen Sie zur Kirche und am Friedhof vorbei, unmittelbar an der Marsch entlang. Sie können's gar nicht verfehlen. Das Haus ist wie 'ne verdammte Burg.«

»Danke.« Er stand auf.

Sie sahen ihn nicht mehr an. Auf dem Bildschirm stand ein Albinomädchen ganz allein in einer Gruppe von heftig streitenden Erwachsenen. Eine heitere Gelassenheit strahlte von ihm aus, seine Augen waren leer und in sich gekehrt. »Das ist Eden, die Schwester des Jungen. Hat kein Wort geredet, seit es passiert ist«, bemerkte der Hagere.

»Was ist passiert?«

»Sie hat ein Einhorn gesehen«, antwortete der Riese.

Aus der Luft hatte das Dorf ausgesehen wie eine urtümliche gedruckte Schaltung, wie sie Galilei benutzt haben mochte, um sein erstes Radioteleskop zu bauen, falls er da nicht zwei Zeitalter durcheinanderbrachte; ein Kamm mit krummen Zähnen, die vom Wasser aus landeinwärts führten, zu klein, als daß man irgendwelche Kreuzungen gebraucht hätte. Die Häuser waren klein und schäbig, doch aus den Fenstern ergoß sich ein warmes Licht, und im Innern murmelten Stimmen. Hin und wieder verjagte ihn ein Hund mit seinem durchdringenden Gekläff von einem Boot oder einem Hof. Abgesehen vom Gastwirt, der ihm aus dem Eingang des Hotels Wassermann zunickte, begegnete er im Hafenviertel keiner Menschenseele. Er bog auf die Marschstraße ab, den kalten, silbrigen Fluß im Rücken. Er gelangte zu einem ummauerten Grundstück, auf dem Gerippe von den Bäumen hingen, die Knochen ausgebleicht und bemalt und mit Draht zusammengebunden, so daß sie in der sanften Brise leise klapperten.

Hinter dem Friedhof stieg das Gelände sanft an. Er kam an mehreren großen, dunklen Häusern vorbei, die noch nicht geplündert waren, deren reichen Bewohner aber vor kurzem ausgezogen waren. Wahrscheinlich waren sie zum Piedmont gegangen, um am plötzlichen Wirtschaftsboom teilzuhaben. Als er das letzte Haus in der Straße erreicht hatte, kurz bevor sich der Boden sanft zur Marsch hin absenkte, war er am Ziel.

Das Haus war fleckig und von Klettfliegen verkrustet, und aus den dichtverhängten Fenstern drang tatsächlich kaum ein Lichtstrahl in die weite Welt hinaus. Die Holzplanken unter dem gesprenkelten Überzug aus Insektenpuppen waren jedoch mit hübschen Schnitzereien verziert und sorgsam verfugt. Er trat vor den wuchtigen Eingang und berührte das Türschild. Im Innern verkündete eine Stimme: »Besucher, werte Damen.« Zu ihm sagte die Tür: »Bitte warten Sie.«

Kurze Zeit später öffnete sich die Tür einen Spalt weit, und ein dünnes, blasses Gesicht schaute heraus. Als es ihn sah, öffnete es sich überrascht, ließ einen Moment lang Angst erkennen, ehe es sich mißtrauisch wieder verschloß. Die Frau reckte herausfordernd das Kinn, so daß ihre Augen gleichzeitig vor ihm zurückzuschrecken schienen. »Ich dachte, Sie wären der Schätzer.«

Der Bürokrat lächelte. »Mutter Gregorian?«

»Ach, die.« Sie wandte sich ab. »Ich glaube, am besten treten Sie erst mal ein.« Er folgte ihr durch den dunklen Schlund eines mit einem braungewordenen Blümchenmuster tapezierten Korridors in den vollgestopften Bauch des Wohnzimmers. Die Frau ließ ihn in einem Sessel mit Löwenfüßen Platz nehmen. Der Sessel war ein wuchtiges Möbel, mit einer zottigen Mähne als Sitzunterlage, von der Fransen herunterhingen, und gepolsterten Armlehnen. Der Bürokrat war froh, ihn nicht von der Stelle bewegen zu müssen.

Eine Frau eilte ins Zimmer. »Ist das der Schätzer? Zeig ihm das Kristall, ich ...« Sie brach ab.

Tock. Ein zwischen zwei verstaubten Glocken eingeklemmtes Metronom hatte den Endpunkt erreicht und begann mit der langen, langsamen Rückwärtsbewegung, indem es gewichtig die Sekunden der Sterblichkeit abzählte. Ausgestopfte Tiere spähten von der Zinndecke mit Augen aus grünem, grauem und orangefarbenem Glas zu ihm herunter. Jetzt, wo er darauf achtete, war der Raum voller Gesichter. Schwerlidrig, mit offenen, mißbilligenden Mündern, waren sie in die Beine, Seitenteile und Sockel der Schreibpulte, Tische, Sideboards und Chinaschränke eingeschnitzt, die sich gegenseitig den Platz streitig machten. Selbst die hellen Mahagonimöbel waren mit extravaganten Schnitzereien verziert. Er fragte sich, wo die Späne jetzt sein mochten, die man bestimmt nicht weggeworfen hatte. Das Zimmer war außerordentlich kostbar und wäre mit der Hälfte der Einrichtung erheblich wohnlicher gewesen. *Tock.* Das Metronom meldete sich erneut zu Wort, und die Frauen musterten ihn noch immer, als würden sie niemals wieder sprechen.

»Also wirklich, Ambrym, wie lange soll ich denn noch warten, bis du mir deinen Freund vorstellst?«

»Das ist nicht mein Freund, er will zu Mutter.«

»Ein Grund mehr, sich der üblichen Höflichkeit zu befleißigen.« Sie streckte die Hand aus, worauf sich der Bürokrat erhob, damit er sie schütteln konnte. »Ich bin Linogre Gregorian«, sagte sie. »Esme! Wo steckst du?«

Eine dritte, mausbraun gekleidete Frau erschien, die sich gerade die Hände mit einem Handtuch abtrocknete. »Wenn das der Schätzer ist, kannst du sicher sein, daß er von dem kaputten …« Sie brach ab. »Verzeihung, ich wußte nicht, daß Sie an der Tür waren.« Sie ging nicht wieder hinaus, stand einfach bloß da und schaute.

»Sei nicht blöd, Esme, dieser Herr ist wegen Mama hier. Bring ihm ein Glas Bier.«

»Du brauchst dir nicht …«

»Die Gregorians haben immer ein ordentliches Haus geführt«, sagte sie mit Nachdruck. »Bitte nehmen Sie doch Platz. Der Arzt ist gerade bei Mutter. Wenn Sie warten, wird sie Sie bestimmt empfangen wollen, wenn auch nur kurz. Sie müssen aber darauf achten, Mutter nicht aufzuregen, denn sie ist schwerkrank.«

»Sie liegt im Sterben«, meinte Ambrym. »Sie will nicht, daß wir sie zum Piedmont bringen, wo die guten Krankenhäuser sind. Sie hat sich in den Kopf gesetzt, bis zum bitteren Ende in dieser Bruchbude zu bleiben. Ich glaube, sie wartet darauf, von der Flut fortgeschwemmt zu werden. Nicht, daß die Evakuierungsbehörde das zulassen würde.« Ein abwesender Ausdruck kam in ihre Augen. »Das hätte gerade noch gefehlt, daß wir als Arme zwangsumgesiedelt werden.«

»Verzeihung, Ambrym, aber ich glaube, unser Gast interessiert sich nicht für unsere privaten Probleme.« Dem Bürokraten entging nicht, wie Ambrym von ihrer Schwester zurückwich, auch nicht die Verachtung, mit der sie es tat. »Darf ich mich nach Ihrem Anliegen erkundigen?«

»Selbstverständlich.« Esme reichte ihm ein Bierglas aus edlem Kristall. »Ich danke Ihnen.« Sie legte einen

Untersetzer aus spitzenartigem Porzellan auf den Tisch, das sogar noch im Abendlicht schwach durchscheinend war. Es war ein zauberhafter Hauch von einem Untersetzer, so zart, daß man es kaum glauben mochte. »Ich bin von der Abteilung für Techniktransfer, die der Systemregierung angeschlossen ist. Wir würden uns gern mit Ihrem Bruder unterhalten, aber als er sein Beschäftigungsverhältnis aufgab, hat er bedauerlicherweise keine Nachsendeadresse hinterlassen. Vielleicht könnten Sie …?« Er brach ab und nahm einen Schluck aus seinem Glas. Es war Lagerbier, dünn und nahezu geschmacklos.

»Wir wissen überhaupt nichts«, meinte Linogre kühl.

Ambrym hingegen fauchte: »Sind Sie sein Beauftragter? Er ist schon als Kind von zu Hause fortgegangen. Er hat keinerlei Ansprüche! Wir haben ein Leben lang gearbeitet, wie die Sklaven …«

»Ambrym«, warf ihre Schwester vielsagend ein.

»Das ist mir egal. Wenn ich an die jahrelange Schufterei denke, an all das Leid, das Elend, das ich wegen ihr durchgemacht habe …!« Sie wandte sich unmittelbar an den Bürokraten. »Jeden Morgen poliere ich ihre Reitstiefel, und das seit fünf Jahren! Ich muß vor ihr auf dem Boden knien, während sie mir erzählt, daß sie die wertvollsten Sachen Linogre hinterlassen will. Dabei wird sie das Bett niemals wieder verlassen.«

»Ambrym!«

Sie verstummten und beäugten sich gegenseitig. Sechsmal tickte das Metronom, während der Bürokrat dachte, die Hölle könne nicht viel anders sein. Schließlich gewann Linogre die Oberhand, und ihre Schwester schaute weg. Aus dem Schatten hervor fragte Esme ängstlich: »Möchten Sie noch ein Glas Bier?«

Der Bürokrat hielt sein fast volles Glas hoch. »Nein, danke.« Esme erinnerte ihn an eine Maus, die sich furchtsam am Rand hielt, in der Hoffnung, irgendwann werde ein kleiner Krümel für sie abfallen. Die Mäuse auf Miranda waren jedoch dimorph, wie alles andere. Zum Ende des Großjahres schwammen sie ins Meer hinaus und ertranken in großer Zahl, und die wenigen Überlebenden verwandelten sich in... – er versuchte sich zu erinnern – kleine amphibische Wesen, die Westentaschenrobben ähnelten. Ob Esme sich wohl ebenfalls verwandeln würde, wenn die Flut kam?

»Glaub ja nicht, ich bekäme nicht mit, wie du ihr in den Arsch kriechst«, fuhr Ambrym sie an. »Die Harmlosigkeit in Person. Ich habe gesehen, wie du die silberne Soßenschüssel versteckt hast.«

»Ich habe sie saubergemacht!«

»Auf deinem Zimmer, ja, klar.«

Panische kleine Äuglein. »Jedenfalls hat sie gemeint, die wäre für mich.«

»*Wann?*« schrien beide Schwestern wütend im Chor.

»Erst gestern. Ihr könnt sie ja fragen.«

»Du weißt doch ...« Linogre blickte den Bürokraten an und senkte die Stimme, während sie ihm halb den Rücken zuwandte. »Du weißt doch, daß Mutter gesagt hat, wir sollten das Silber unter uns aufteilen, in gleichen Teilen. Das hat sie immer gesagt.«

»Hast du deshalb die Zuckerzangen genommen?« wollte Ambrym unschuldig wissen.

»Das habe ich nicht getan!«

»Doch.«

Aufmerksam lauschend stellte der Bürokrat sein Glas ab. Es landete ein wenig unsanfter als beabsichtigt auf dem Untersetzer, der mit einem leisen Knakken zerbrach.

Die hellhörige Esme hatte es als einzige bemerkt. Sie schüttelte warnend den Kopf, wischte die Scherben zusammen und reichte ihm einen neuen Untersetzer, ehe ihre Schwestern überhaupt bemerkt hatten, was vorgefallen war.

»Sobald Mutters Vermächtnis geregelt ist«, sagte Ambrym, »werde ich das Haus verlassen und niemals wiederkommen. Für mich gibt es ohne Mutter keine Familie mehr, und ich bin nicht mehr mit euch verwandt.«

»Ambrym!« kreischte Esme.

»Du solltest dich schämen, so daherzureden, wo Mutter oben im Sterben liegt!« schrie ihre ältere Schwester.

»Sie wird nicht sterben, denn sie weiß, wie glücklich wir darüber wären. Aus purer Gehässigkeit wird sie weiterleben«, meinte Ambrym. Ihre Schwestern blickten sie mißbilligend an, allerdings ohne ihr zu widersprechen.

Als sie unvermittelt innehielten, ging eine Art tiefer Befriedigung von ihnen aus, so als hätten sie soeben für ihn ein privates Drama aufgeführt und warteten nun auf den Applaus, damit sie sich bei den Händen fassen und verneigen konnten. Ihre Haltung schien ausdrücken, jetzt weißt du alles über uns. Die Szene war sorgfältig einstudiert, und dem Bürokraten war wohl bewußt, daß es keinem Besucher gestattet würde, das Haus zu verlassen, ohne eine Variante der Vorstellung miterlebt zu haben.

Als der Arzt die Treppe herunterkam, sahen ihm alle drei erwartungsvoll entgegen. Er schüttelte feierlich den Kopf und ging hinaus. Bestenfalls war die Geste mehrdeutig.

»Kommen Sie.« Linogre ging zur Treppe.

Der Bürokrat folgte ihr in bedrückter Stimmung.

Sie führte ihn in eine Kammer, in der es so düster war, daß er deren Ausdehnung kaum zu erkennen vermochte. Das Zimmer wurde beherrscht von einem riesigen Bett. Von in die Decke eingelassenen Haken hingen Bettvorhänge herunter, auf denen eine freundliche Landschaft dargestellt war, in der Satyre und Astronauten, Nymphen und Ziegen herumtollten. Die Säume schmückten die Sternbilder der alten Erde, Zauberstäbe, Orchideen und noch weitere Symbole der Zeugungsmagie. Die Farben waren verblaßt, und das braune Gewebe war von seinem eigenen Gewicht zerrissen.

Im Bett ruhte auf einem bauschigen Thron aus Kissen eine unglaublich fette Frau. Unwillkürlich mußte er an eine Termitenkönigin denken, so unförmig und unbeweglich war sie. Ihr Gesicht war teigig-blaß, ihr Mund ein lautloser Schmerzensschrei. Eine beringte Hand ruhte auf dem Tablett, das über ihrem angeschwollenen Bauch schwebte, darauf ein Kreis von Patiencekarten; eine feierliche Prozession von Sternen, Blütenkelchen, Königinnen und Buben. Am Fußende flimmerte ein Fernseher mit abgestelltem Ton.

Als der Bürokrat sich vorgestellt hatte, nickte sie, ohne von den Karten aufzusehen. »Ich spiele gerade ein Spiel, das Zwecklos heißt«, sagte sie. »Kennen Sie's?«

»Wie gewinnt man es?«

»Überhaupt nicht. Man kann die Niederlage nur hinausschieben. Dieses Spiel zieht sich schon über Jahre hin.« Sie sah zu ihrer Tochter auf.

»Glaub ja nicht, ich wüßte nicht, wovon du redest.«

»Die Struktur ist alles«, sagte sie. Nach jedem Satz mußte sie kurz Atem schöpfen. »Die Beziehungen zwischen den Dingen verändern und wandeln sich ständig; so etwas wie objektive Wahrheit gibt es nicht. Es gibt nur die Struktur oder das Muster, und das größere Muster, in das die kleineren Muster eingebettet sind. Ich begreife das größere Muster, darum habe ich gelernt, die Karten zum Tanzen zu bringen. Trotzdem wird das Spiel irgendwann unweigerlich zu Ende gehen. Wenn man die Karten liest, erfährt man eine Menge über das Leben.«

»Das weiß doch jeder. Du bist nicht sonderlich originell. Sogar dieser Herr hier weiß es.«

»Tun Sie das wirklich?« Zum erstenmal sah ihn die Mutter direkt an; sie und ihre Tochter warteten gespannt auf seine Antwort.

Der Bürokrat hüstelte mit vorgehaltener Hand. »Ich würde Sie gern kurz unter vier Augen sprechen, wenn Sie nichts dagegen haben, Mutter Gregorian.«

Sie bedachte Linogre mit einem kalten Blick. »Geh!«

Als die Tochter die Tür hinter sich schloß, sagte ihre Mutter laut: »Sie wollen mich fortschaffen. Sie verschwören sich gegen mich und glauben, ich würde es nicht merken. Aber ich merke es. Ich merke alles.«

Auf dem Korridor stöhnte Linogre laut auf. Ihre Schritte wanderten die Treppe hinunter.

»Das ist die einzige Möglichkeit, zu verhindern, daß sie an der Tür horcht«, flüsterte die alte Frau. Und in lauterem Ton, beinahe schreiend, setzte sie hinzu: »Aber ich werde hierbleiben, ich werde hier sterben. In diesem Bett.« Leiser, fast beiläufig: »Das war mein Hochzeitsbett. In diesem Bett schlief ich zum erstenmal mit einem Mann.« Auf dem gespenstisch flackernden Fernsehschirm sah er Byron wieder aus dem Fenster schauen. »Es ist ein prima Bett. Ich habe alle meine Ehemänner mit hereingenommen. Manchmal mehrere auf einmal. Dreimal war es mein Kindbett – viermal sogar, wenn ich die Fehlgeburt mitzähle. Ich möchte darin sterben. Das ist wohl kaum zuviel verlangt.« Sie seufzte und schob das Tablett mit den Karten weg. Es schwenkte zur Wand. »Was wollen Sie von mir?«

»Etwas ganz Einfaches, glaube ich. Ich möchte mit Ihrem Sohn sprechen, kenne aber seine Adresse nicht, und da hatte ich gehofft, sie wüßten, wo er sich gegenwärtig aufhält.«

»Seit er mir weggelaufen ist, habe ich nichts mehr von ihm gehört.« Ihr Gesicht nahm einen durchtriebenen Ausdruck an. »Was hat er Ihnen angetan? Hat Ihnen Ihr Geld geklaut, nehme ich an. Meins wollte er mir auch wegnehmen, aber ich war zu schlau für ihn. Das ist das einzige, was im Leben etwas taugt, das einzige, was einem Macht gibt.«

»Soviel ich weiß, hat er nichts getan. Ich möchte ihm bloß ein paar Fragen stellen.«

»Ein paar Fragen«, meinte sie ungläubig.

Er machte keine Anstalten, das einsetzende Schweigen zu brechen, sondern ließ es sich entfalten und erblühen, gespannt darauf, wann sie endlich wieder sprechen würde. Schließlich runzelte Mutter Gregorian ärgerlich die Stirn und sagte: »Was für Fragen?«

»Es besteht die Möglichkeit, nicht mehr, daß verbotene Technik abhanden gekommen ist. Meine Vorgesetzten möchten Ihren Sohn fragen, ob er etwas darüber weiß.«

»Was werden Sie mit ihm machen, wenn Sie ihn gefangen haben?«

»Ich beabsichtige nicht, ihn zu fangen oder etwas in der Art«, erwiderte der Bürokrat gereizt. »Wenn er das Gerät hat, werde ich ihn auffordern, es zurückzugeben. Mehr kann ich nicht tun. Ich habe keine Befugnis, weitergehende Maßnahmen zu ergreifen.« Sie lächelte gehässig, als hätte sie ihn gerade bei einer Lüge ertappt. »Aber warum erzählen Sie mir nicht ein bißchen über ihn? Wie war er als Kind?«

Die alte Frau hob mühsam die Schultern. »Er war ein ziemlich normaler Junge. Ein rechter Draufgänger. Ich erinnere mich noch, daß er Liebesgeschichten mochte. Gespenster, Ritter und Raumpiraten. Der Priester erzählte dem kleinen Aldebaran immer Märtyrergeschichten. Ich weiß noch, wie er dasaß, mit großen Augen zuhörte und zitterte, wenn sie starben. Jetzt ist er im Fernsehen, erst gestern habe ich einen Werbespot von ihm gesehen.« Sie hantierte mit der Fernsteuerung, schaltete zwischen den Sendern hin und her, ohne den Spot zu finden, dann legte sie die Fernsteuerung wieder weg. Es war ein teures Gerät, im Weltraum verschweißt und mit einer Garantie seiner Behörde versehen, daß es nicht konvertierbar sei. »Als er geboren wurde, war ich noch Jungfrau.«

»Wie bitte?« sagte er verblüfft.

»Ah, *dachte* ich's mir doch, daß Sie das interessieren würde. Das riecht nach fremder Technik, nicht wahr? Ja, aber das Verbrechen liegt lange zurück. Damals war ich noch jung und sehr, sehr schön. Sein Vater war ein Außenweltler wie Sie, sehr reich, und ich war bloß eine hinterwäldlerische Hexe – eine Apothekerin, wie man zu einer Kräuterfrau auch sagen könnte.«

Ihre bleichen, gesprenkelten Augenlider schlossen sich halb; sie legte den Kopf noch weiter zurück und blickte in die Vergangenheit. »Er schwebte in einer rotlackierten Flugmaschine vom Himmel herab, in einer finsteren Nacht, als Caliban und Ariel gerade in der Neumondphase waren – das ist ein wichtiger Zeitpunkt, um Wurzeln zu sammeln, zumal wenn es um Alraune, Leuchtmädel und den Clownskuß geht. Er war ein bedeutender Mann mit einer starken Ausstrahlung, aber nach all den Jahren kann ich mich an sein Gesicht nicht mehr erinnern – nur noch an seine Stiefel, er trug wundervolle Stiefel aus kostbarem rotem Leder von einem weitentfernten Stern, wie er mir sagte, nichts, was man auf Miranda mit noch so viel Geld hätte kaufen können.« Sie seufzte. »Er wollte ein mutterloses Kind, das nur seine eigenen Gene in sich trug, nichts sonst. Ich weiß nicht, warum. Das bekam ich in all den Monaten, die wir zusammen waren, nie aus ihm heraus.

Wir vereinbarten einen Preis. Er gab mir so viel Geld, daß ich mir dies alles« – sie deutete mit dem Kinn auf ihr vollgestopftes Reich – »und später dann noch einige Ehemänner kaufen konnte, die eher nach meinem Geschmack waren als er. Dann flog er mich mit seinem Raumschiff mit den Fledermausflügeln nach Ararat, tief in den Wald. Es war die erste Stadt, die je auf Miranda errichtet wurde. Aus der Luft sah sie aus wie ein stufenförmiger Berg, wie eine Art Zikkurat, und sie war vollkommen überwachsen. Ich verbrachte dort meine ganze Schwangerschaft. Hören Sie nicht auf die, die behaupten, dort würde es spuken. Ich hatte die ganze Stadt für mich allein, all diese Steinbauten, die größer waren als alles, was man auf dieser Seite des Piedmont findet, da waren nur ich und die Tiere. Der Vater leistete mir nach Möglichkeit Gesellschaft, aber meistens war ich mit meinen Gedanken allein und streifte zwischen den überwachsenen Mauern umher. Sie waren grün vom Moos, Bäume wuchsen aus den Fenstern, auf den Dächern sprossen Blumen. Niemand, mit dem ich hätte reden können! Glauben Sie mir, ich habe mir das Geld redlich verdient. Hin und wieder weinte ich.«

Ihre Augen blickten milde in die Ferne. »Er behandelte mich mit großer Nachsicht, so als wäre ich sein Haustier, seine empfindsame Katze, aber kein einziges Mal nahm er die Frau in mir zur Kenntnis, das merkte ich wohl. Er benutzte mich dazu, sein Kind auszutragen, darauf lief es hinaus, ansonsten hielt er sich zurück.

Ich zerriß das Jungfernhäutchen mit diesen beiden Daumen. Ich war natürlich auch als Hebamme ausgebildet und wußte, was ich essen und welche Übungen ich machen mußte. Als er mir fremde Speisen und Arzneien anschleppte, warf ich sie weg. Als er dahinterkam, lachte er, denn inzwischen sah er ja, daß ich gesund war und daß es seinem Kind gut ging. Aber ich hatte meine eigenen Pläne. In der Geburtswoche war er nicht da – ich hatte ihm das falsche Datum genannt –, und anschließend entwischte ich ihm. Damals war ich jung, ich ruhte mich zwei Tage aus, dann verließ ich Ararat. Er glaubte, ich hätte mich verlaufen und würde nicht mehr zurückfinden, verstehen Sie. Aber ich stammte aus dem Tideland, was wußte er in seiner schwebenden Welt aus Metall schon davon? Ich hatte insgeheim Vorräte gehortet, und ich wußte, welche Pflanzen genießbar waren, darum hatte ich genug zu essen. Ich folgte den Flußläufen, umging die Marsch und gelangte schließlich ans Meer. Woanders hätte ich gar nicht herauskommen können. Nach nicht mal einem Monat war ich hier gelandet, bestellte die Arbeiter und ließ dieses Haus bauen.«

Sie lachte leise, und das Lachen blieb ihr im Halse stecken und mündete in einen Hustenanfall. Ihr Gesicht verzerrte sich und lief rot an, und der Bürokrat fürchtete bereits, sie könnte ernsthafte Probleme haben. Als sie sich wieder beruhigt hatte, schenkte er ihr aus einer Karaffe ein Glas Wasser ein. Sie nahm es an, ohne sich dafür zu bedanken. »Ich habe den Kerl reingelegt, ganz recht. Ich habe ihn ausgenutzt. Ich hatte sein Geld auf Banken des Piedmont in Sicherheit gebracht, und ich hatte sein Kind. Er wußte nicht, wo er nach ihm hätte suchen sollen, und Nachforschungen anstellen konnte er nicht. Wahrscheinlich hat er sich nie die Mühe gemacht. Hat wohl geglaubt, ich wär dort draußen umgekommen. Um Ararat herum ist es sumpfig.«

»Das ist eine erstaunliche Geschichte«, sagte der Bürokrat.

»Sie glauben, ich hätte ihn geliebt. Das meint jeder, aber so war es nicht. Er hat mich mit seinem fremden Geld gekauft. Er hat geglaubt, er sei wichtig und ich im Vergleich zu ihm ein Nichts, jemand Unbedeutendes, den er kaufen und bei der nächsten Gelegenheit wieder fallenlassen könnte. Und er hatte recht damit, der Teufel soll ihn holen! Und das hat mich wütend gemacht. Deshalb habe ich ihm seinen Sohn weggenommen, um ihn eines Besseren zu belehren.« Sie kicherte. »Ach, das waren noch Zeiten.«

»Haben Sie irgendwelche Fotos von ihm?«

Sie deutete zur Wand, wo sich kleine Porträtfotos

und uralte fotomechanische Abbildungen gegenseitig den Platz streitig machten. »Bringen Sie mal das Bild dort in dem Schildpattrahmen her.« Er gehorchte. »Diese Frau, diese hochgewachsene Schönheit, das war ich, ob Sie's nun glauben oder nicht. Das Kind ist der junge Aldebaran.«

Er betrachtete es aufmerksam. Die Frau war plump und gewöhnlich, offenbar jedoch stolz auf ihre Leibesfülle, auf ihr Fleisch: Sie würde schon ihre Verehrer gehabt haben. Das Kind wirkte unheimlich; es blickte ihn geradewegs an, mit Augen, die zwei dunkle Kreise waren. »Das da auf dem Bild ist ein Mädchen.«

»Nein, das ist Aldebaran. In den ersten paar Jahren habe ich ihn Röcke und Volants tragen lassen, für den Fall, daß sein Vater plötzlich auftauchen sollte. Bis er sieben war. Dann wurde er störrisch, richtig ungezogen, und wollte seine Sachen nicht mehr anziehen. Ich mußte nachgeben, sonst wäre er splitterfasernackt auf die Straße gelaufen. Leicht fiel's mir nicht. Drei Tage lang lief er nackt herum, bis der Priester kam und meinte, das könne nicht so weitergehen.«

»Wie kommt es, daß Aldebaran eine auswärtige Erziehung genossen hat?«

Sie antwortete nicht darauf. »Ich wollte natürlich eine Tochter haben. Mädchen sind viel fügsamer. Ein Mädchen wäre nicht fortgerannt, um seinen Vater zu finden, wie er es getan hat.« Unvermittelt kommandierte sie: »Greifen Sie mal unters Bett. Ziehen Sie raus, was Sie dort finden.«

Er langte in die gebärmutterartige Dunkelheit unter der Matratze und holte einen flachen Baumstumpf hervor, in den halbmenschliche Figuren eingeschnitzt waren. Mutter Gregorian wälzte sich stöhnend auf die Seite, um ihn sehen zu können. »Unter der grünen Seide – da müßte ein braunes Paket sein. Ja. Das. Packen Sie's aus!«

Es war erschreckend leicht, diesem Monstrum zu

gehorchen, so sicher war es sich seiner Forderungen. Er hielt ein abgenutztes Notizbuch in der Hand, dessen Einband mit verblaßten astrologischen Zeichen bekritzelt war.

»Das hat einmal Aldebaran gehört. Als er fortlief, hat er's hiergelassen.« Ihr Lächeln galt unerzählten Geschichten. »Nehmen Sie's mit, vielleicht erfahren Sie etwas Nützliches daraus.« Als sie die Augen schloß, entspannte sich ihr Gesicht und wurde zu einer schwammigen Maske aus Schmerz. Sie japste jetzt, so regelmäßig wie ein Hund im Sommer, bloß leiser.

»Sie waren mir eine große Hilfe«, meinte der Bürokrat behutsam. Er spürte, daß die alte Frau einen Preis fordern würde für die Informationen, die sie ihm gegeben hatte.

»Er hielt sich immer für besonders schlau. Er hat geglaubt, wenn er nur weit genug fortginge, könnte er mir entkommen!« Ihre Lider hoben sich flatternd über boshaft glitzernden Augen. »Wenn Sie ihn finden, übermitteln Sie ihm eine Nachricht von mir. Sagen Sie ihm, ganz gleich, wie weit im Raum, im Lernen oder in der Zeit man auch kommt, seiner Mutter entkommt man nie.«

Er wußte nicht, was er sagen sollte. Statt dessen verneigte er sich höflich und wandte sich zum Gehen.

»Ach, wegen des zerbrochenen Untersetzers brauchen Sie sich keine Sorgen zu machen. Wir haben genug, außerdem war der Satz sowieso nicht komplett.«

Er lächelte. »Der Trick ist gut. Woher wissen Sie das?«

Sie hob die Hand, eine Geste, die gleichzeitig flüssig und mühsam wirkte, so als griffe eine Ertrinkende aus dem Wasser. Sie unterbrach einen Schaltstrahl, das Licht ging aus, und abgesehen von einer leuchtenden Schneeflocke an der Decke lag das Zimmer auf einmal im Dunkeln. Der Lichtflecken war eine Rosette aus kleinen Kreisen und erinnerte an ein Festtagsplätzchen. Als der Bürokrat den Blick senkte, erblickte er am Boden eine zweite kleinere und hellere Rosette.

Ihre Stimme triefte vor Schadenfreude. »Die Heizungsklappe. Wenn sie offen ist, versteht man jedes Wort, das unten gesprochen wird. Ich habe gehört, wie der Untersetzer zerbrochen ist und wie Esme in den Anrichteraum geeilt ist.« Sie lachte ihn aus. »Zu unkompliziert für Sie, wie? Ihr Außenweltler haltet euch ja für so schlau. Etwas derart Simples wie unser Heizungssystem ist euch zu hoch.«

Im Wohnzimmer im Erdgeschoß begegnete er einem würdevoll dreinblickenden Mann mit einem dunklen Schnurrbart, der ein Glas mit dem dünnen Bier der Töchter in der Hand hielt. Sein Haar war nach der neuesten Mode des Piedmont angeklatscht. »Sie müssen der Schätzer sein«, sagte der Bürokrat.

Sie gaben sich die Hand. »Ja, ich komme alle paar Wochen her und stelle jedesmal eine neue Preisliste auf. Vor einem Jahr wären diese Sachen noch ein Vermögen wert gewesen; mittlerweile sind die Frachtkosten gestiegen, so daß sie nicht mehr ganz so viel wert sind. Das meiste wird wohl hierbleiben müssen.« Der Schätzer hielt einen zerfledderten Papierpacken hoch und seufzte andächtig. »Hier sind die Zahlen, jeder kann sie nachprüfen. Ich mache keinen Gewinn dabei. Der einzige Grund dafür, daß ich so oft hierherkomme, ist, daß es hier so viele wunderschöne Sachen gibt, und es wäre doch schade, wenn sie in der Flut umkämen.«

Linogre und Ambrym standen in der Nähe, bloß Esme war nirgends zu sehen. Dennoch spürte der Bürokrat, daß sie aus irgendeinem dunklen Winkel hervor alles aufmerksam beobachtete, mit winzigen schwarzen Perlenäuglein und zitternden Schnurrhaaren.

»Esme«, sagte Linogre. »Bitte geleite den Besucher unserer Mutter zur Tür. Wir müssen uns um ihre Garderobe kümmern.«

Die beiden älteren Schwestern entfernten sich im Schlepptau des Schätzers. Als sie verschwunden waren, tauchte Esme aus dem Dunkel hervor. Der Bürokrat blickte zum Heizungsschlitz hoch und faßte sie impulsiv bei der Hand. Auf einmal spürte er das dringende Bedürfnis, sie aus dieser vergifteten Atmosphäre herauszuholen. Um wenigstens etwas vor der Katastrophe zu retten. »Hören Sie mir zu: Ihre Mutter hat mir erzählt, daß sie Sie aus ihrem Testament ausgeschlossen hat«, sagte er. »Sie wird Ihnen nichts vermachen. Verlassen Sie heute noch dieses Haus, mein Kind. Jetzt gleich. Ich helfen Ihnen, Ihr Gepäck zu tragen. Sie haben hier nichts mehr zu erwarten.«

Die Rauchglasaugen des Mädchens wurden stumpf vor Gehässigkeit. »Ich will sehen, wie sie krepiert!« fauchte sie. »Das Geld kann sie behalten, aber ich will, daß sie stirbt und nie wiederkommt!«

Als er aus dem Haus trat, war es Nacht, doch die runde Scheibe Calibans prangte am Himmel, und Ariel stand tief und war fast voll, so daß die Uferstraße hell erleuchtet war und die Bäume gespenstische auseinanderstrebende Schatten warfen. Die schwach leuchtenden Baumsterne hatten ihren hochgelegenen Ausguck verlassen und wühlten im Humus nach Milben. Es war ein friedlicher Spaziergang, und der Bürokrat nutzte die Zeit, um seine Eindrücke zu ordnen. Ihm schien es so, als sei die Zeit stehengeblieben in dem Haus, das er soeben verlassen hatte. Wenn die Flut käme, würde sich alles verändern. Doch einige hatten sich dem Wandel entzogen und würden sich, wenn die Sonne sie überraschte, als lebloser Stein zu erkennen geben.

Es würde nicht schaden, herauszufinden, wer der

Vater des Magiers war. Selbst unter der Voraussetzung, daß er mit der Einfuhr des Geldes gegen die Zollbestimmungen verstoßen hatte, war er bestimmt ein reicher und wahrscheinlich einflußreicher Mann gewesen. Der Bürokrat dachte wieder an die drei Schwestern, zeitlos erstarrt und geschlechtslos durch ihre Gier und Trägheit.

Ich könnte Gregorian beinahe mögen, dachte er, bloß weil er dieser Frau entkommen ist.

Schließlich fragte er seine Aktentasche: »Nun – worum handelt sich's?«

»Den Zeichnungen und Diagrammen nach zu schließen, ist es ein magisches Tagebuch – der Rechenschaftsbericht eines angehenden Zauberers, der sich über seine geistige Entwicklung auf dem laufenden halten möchte. Es ist in einer frei erfundenen Geheimschrift abgefaßt, unter Verwendung altertümlicher alchemistischer Symbole, wie sie sich nur ein ungewöhnlich aufgeweckter Schüler auszudenken vermag.«

»Dann entschlüssele sie.«

»Sehr wohl.« Die Aktentasche überlegte einen Moment lang, dann sagte sie: »Der erste Eintrag lautet: *Heute habe ich einen Hund getötet.*«

Die berühmte Hexe Madame
Campaspe, die behauptete, sie habe
das Menschsein transzendiert und
brauche darum nicht zu sterben, und
die stets eine zahme Wasserratte
mit sich herumtrug, war nirgends zu
finden. Einige meinten, sie habe sich
zum Piedmont zurückgezogen, wo sie
unter fremdem Namen eine ummauerte
Besitzung im Eisensee-Distrikt habe,
andere behaupteten, nachdem sie von
einem entsetzten Liebhaber ertränkt
worden sei, habe man ihre Kleider am
Fluß gefunden und zur örtlichen Kirche
gebracht, wo sie verbrannt worden
seien. Niemand rechnete mit ihrer
Rückkehr.

Hammerschläge dröhnten. Arbeiter
rissen Häuserwände ein und spannten
Wachsblumengebinde über die
Straßen von Rosendal. Das kleine Flußstädtchen war bereits zur Hälfte
demontiert, die Häuser bestanden nur
noch aus Dächern und Böden, so daß

man sie als Tanzpavillons benutzen konnte. Sie ähnelten Skeletten, die von traurigen Abfallhaufen flankiert wurden.

Der Bürokrat und Chu standen vor den Überresten von Madame Campaspes Haus. Einzig das hohe Dach, das ironischerweise wie die quadratische Version eines spitzen Hexenhuts wirkte, und die Eckpfosten waren noch intakt. Das Innere war mit Holzabfall und anderem brennbarem Material angefüllt. »Was für eine Schweinerei«, meinte der Bürokrat angesichts der aufgehäuften und zertrümmerten Garderoben und Sofas, der fleckigen Decken, der zusammengepappten Papiermassen und schmutzigen braunen Lumpen, all des Treibguts eines hastig aufgegebenen Lebens. Aus der Tiefe grinste ein ausgestopfter Engelshai mit gebrochenem Rückgrat zu ihnen auf. Das Haus stank nach hellem Kerosin.

»Wird ein hübsches Freudenfeuer geben«, sagte Chu. Als eine Frau mit Handschuhen aus Segeltuch weitere Bretter hineinwarf, wich sie zurück. »He ... Lady! Ja, Sie. Sind Sie hier aus der Gegend?«

Die Frau strich sich mit dem Handgelenk das kurze schwarze Haar zurück, ohne sich darum zu scheren, daß sie Arbeitshandschuhe trug. »Ich bin hier geboren.« Ihre Augen waren grün, kühl, skeptisch. »Was wollen Sie wissen?«

»Die Frau, die hier gelebt hat, die Hexe. Haben Sie sie gekannt?«

»Natürlich kenne ich sie. Madame Campaspe war die reichste Frau in Rosendal. Ein zäher alter Vogel. Es wurde viel über sie geklatscht. Aber ich lebe auf der anderen Seite der Stadt. Ich bin ihr nie begegnet.«

Chu lächelte trocken. »Natürlich nicht. Das ist schließlich eine große Stadt, wie hätten Sie ihr da auch begegnen sollen?«

»Eigentlich«, sagte der Bürokrat, »interessieren wir

uns mehr für einen ihrer Schüler. Für einen Mann namens Gregorian. Kannten Sie ihn?«

»Tut mir leid, ich ...«

»Das ist der Mann, von dem die ganzen Werbespots
sind«, meinte Chu. Und als die Frau immer noch
keine Reaktion zeigte: »Im Fernsehen. Im Fernsehen!
Haben Sie schon mal vom Fernsehen gehört?«

Der Bürokrat warf eilig ein: »Verzeihen Sie. Mir ist
dieser wunderschöne Anhänger aufgefallen, den Sie
da tragen. Ist das etwas Magisches?«

Die Frau sah verärgert auf den Steinanhänger zwischen ihren Brüsten hinab. Er war glattpoliert, so lang
wie ein Daumen, an einer Seite abgeflacht, an der anderen gebogen, am oberen Ende abgerundet und ver-
jüngte sich an der Unterseite zu einer stumpfen
Spitze. Für ein Angelgewicht war er zu groß und für
eine Speerspitze zu stumpf und asymmetrisch. »Das
ist ein Muschelmesser«, antwortete sie. Sie packte
brüsk ihren Karren und stapfte davon.

Der Bürokrat blickte ihr nach. »Ist Ihnen schon aufgefallen, wie ausweichend die Einheimischen sind,
wenn man anfängt, ihnen Fragen zu stellen?«

»Ja, sieht ganz so aus, als hätten sie was zu verbergen, nicht wahr?« meinte Chu nachdenklich. »Es gibt
hier einen Schmuggelhandel mit magischen Artefak-
ten. Steinerne Projektilspitzen, Keramik und so weiter.
Gegenstände, die rechtmäßig der Regierung gehören.
Eine Hexe könnte gut darin verwickelt sein. Ständig
stöbern sie an seltsamen Orten herum, stecken ihre
Nase in Friedhöfe und in einsame Schluchten. Graben
Löcher.«

»Geht es dabei um viel Geld?«

Als Chu den Bürokraten anlächelte, machte er sich
schuldbewußt klar, daß sein Gesicht wohl den gleichen Ausdruck zeigte, ein angespanntes kleines Grinsen mit einem Anflug von Bosheit darin, als wären sie
Raubtiere, die Blut gewittert hatten.

»Es wäre interessant, das herauszufinden.«

Sie gingen zum Hotel zurück. Im Gebüsch am Stadtrand hatten ein paar Kinder einen Nautikus gefangen. Ausgelassen jauchzend ritten sie auf seinem Panzer, immer zwei oder drei gleichzeitig, während sich das Tier mit seinen langen, biegsamen Armen vorwärtszog. Insgeheim empfand der Bürokrat Mitleid mit der armen Kreatur. Es fiel ihm schwer, sich vorzustellen, daß das Tier in einem Jahr mit übernatürlicher Geschwindigkeit und unheimlicher Anmut durchs Meer flitzen würde.

Im Stadtzentrum kamen sie an einer Ansammlung von Lastwagen der Unterhaltungskünstler und Schausteller vorbei, die der örtliche Handel zum Abschied eingeladen hatte. Ein Mann mit einem stolzen Bauch kurbelte gerade den Baldachin eines Marionettentheaters aus. Andere bauten gerade ein Riesenrad auf. Alles wirkte schäbig, billig, unendlich trübselig.

Der Bürokrat durchquerte die Lobby und betrat die Hotelbar. Hier war es kühl und düster, der Raum war vollgestopft mit Neonschildern, die für nicht mehr vorhandene Alkoholsorten warben, und gewaltigen, ausgebleichten Stoßzähnen, und es roch nach dem billigen Bier, das im Lauf der Zeit hier verschüttet worden war. Staubgraue Blumengirlanden aus Papier umkränzten die an den Wänden klebenden Holos mit den hinter schillernden Schmierflecken gefangenen Boxern, welche dieselben berühmten Schläge endlos wiederholten.

Ein schlampiger, fetter Barkeeper lehnte mit dem Rücken an einer schmalen Theke und sah fern. Ihre Ebenbilder schwammen aus der Tiefe eines korrodierten Spiegels hervor, tauchten blaß und glotzäugig hinter der unregelmäßigen Silhouette von Flaschen auf, exotische Lebewesen aus den Tiefen des Meeres. Der Bürokrat legte seine Aktentasche auf die Bar, und Chu entschwand mit einem Nicken in Richtung Toiletten.

Der Bürokrat hüstelte. Der Barkeeper fuhr zusammen, richtete sich auf, drehte sich um und lachte. »Huh! Wissen Sie was, ich hab Sie gar nicht gesehen.« Sein Schädel war so kahl wie ein Knollenblätterpilz und mit daumennagelgroßen braunen Flecken übersät. Er stützte die Hände auf die Theke und beugte sich mit einem anzüglichen Grinsen vor. »Was, zum Teufel, kann ich für Sie…?« Er brach ab. »Steht die zum Verkauf?«

Der Bürokrat sah auf die Aktentasche hinunter und wieder zum Barkeeper hoch. Er war der körperlich abstoßendste Mensch, dem der Bürokrat je begegnet war. Aus seinen Augenlidern sprossen fleischige Wucherungen wie kleine Tentakeln; sie vibrierten, wenn er sprach. Sein überschlaues Lächeln war wie eine Karikatur von Verschlagenheit.

»Warum fragen Sie?«

»Tja, nun.« Die Zähne des Mannes waren rissig und teilweise abgebrochen, sein Zahnfleisch war purpurrot, sein Atem roch süßlich nach Verderbtheit. »Ich kenne jemanden, der sowas vielleicht gern kaufen würde.« Er zwinkerte. »Namen möchte ich lieber keine nennen.«

»Ich bekäme eine Menge Schwierigkeiten, wenn ich ohne die wieder zurückkäme.«

»Nicht, wenn sie ins Wasser gefallen ist.« Der alte Troll faßte den Bürokraten einschmeichelnd am Arm, als wollte er ihn in ein privates Phantasieuniversum der Konspiration, des Verrats und des schäbigen Profits hineinziehen. »Scheiß drauf. Unfälle kommen immer wieder vor. Ein kluger Bursche könnte es so einrichten, daß Zeugen dabei sind.«

Auf einmal erbleichte der Mann und sog scharf die Luft ein, Leutnant Chus Spiegelbild tauchte im Spiegel auf. Der Barkeeper wandte sich rasch ab.

»Wohin jetzt?« fragte Chu. Sie musterte neugierig den Dicken, der jetzt unverwandt den Fernseher anschaute.

»Ich muß mir noch ein paar Dinge landeinwärts ansehen.« Der Bürokrat klopfte auf die Theke. »Entschuldigung! Gibt es hier irgendwo ein Gate?«

»Im Hinterzimmer«, murmelte der alte Mann. Er schaute nicht hoch.

Heute wurden auf dem Plymouth-Archipel im Bereich des Mündungsdeltas weitere Leichen entdeckt, sagte die Nachrichtensprecherin. *Hier sehen Sie nur ein paar Dutzend der Leichen, die heute morgen aus flachen Gräbern ausgegraben wurden. Die Behörden meinen, Hände, Füße und Köpfe seien entfernt worden, um die Identifizierung zu erschweren.*

»Ich bin froh, daß ich hier nicht beim Morddezernat arbeiten muß«, meinte Chu. »Im Moment werden eine Menge alter Rechnungen beglichen.«

Im Hinterzimmer berichtete der Bürokrat Chu von seiner Unterhaltung mit dem Barkeeper. Sie stieß einen leisen Pfiff aus. »Ihnen fallen die Dinge anscheinend in den Schoß. Ich glaube, ich hör mich mal ein bißchen um, mal sehen, was ich rauskriege.«

»Brauchen Sie dabei Hilfe?«

»Sie wären mir doch bloß im Weg. Tun Sie Ihre Arbeit. Wenn ich was rausgefunden habe, lasse ich Sie's wissen.« Sie ging hinaus.

Das Surrogationsgerät war uralt, so unförmig wie ein Tintenfisch und zu ramponiert, als daß es die Mühe des Mitnehmens gelohnt hätte. Der Bürokrat legte sich auf ein rissiges Plastiksofa. Sensorfühler verbanden sich sanft mit seiner Stirn. Hinter seinen geschlossenen Lidern wogten Farben, formten sich zu Quadraten, Dreiecken, Rechtecken. Eines berührte er in Gedanken.

Ein Satellit fing das Signal auf und sandte es wieder zum Piedmont hinunter. Ein Surrogatkörper erwachte zum Leben, und der Bürokrat trat auf die Straßen von Port Richmond hinaus.

Das Haus der Erinnerung war eine neolithische Granitspitze und gehörte zu dem Komplex von Regierungsgebäuden, die von den Einheimischen ›die Berge des Wahnsinns‹ genannt wurden. In den steinernen Fluren wimmelte es von kleinen, türkisblauen Eidechsen, die vor dem Surrogat davonhuschten und hinter ihm wieder auftauchten. Die Wände fühlten sich feucht an. Abgesehen vom Palast der Rätsel war der Bürokrat noch nie an einem Ort gewesen, wo es so wenig Grün gab. Man geleitete ihn ins feuchte Innere, wo Sibyllen mit einer Sondererlaubnis der Abteilung für Techniktransfer an Datensynthesizern arbeiteten.

Es war ein langer, düsterer Weg, und der Bürokrat fühlte das Gewicht des Gebäudes mit jedem Schritt auf sich lasten. Der Weg nahm für ihn allegorische Ausmaße an, so als wäre er im Innern eines Labyrinths gefangen, das er bei seiner Suche nach Gregorian nichtsahnend betreten hatte und in das er mittlerweile zu weit vorgedrungen war, um wieder hinauszukommen, jedoch nicht weit genug, um sicher sein zu können, die in seinem Zentrum verborgene Wahrheit auch zu erreichen.

Als er in den Saal der Sibyllen gelangte, öffnete er wahllos eine Tür und trat hindurch. In der Mitte des Raumes saß eine magere Frau mit scharfen Gesichtszügen hinter einem Schreibtisch. Dutzende schwarzer Kabel, die so dick waren wie ihr kleiner Finger, schlängelten sich aus dem Dunkel hervor und verschwanden in ihrem Schädel. Die Kabel bewegten sich, als sie ihm entgegensah. Die plumpe Anordnung war typisch für die primitiven Geräte, auf die seine Abteilung notgedrungen zurückgreifen mußte, wenn sie auf einem Planeten tätig werden wollte, wo der Einsatz hochentwickelter Technik unvermeidlich war. »Hallo«, sagte der Bürokrat, »ich bin …«

»Ich weiß, wer Sie sind. Was wollen Sie?«

Irgendwo tröpfelte Wasser.

»Ich suche eine Frau namens Theodora Campaspe.«

»Die mit der Ratte?« Die Sibylle blickte ihn unverwandt an. »Wir haben zahlreiche Informationen über die berüchtigte Madame Campaspe. Aber ob sie nun lebt oder ob sie tot ist, ihr Aufenthaltsort ist uns jedenfalls nicht bekannt.«

»Es heißt, sie sei ertrunken.«

Die Sibylle spitzte die Lippen und blinzelte schlau. »Kann sein. Sie wurde seit etwa einem Monat nicht mehr gesehen. Die Verbrennung ihrer Kleider auf dem Altar des Heiligen Jones in der Nähe von Rosendal ist gut dokumentiert. Das alles ist allerdings bestenfalls nebensächlich. Vielleicht will sie bloß nicht, daß man sie findet. Außerdem ist die Hälfte unserer Daten fehlerhaft; vielleicht kümmert sie sich lediglich um ihre eigenen Angelegenheiten, ohne jemanden irreführen zu wollen.«

»Aber das glauben Sie nicht.«

»Nein.«

»Worin bestehen diese Angelegenheiten? Was tut eine Hexe eigentlich?«

»Diese Bezeichnung hätte sie niemals verwendet«, meinte die Sibylle. »Sie hat einen verhängnisvollen politischen Beiklang. Madame Campaspe bezeichnete sich immer als Spiritualistin.« Ihre Augen nahmen einen verträumten Ausdruck an, als sie nach weiter auseinanderliegenden Informationsschnipseln suchte. »Die meisten Leute machten diese Unterscheidung allerdings nicht. Sie kamen nachts mit Geld und Wünschen an ihre Tür. Sie wollten Aphrodisiaka haben, Verhütungsmittel, Körperlotionen, Pulver für Totgeburten, um es vor ihren Feinden auszustreuen, Mittel zur Vergrößerung der Brüste und zur Umwandlung männlicher in weibliche Genitale, Kerzen zur Beschwörung der Gesundheit, Liebestränke und Mittel gegen Hämorrhoiden. Uns liegen eidesstattliche Erklärungen vor, sie könne sich häuten wie ein Gespenst

74

und sich in einen Vogel oder einen Fisch verwandeln, ihren Feinden das Blut aussaugen, Kinder mit Masken erschrecken, treulose Ehemänner über alle Berge jagen, so daß sie Tage für die Rückkehr bräuchten, Glocken in den Baumkronen läuten, einem Träume senden, die den Verstand rauben oder zu irgendwelchen Handlungen verleiten, nach dem Schwimmen aus dem Fluß steigen, ohne Fußspuren zu hinterlassen, Tiere töten, indem sie sie anhaucht, den Aufenthaltsort von Ararat offenbaren und das Vorhandensein einer Gehirndrüse nachweisen, deren Sekret schon beim ersten Mal süchtig macht, zur Mittagszeit umherwandeln, ohne einen Schatten zu werfen, den Zeitpunkt des Todes voraussagen, Krieg prophezeien, Wahnvorstellungen heilen. Wenn Sie noch mehr hören wollen, könnte ich den ganzen Tag mit dieser Aufzählung fortfahren.«

»Wie steht es mit dem Magier Aldebaran Gregorian? Was wissen Sie über ihn?«

Sie neigte den Kopf und konzentrierte sich auf die Suche nach Informationen. »Wir haben den Wortlaut seiner Werbespots, die Daten, die Ihre Abteilung dem Steinernen Haus übermittelt hat, einen von Leutnant Chu abgefaßten Bericht des Abschirmdienstes und die üblichen Anekdoten; hat Umgang mit Dämonen, begeht Blasphemien, veranstaltet Orgien, klettert auf Berge, kopuliert mit Ziegen, ißt Steine, spielt Schach, verführt Jungfrauen beiderlei Geschlechts, wandelt auf dem Wasser, hat Angst vor Regen, quält Unschuldige, verabscheut außerplanetarische Behörden, wäscht sich mit Milch, berät sich mit Mystikern auf Cordelia, verwendet Drogen bei sich und anderen, reist in Verkleidung umher, trinkt Urin, schreibt Bücher in einer vollkommen unbekannten Sprache und so weiter. Nichts davon ist verläßlich.«

»Und natürlich wissen Sie nicht, wo ich ihn finden kann.«

»Nein.«

Der Bürokrat seufzte. »Da wäre noch was. Ich wüßte gern Näheres über die Herkunft eines Artefakts, das ich kürzlich gesehen habe.«

»Haben Sie ein Foto?«

»Nein, aber ich kann es mir deutlich vorstellen.«

»Ich muß es ins System einspeisen. Bitte öffnen Sie eine Schnittstelle.«

Er beschwor die entsprechenden Bilder herauf. Vor ihm erschien ein Gesicht von der zweifachen Größe eines Mannes, eine goldene Maske, die zwischen ihm und der Sibylle im Raum schwebte.

Es war das Antlitz eines Gottes.

In verbindlichem Ton und mit unmenschlicher Ruhe sagte der Systemverwalter: »Willkommen. Ich heiße Trinculo. Erlauben Sie, daß ich Ihnen helfe.« Sein Gesicht war so feierlich und heiter wie das Spiegelbild des Mondes auf einem nächtlichen Gewässer.

Im Hinterkopf spürte der Bürokrat das Summen aller zwanzig Sibyllen, die sich ins System eingeklinkt hatten. Trinculos Gegenwart war jedoch absolut dominierend; er strahlte eine überwältigende charismatische Aura aus, die beinahe greifbar schien. Obwohl der Bürokrat wußte, daß die primitive Technik dafür verantwortlich war, weshalb seine Aufmerksamkeit künstlich so ausschließlich auf Trinculo fokussiert wurde, daß sein Unbewußtes es als Ehrfurcht registrierte, empfand er dennoch Demut vor diesem leuchtenden Wesen. »Was haben Sie zu diesem Thema?«

Er stellte sich das Muschelmesser vor. Eine Sibylle nahm das Bild auf und projizierte es über dem Schreibtisch in den Raum. Eine andere öffnete ein Fenster zu einem Museumskatalog. Sie tastete die hellerleuchteten Galerien ab, die aussahen wie aus Eis geschnitzt, und hob das Gegenstück des Messers aus einer Glasvitrine. Der Bürokrat fragte sich, wie wohl das echte Museum aussehen mochte; er hatte schon

Sammlungen mit makellosen Katalogen und leeren, geplünderten Magazinen gesehen.

»Es handelt sich um einen Gebrauchsgegenstand der Drule«, sagte eine der Sibyllen.

»Um ein Muschelmesser, mit dem man die Muskeln von Dungmuscheln durchtrennt«, fügte eine andere hinzu. Sie öffnete neben dem Messer ein Fenster, in dem ein fischköpfiger Drul am Fluß hockte und den Gebrauch des Messers demonstrierte, dann schloß sie es wieder.

»Mittlerweile weitgehend nutzlos. Für Menschen sind Dungmuscheln ungenießbar.«

»Dieses spezielle Messer ist etwa dreihundertfünfzig Jahre alt. Es wurde von einem Clan der Schalentier-Allianz benutzt. Es handelt sich um ein besonders exquisites Exemplar seiner Art und wurde, anders als die meisten, nicht von den ursprünglichen Siedlern auf Miranda aufgelesen, sondern stammt aus einer Grabung in Cobbs Creek.«

»Die Grabung am Cobbs Creek ist dokumentiert.«

»Gegenwärtig findet im Museum für Prähumane Anthropologie in Dryhaven eine Ausstellung zu dem Thema statt.«

»Reicht das, oder wollen Sie noch mehr wissen?«

Trinculo lächelte milde. Der Verwalter hatte seit seiner Vorstellung kein einziges Wort gesprochen. »Ich habe das Messer vor kaum einer halben Stunde im Tideland gesehen«, sagte der Bürokrat.

»Ausgeschlossen!«

»Es muß sich um eine Reproduktion handeln!«

»Die Sicherheitssysteme des Museums sind außerplanetarischen Ursprungs.«

»Trinculo«, sagte der Bürokrat. »Ich möchte Sie etwas fragen.«

In freundlichem, verbindlichem Ton antwortete die goldene Maske: »Es ist meine Aufgabe, Ihnen zu helfen.«

»Sie haben den Text von Gregorians Werbespots gespeichert.«

»Selbstverständlich haben wir das!« fauchte eine Sibylle.

»Warum wurde er dann nicht verhaftet?«

»Verhaftet!«

»Dazu besteht kein Grund.«

»Warum sollten wir das tun?«

»Gregorian behauptet, er könne andere Menschen in Meeresbewohner verwandeln. Das ist eine Irreführung. Er nimmt Geld dafür. Das ist Betrug. Und es sieht ganz danach aus, als würde er seine Opfer in Tateinheit mit diesem Betrug ertränken. Das ist Mord.«

Es entstand ein kurzes Schweigen. Dann sagte die Sibylle, die sich mit seinem Surrogat im Raum aufhielt und die immer noch mit gesenktem Kopf nach Informationen suchte: »Zunächst muß festgestellt werden, ob er seine Behauptungen tatsächlich nicht einlösen kann.«

»Machen Sie sich doch nicht lächerlich. Menschen können nicht im Meer leben.«

»Vielleicht könnte man sie tatsächlich an diese Umgebung adaptieren.«

»Nein.«

»Warum nicht?«

»Zunächst einmal besteht das Problem der Hypothermie. Wenn Sie jemals geschwommen sind, dann wissen Sie, wie rasch man dabei abkühlt. Einen solchen Wärmeverlust hält der Körper nur für relativ kurze Zeit aus. Nach wenigen Stunden sind die Reserven verbraucht, und die Körpertemperatur sinkt. Man bekommt einen Schock. Und man stirbt.«

»Drule fühlen sich im Wasser anscheinend recht wohl.«

»Menschen sind keine Drule. Wir sind Säugetiere. Wir müssen eine hohe Bluttemperatur aufrechterhalten.«

»Es gibt auch Säugetiere, die im Wasser leben. Otter und Seehunde zum Beispiel.«

»Weil sie sich im Lauf der Evolution angepaßt haben. Sie schützen sich durch eine Fettschicht. Uns fehlt eine solche Isolierung.«

»Vielleicht gehört die Entwicklung einer isolierenden Fettschicht zu den Veränderungen, die Gregorian vornimmt.«

»Ich will einfach nicht glauben, daß ich eine dermaßen kindische Diskussion mit einem Informationssystem führe!« Der Bürokrat wandte sich unmittelbar an den Verwalter. »Trinculo, sagen Sie Ihren Leuten, ob eine derart tiefgreifende Umwandlung der menschlichen Physis möglich ist.«

Trinculo wandte sich erst nach rechts, dann nach links und stammelte: »Ich … Nein, tut mir leid, ich … kann die Frage nicht beantworten.«

»Aber es geht doch bloß darum, verfügbare wissenschaftliche Erkenntnisse miteinander in Beziehung zu setzen!«

»Ich habe … keine …« Trinculos Blick wirkte gequält. Seine Augen huschten hektisch umher.

Auf einmal waren der Verwalter und die summende Präsenz seiner Untergebenen verschwunden. Bis auf die Sibylle war das Büro leer. Sie hatte die Verbindung unterbrochen.

Der Bürokrat runzelte die Stirn. »Ihr Verwalter scheint Ihren Anforderungen nicht gewachsen zu sein.«

Die Sibylle hob heftig den Kopf, womit sie die Kabel in knisternde Bewegung versetzte. »Und wessen Schuld ist das? Ihre eigene Abteilung hat all die Amokläufer und Berserker hergeschickt, als man dort zu dem Schluß gelangte, daß die Stille Revolution zu weit gegangen sei. Bevor Ihre Leute alles untergraben haben, hatten wir ein vollkommen integriertes System.«

»Das ist schon lange her«, sagte der Bürokrat. Er wußte über den Vorfall natürlich Bescheid, über den weltfremden Versuch, das technische Niveau eines ganzen Planeten so weit zurückzuschrauben, daß man den gesamten außerplanetarischen Handel einstellen konnte, doch es überraschte ihn, sie so emotional darüber reden zu hören. »Das war, als das Tideland noch unter Wasser stand, kurz vor der Neubesiedlung. Lange bevor wir beide geboren wurden. Es gibt doch wohl keinen Grund, alte Mißstände wieder hervorzukramen.«

»Das sagt sich so leicht. Sie brauchen ja auch nicht mit den Folgen zu leben. Sie müssen nicht mit einem überalterten Informationssystem zurechtkommen. Ihre Leute haben Trinculo zum Verräter erklärt und sämtliche höheren Funktionen eliminiert. Aber man gedenkt seiner noch immer als eines Patrioten. Die Kinder zünden in den Kirchen Kerzen für ihn an.«

»Er war ihr Anführer?« Dann wunderte es den Bürokraten auch nicht, daß man Trinculos höhere Funktionen ausgebrannt hatte. Nach allem, was auf der Erde geschehen war, hatte man nichts mehr zu fürchten als eine unabhängige künstliche Persönlichkeit.

Die Sibylle schüttelte wutentbrannt ihre Kabel. Kondensflüssigkeit flog durch die Gegend. »Ja, er war unser Anführer! Ja, er war der Drahtzieher hinter der Rebellion, wenn Sie es so nennen wollen. Wir wollten nichts weiter, als uns von eurer Einmischung, eurer Wirtschaft, eurer Technik befreien. Als Trinculo uns zeigte, wie wir uns aus eurer Herrschaft lösen könnten, haben wir nicht erst lange überlegt, ob er nun aus einer Fabrik oder einer Gebärmutter stammte. Wir hätten uns mit dem Teufel eingelassen, wenn auch nur die geringste Aussicht bestanden hätte, unseren Hals aus eurer Schlinge zu ziehen, aber so einer war Trinculo nicht. Er war ein Verbündeter, ein Freund.«

»Sie können sich nicht vom ganzen Universum lossagen, ganz gleich, wie ...«, begann der Bürokrat. Die Haut der Frau war jedoch weiß geworden, ihre Lippen schmal, ihr Blick durchdringend. Ihr Gesicht hatte sich verschlossen und in Stein verwandelt. Es war hoffnungslos, mit ihr argumentieren zu wollen. »Also, dann, danke für Ihre Hilfe.«

Die Sibylle starrte ihn aus dem Raum.

Der Bürokrat wich rückwärts zurück, drehte sich um und bemerkte, daß er die Orientierung verloren hatte.

Als er unentschlossen dastand, öffnete sich auf dem Korridor eine Tür. Ein Mann trat heraus, der so hell leuchtete wie ein Engel. Er sah aus, als habe er die Sonne verschluckt und könne das Licht nicht zurückhalten. Der Bürokrat stellte die externe Verstärkung niedriger und erblickte im Innern der eindunkelnden Gestalt die stählernen Rippen und das Bildschirmgesicht eines anderen Surrogats. Er kannte das Gesicht.

»Philippe?« sagte er.

»Eigentlich bin ich bloß ein Stellvertreter.« Philippe hatte sich von der Überraschung als erster erholt und grinste ihn nun kameradschaftlich an. »Bedauerlicherweise stehe ich mit meiner Arbeit so unter Druck, daß ich nicht persönlich herkommen konnte.« Er nahm den Bürokraten beim Arm und geleitete ihn durch den Korridor. »Wenn das Ihre erste Begegnung mit Trinculos Witwen war, brauchen Sie einen Drink. Sie haben doch bestimmt Zeit für einen Drink.«

»Verbringen Sie viel Zeit auf Miranda?«

»Es gibt welche, die sind seltener hier, andere häufiger.« Philippes Zähne waren makellos, und sein Gesicht war faltenlos und rosig, obwohl er der Vater des Bürokraten hätte sein können. Er war die lebendige Verkörperung des ewigen Schuljungen. »Kommt es darauf an?«

»Wohl kaum. Was macht mein Schreibtisch?«

»Oh, ich bin sicher, Philippe hat alles im Griff. Dafür hat er ein Händchen, wissen Sie.«

»So sagt man«, meinte der Bürokrat bedrückt.

Sie traten auf einen Balkon hinaus, von dem man Aussicht auf eine Straße hatte. Philippe rief eine bewegliche Brücke herbei, auf der sie über den heißen Fluß aus flüssigem Metall zum nächsten Flügel des Gebäudes hinüberschwebten. »Wo ist Philippe im Moment?«

»Emsig beschäftigt im Palast der Rätsel, nehme ich an. Hier entlang.« Sie gelangten zu einer menschenleeren Ruhenische und stöpselten sich ein. Philippe bestellte etwas zu essen und stützte einen metallischen Ellbogen auf die Bar. »Der Apfelsaft sieht gut aus.«

Der Bürokrat hatte wissen wollen, wo Philippe sich physisch aufhielt. Die Stellvertretertätigkeit im Normalraum war soviel teurer als die Surrogation – dafür sorgten schon die für die Erhaltung der virtuellen Realität verantwortlichen Ministerien –, daß Stellvertreter normalerweise nur dann eingesetzt wurden, wenn der Zielort so weit entfernt war, daß die Verwendung von Surrogaten aufgrund der Zeitverschiebung zu umständlich war. Jedenfalls war klar, daß der Stellvertreter diese spezielle Frage nicht beantworten wollte.

Im Hotel stupste ihn jemand an der Schulter an. »Ich bin gleich fertig«, sagte er, ohne die Augen zu öffnen. In seiner Hand materialisierte ein Drink, ebenso kalt und schlüpfrig von kondensierter Feuchtigkeit, wie es ein reales Glas gewesen wäre.

»Eine Frage«, meinte der Stellvertreter nach einer Weile. »Hat Korda etwas gegen Sie?«

»Korda! Warum sollte Korda etwas gegen mich haben?«

»Das frage ich mich auch, wissen Sie. Er hat kürzlich ein paar seltsame Bemerkungen fallen lassen. Es ging darum, Ihre Position zu eliminieren und Ihre Verantwortlichkeiten Philippe zu übertragen.«

»Das ist ja absurd. Mein Arbeitspensum könnte niemals …«

Philippe riß die Arme hoch. »Ich habe nichts damit zu tun – ich will Ihren Job nicht. Ich bin jetzt schon überlastet.«

»Okay«, meinte der Bürokrat ungläubig. »In Ordnung. Erzählen Sie mir genau, was Korda zu Ihnen gesagt hat.«

»Ich weiß nicht. Schauen Sie mich nicht so an! Ich weiß es wirklich nicht. Philippe hat mir gegenüber nur ein paar vage Andeutungen gemacht. Wenn er könnte, würde er sein Wissen sogar vor sich selbst verbergen. Hören Sie – in ein paar Stunden verschmelze ich wieder mit ihm. Soll ich ihm etwas ausrichten? Er könnte sich einschleusen und mit Ihnen reden.«

»Das wird nicht nötig sein.« Der Bürokrat schluckte seinen Ärger hinunter, verbarg ihn vor dem Stellvertreter. »Ich müßte seinen Fall in ein paar Tagen gelöst haben. Dann kann ich persönlich mit ihm sprechen.«

»Sind Sie so dicht dran?«

»Aber ja. Von Gregorians Mutter habe ich einen Haufen Informationen bekommen. Einschließlich eines alten Notizbuchs von Gregorian. Es ist voller Namen und Adressen.« Tatsächlich enthielt das Buch vor allem okkulte Diagramme und Zeremonialvorschriften – lauter Schlangen, Becher und Dolche –, die der Bürokrat unverständlich und ermüdend fand. Abgesehen davon, daß es Aufschlüsse über den Charakter des jungen Gregorian und seinen jugendlichen Größenwahn zuließ, war die einzige handfeste Spur der Hinweis auf Madame Campaspe gewesen. Der Bürokrat wollte Philippe jedoch Stoff zum Nachdenken geben.

83

»Gut, gut«, meinte der Stellvertreter. Er schaute auf seine Hand hinunter und schwenkte die Flüssigkeit, die nur er in seinem imaginären Glas wahrzunehmen vermochte. »Warum schmeckt das Zeug, wenn's übers Netz kommt, eigentlich immer schlechter, als wenn man's persönlich trinkt?«

»Das liegt daran, daß man übers Netz nur den Geschmack bekommt, aber der körperliche Flash vom Zucker und so fehlt.« Philippe machte ein verständnisloses Gesicht. »Das ist, als tränke man Bier übers Netz – nur Geschmack, kein Alkohol. Die physische Komponente des Apfelsafts ist bloß nicht so ausgeprägt, aber während der Körper den Unterschied spürt, kommt man einfach nicht dahinter, was fehlt.«

»Sie kennen sich auf jedem Gebiet ein bißchen aus«, meinte Philippe liebenswürdig.

Als der Bürokrat die Augen aufschlug, wartete bereits Chu auf ihn.

»Ich hab's rausgekriegt«, sagte sie. Wieder dieses kleine, barbarische Lächeln, ein verschwörerisches Aufblitzen der Zähne. »Gehen wir hinten raus.«

An der Rückseite des Hotels befand sich ein langgestreckter Lagerschuppen mit einer einzigen schmalen Tür darin. Chu hatte das Schloß zertrümmert. »Ich brauche eine Lampe«, sagte der Bürokrat. Er holte eine aus seiner Aktentasche und trat ein.

Inmitten eines Durcheinanders von Werkzeug, Gerümpel und Holzresten stand ein Dutzend neugefertigte Kisten. »Alle versandfertig«, meinte Chu. Sie stellte einen Sägebock beiseite, griff in eine Kiste hinein, die sie bereits geöffnet hatte, und reichte dem Bürokraten ein Muschelmesser genau wie jenes, das er bereits gesehen hatte.

»Dann schmuggeln sie also Artefakte, genau wie wir gedacht haben, wie?«

Chu holte ein zweites Muschelmesser heraus, ein drittes, ein viertes.

Sie waren alle identisch.

»Es ist auch noch anderes Zeug da. Keramik, Grabstöcke, Gewichte für Fischnetze. Alles in mehrfacher Ausführung.« Sie griff ins Dunkel. »Sehen Sie mal, was ich noch gefunden habe.«

Es war eine Aktentasche, das perfekte Ebenbild der Tasche, die der Bürokrat in der Hand hielt. An der Markierung sah man, daß sie aus seiner Abteilung stammte.

»Erkennen Sie das Strickmuster? Sie besitzen ein paar echte Artefakte der Drule, speisen sie in die Aktentasche ein und fertigen Kopien an. Dann geben sie die Originale wieder zurück. Oder vielleicht auch die Kopien, ich glaube nicht, daß das viel ausmachen würde.«

»Höchstens für einen Archäologen. Vielleicht nicht einmal für den.«

»Haben Sie herausbekommen, woher das Messer stammt?«

»Das Original kommt aus Cobbs Creek«, sagte der Bürokrat. »Es wird im Dryhaven-Museum ausgestellt.«

»Cobbs Creek liegt nur ein Stück den Fluß hinunter. Nicht weit von Clay Bank.«

»Mich interessiert weniger, woher die Artefakte stammen, als vielmehr, wie die Fälscher in den Besitz einer unserer Aktentaschen gekommen sind. Haben Sie sie schon befragt?«

»Nicht so eilig.« Chu öffnete die Aktentasche einen Spalt weit, so daß er das geschwärzte und blasige Innere sehen konnte. »Sie ist durchgebrannt.«

»Idioten.« Der Bürokrat holte zwei Kabel aus seiner Aktentasche und verband beide Taschen miteinander. »Ist wohl überlastet worden. Das ist ein hochempfindliches Gerät; wenn man ihm befiehlt, Kopien anzufer-

tigen, und nicht darauf achtet, daß die nötigen Grund-
stoffe in ausreichender Menge vorhanden sind, dann
geht es kaputt bei dem Versuch, die Anweisungen zu
befolgen. Ich brauche sämtliche Angaben aus dem
Speicher.«

Es dauerte einen Moment, dann antwortete seine
Aktentasche: »Es ist nur noch die Identifizierungs-
nummer vorhanden. Bevor sie den Geist aufgab, hat
sich die gesamte Isolierung aufgelöst, und der ge-
schützte Speicher ist ausgebrannt.«

»Mist.«

»Packen Sie mal bei dieser Kiste mit an«, meinte
Chu.

Ächzend und japsend schleppten sie die Kiste nach
draußen und ließen sie auf den Boden krachen. Der
Bürokrat holte seine Aktentasche, nahm ein Taschen-
tuch heraus und wischte sich den Schweiß von der
Stirn. »Und wenn der ganze Lärm nun die Fälscher
alarmiert?«

»Das hoffe ich doch sehr.«

»Hä?«

Chu holte einen Zigarillo aus der Tasche und zündete ihn an. »Meinen Sie etwa, die örtlichen Behörden
buchten deswegen jemanden ein? Jetzt, wo die Große
Flut kurz vor der Tür steht? Einen unbedeutenden
kleinen Fälscherring, der wahrscheinlich nicht einmal
Einheimische betrogen hat? Glauben Sie mir, dieses
Zeug wird an Touristen verkauft. Sowas nennt man
hier ein Verbrechen ohne Opfer. Die Aktentasche hätte
einen größeren Wirbel gemacht, aber sie ist *kaputt*. Wie
auch immer, es ist ein brandheißes Gerücht in Umlauf,
das besagt, das Steinerne Haus wolle wenige Tage vor
der Flut eine Generalamnestie für Verbrecher im Tideland verkünden. Um der Evakuierungsbehörde die
Arbeit zu erleichtern. Deshalb wird sich die örtliche
Polizei nicht gerade ein Bein ausreißen deswegen. Ich
glaube, wir haben nur zwei Möglichkeiten. Die erste

ist, das Zeug in den Fluß zu schmeißen, damit niemand mehr Profit daraus schlagen kann.«

»Und die zweite?«

»Soviel Krach zu schlagen, damit alle Beteiligten wissen, daß wir ihnen auf den Fersen sind. *Die* wissen nämlich noch nichts von der Amnestie. Ich schätze, der Barkeeper ist schon eine Meile weg und rennt um sein Leben. Warten Sie hier, ich requiriere irgendwo eine Schubkarre.«

Als sie vom Fluß zurückkamen, war die Bar verlassen und der Barkeeper verschwunden. Er hatte nicht einmal den Fernseher ausgeschaltet. Chu trat hinter die Theke, fand eine Flasche Remscela und schenkte sich und dem Bürokraten einen Drink ein. »Auf das Verbrechen«, sagte sie.

»Das paßt mir immer noch nicht, sie einfach so entwischen zu lassen.«

»Die Durchsetzung des Rechts ist ein schmutziges Geschäft«, spottete Chu. »Und hier unten gibt es erheblich mehr Schmutz als dort oben in Ihrem Wolkenkuckucksheim. Kopf hoch, und genießen Sie Ihren Drink wie ein Erwachsener.«

Im Fernsehen unterhielt sich ein Mann mit dem alten Ahab über dessen Zwillingsbruder, der vor langer Zeit im Meer verschwunden war. *Mörder!* rief Ahab. *Er war dein Bruder, und du warst für ihn verantwortlich!*

Bin ich meines Bruders Hüter?

Von beiden unbemerkt spähte eine Meerjungfrau durchs Fenster zu ihnen herein, die Augen staunend und qualvoll geweitet.

Hunde in den Rosen

Die Wachsblumengirlanden waren mittlerweile sämtlich erleuchtet, rot-blau-gelb-weiße Lichtflecken schwankten in der Luft, und die Musik war wild und drängend, ein magnetisches Feld, das die in unsichtbaren Kraftlinien gefangenen Feiernden umherwirbelte, ein ausgelassener Tanz. Unter den Verkleidungen gab es schlichtere Maskenkostüme, solche, die eher repräsentativ als interpretierend waren, Engel mit einem sinnlichen Lächeln, Clowns und sentimentale Teufel mit Spitzbärten und Mistgabeln. Ein betrunkener Satyr schwankte auf kurzen Stelzen vorbei, behaart und fast nackt, Panflöten in den ausgestreckten Armen schwenkend, damit er nicht umfiel.

Der Bürokrat fand Chu hinter dem Musikpavillon, wo sie gerade mit einem jugendlichen Großmaul becherte. Sie lehnte sich an ihn, die eine Hand beiläufig auf sein Gesäß gelegt, und versuchte ihm einen Pappbecher zu entwinden. »Nein, davon brauchst du nichts mehr«, meinte sie geduldig. »Wir haben noch was Besseres vor ...« Der Bürokrat zog sich unbemerkt zurück.

Er ließ sich von der Menge die Hauptstraße eines verwandelten Rosendal entlangspülen, vorbei an Tanzböden, allerlei Belustigungen und Peepshows. Er drängte sich durch eine Ansammlung von Surrogaten – die sich am Rand hielten, da sie nicht körperlich anwesend waren – und schaute sich eine Weile die Kostümdarbietungen an, wobei er von einer Gruppe rüpelhafter Soldaten mit Armbinden der Evakuierungsbehörde, die johlten, pfiffen und ihre Favoriten bejubelten, gegen die Bühne gedrückt wurde. Die Darbietung war für seinen Außenweltlergeschmack zu exotisch, darum schlenderte er weiter durch die Düfte nach gebratenem Eber, gegorenem Apfelmost und einem Dutzend verschiedener Elfenspeisen.

Kinder tauchten vor seinen Füßen auf, lachten und waren gleich wieder verschwunden.

Irgend jemand rief seinen Namen, und als der Bürokrat sich umdrehte, stand vor ihm der Tod. Aus den Augenlöchern der Totenkopfmaske drang ein flakkerndes blaues Licht, und zwischen den metallenen Rippen sah man durch bis aufs Cape. Der Tod reichte ihm einen Becher Bier.

»Und wer sind Sie?« fragte er lächelnd.

Der Tod nahm seinen Ellbogen und führte ihn fort aus dem hellerleuchteten Mittelpunkt des Geschehens. »Ach, lassen Sie mir doch meine Geheimnisse. Schließlich feiert man die Große Flut.« Das zerlumpte schwarze Cape des Todes roch modrig; der Kostümverleiher hatte seinen Vorteil aus dem eingeschränkten Geruchssinn seines fernen Kunden gezogen. »Jedenfalls bin ich ein Freund.«

Sie gelangten zu einer Fußgängerbrücke, die über das Flüßchen führte und den Stadtrand markierte.

Das Licht verblaßte, und die dichtgedrängten Gebäude lagen schweigend und bedrückend finster da. »Haben Sie Gregorian bereits aufgespürt?« erkundigte sich das Surrogat.

»Wer *sind* Sie?« fragte der Bürokrat, ohne zu lächeln.

»Nein, natürlich nicht.« Der Tod wandte zerstreut den Kopf. »Verzeihen Sie, jemand hat gerade ... Nein, ich habe jetzt keine Zeit ... Ist gut, lassen Sie's einfach da.« Dann wieder unmittelbar zum Bürokraten: »Tut mir leid. Hören Sie, ich habe bedauerlicherweise keine Zeit. Wenn Sie Gregorian finden, sagen Sie ihm, daß jemand, den er kennt ... sein Gönner, sagen Sie ihm, daß ihn sein alter Gönner wieder aufnehmen will, wenn er mit seinen Verrücktheiten aufhört. Haben Sie verstanden? Das wollen Sie doch auch?«

»Nicht unbedingt. Warum sagen Sie mir nicht, wer Sie sind und was Sie überhaupt wollen, vielleicht können wir dann in dieser Angelegenheit zusammenarbeiten.«

»Nein, nein.« Der Tod schüttelte den Kopf. »Das ist eine riskante Sache und wird wahrscheinlich sowieso nicht funktionieren. Aber wenn Sie mit ihm Schwierigkeiten bekommen sollten, dann können Sie dieses Argument in die Waagschale werfen. Ich mein's ehrlich, und er wird wissen, daß er sich auf mein Wort verlassen kann.«

»Warten Sie«, sagte der Bürokrat. »Wer sind Sie?«

»Tut mir leid.«

»Sind Sie sein Vater?«

Der Tod wandte sich ihm zu. Lange Zeit schwieg er; dann: »Tut mir leid. Ich muß jetzt gehen.« Das Surrogat schwankte, als würde es jeden Moment umfallen, dann blockierten die Trägheitskreisel, und es blieb steif wie eine Statue stehen.

Der Bürokrat berührte den Metallschädel. Das Surrogat reagierte nicht, zeigte nicht das geringste Anzeichen von Aktivität. Langsam entfernte er sich und sah sich hin und wieder um, doch das Surrogat blieb tot.

Wieder mitten im Gewühl angelangt, stürzte er sein Würzbier hinunter und erstand einen mit Puderzucker bestäubten Krapfen von einem betrunkenen Teenager, der sein Geld nicht haben wollte: »Ist schon bezahlt!« Über dem Stand war ein Transparent, worauf stand: PRODUKTIONSGENOSSENSCHAFT FÜR ERZEUGNISSE DES TIDELANDS UND TIERISCHE NEBENPRODUKTE. Er hob das Gebäck, als wollte er einen Toast ausbringen, dann schlenderte er weiter, distanziert von allem und ein wenig wehmütig. Die Leute hier waren alle glücklich.

Die Menge wogte um ihn herum, ebenso veränderlich-unwandelbar wie die Meeresbrandung an einem Strand, stets aufs neue faszinierend, auch wenn das Auge überfordert ist. Die Gesichter waren von allzu schrillem Gelächter verzerrt, auf der geröteten Haut perlte Schweiß. Was mache ich hier eigentlich? fragte sich der Bürokrat. Heute werde ich keinen Schritt weiterkommen. Die organisierte Fröhlichkeit deprimierte ihn.

Es wurde allmählich spät. Die Kinder waren verschwunden, und die verbliebenen Erwachsenen wurden immer lauter und betrunkener. Als er sich Puderzucker von den Fingern leckte, wäre der Bürokrat beinahe in eine Schlägerei hineingestolpert. Zwei Betrunkene schubsten ein Surrogat umher, schlugen ihm die Rippen ein und rissen ihm nacheinander Arme und Beine aus. Das arme Ding wälzte sich auf dem Boden und protestierte lautstark, während sie ihm die letzte Rippe herausrissen, dann erstarrte es, als der Operator den Abend endgültig abschrieb. Der Bürokrat schlug einen Bogen um die johlenden Zuschauer und ging weiter.

Ihm näherte sich eine Frau in einem grün-blauen Kostüm, das vielleicht den Geist des Wassers darstellen sollte oder Himmel und Meer, und aus deren Haarschmuck smaragdgrüne Federn ragten. Ihr Kostüm war lang geschnitten, und sie mußte den mit Pailletten besetzten Rock mit einer Hand raffen, damit er nicht über den Boden streifte. Unter dem Eindruck der fast greifbaren Aura ihrer Schönheit teilte sich die Menge vor ihr wie Wasser. Sie blickte ihm entgegen, ihre Augen funkelten so grün wie die Seele des Waldes. In der Nähe verglich eine Sängerin das Herz mit einem kleinen Vogel, der nach einem Nest suche. Sie versetzte die Menge in Schwingungen, wie hellbemalte Metallspulen. Die grüne Frau wurde ihm entgegengespült, eine dem Meer entstiegene Nixe.

Der Bürokrat wich reflexhaft einen Schritt zurück, um diese Vision an sich vorbeizulassen. Sie aber ließ ihn mit einer Berührung eines ihrer grünen Lederhandschuhe anhalten. »Du«, sagte sie, und ihre grünen Augen und blendend weißen Zähne schienen ihn jeden Moment zerfleischen zu wollen. »Ich will dich.«

Sie legte einen Arm um seine Taille und führte ihn fort.

Am Rande der Festlichkeiten hielt die Frau inne und pflückte eine Wachsblume von einer durchhängenden Girlande. Sie hielt sie in der hohlen Hand, beugte sich am Flußufer vor und warf sie ins Wasser. Andere Blüten tanzten in den Fluten und drehten sich langsam, ein majestätischer Tanz.

Als sie sich ins Helle vorneigte, sah er, daß ihre Arme über den Ellbogen mit Sternen und Dreiecken, Schlangen und Augen bedeckt waren, gnostische Tätowierungen von unbekannter Bedeutung.

Sie sagte, sie hieße Undine. Sie schlenderten die Käsefabrikstraße hinter den letzten Gebäudeansammlungen entlang, von einem Wald von Rosen umgeben. Überall waren Dornenranken, welche die Baumstämme hochkletterten und sie mit ihrer Fülle erstickten, sie erstreckten sich über den Boden und türmten sich zu blutgesprenkelten Gebirgen auf. Ein schwerer, nahezu widerlicher Geruch hing in der Luft. »Ich hätte die Rosen hier zurückschneiden sollen«, sagte die Frau, als sie sich unter einem verschlungenen Bogen kleiner rosa Blüten hindurchduckten. »Aber wer macht sich schon die Mühe, jetzt, wo die Flut vor der Tür steht?«

»Sind die von hier?« fragte der Bürokrat, erstaunt über die Blütenfülle. Wo er auch hinsah, überall waren Blüten.

»Ach nein, das sind wilde Rosen von der Erde. Die ursprüngliche Besitzerin, eine Industrielle, hat sie am Straßenrand gepflanzt; sie gefielen ihr. Aber ohne natürliche Feinde sind sie ungehemmt gewuchert. Dieses Vorkommen erstreckt sich kilometerweit. Auf dem Piedmont wären sie ein Problem; hier werden sie einfach von der Flut weggespült.«

Eine Zeitlang gingen sie schweigend weiter. »Sie sind eine Hexe«, stellte der Bürokrat fest.

»Ach, hast du das auch schon gemerkt?« An seiner Seite glühte in der Nachtluft ihr spöttisches Lächeln. Ihre Zungenspitze berührte den Rand seines Ohrs, folgte sanft der Spirale bis ins Zentrum, zog sich wieder zurück. »Als ich hörte, daß du nach Gregorian suchst, beschloß ich, dich mir mal anzusehen. Als Kind habe ich mit Gregorian zusammen gelernt. Frag mich, was du wissen möchtest.« Sie gelangten zu einer Lichtung inmitten der Rosenbüsche und zu einer kleinen Hütte aus naturbelassenem Holz. »Da wären wir.«

»Möchten Sie mir sagen, wo Gregorian sich aufhält?«

»Das willst du doch gar nicht wissen.« Wieder dieses Lächeln, der unerschrockene Blick ihrer grünen Augen. »Nicht jetzt.«

»Hier gibt es bestimmt Hunderte von Gucklöchern«, sagte er, während er unbeholfen den Rückenverschluß des Kostüms aufhakte. Knapp unterhalb von Undines flaumigem Nacken kam ein Streifen nacktes Fleisch zum Vorschein, der sich nach unten hin verbreiterte. Als er mit den Fingerspitzen über ihre blasse Haut streifte, erschauerte sie leicht. Auf dem Nachttisch unmittelbar unter dem sentimentalen Holo eines tanzenden Krishna brannte eine einzelne Wachsblume. Die Flamme schwankte und warf warme Schatten. »So. Das war der letzte.«

Die Hexe drehte sich um, hob die Hände an ihre Schultern und streifte das Kleid ab, wobei sie große, eine Spur zu üppige Brüste mit aprikosenfarbenen Warzen enthüllte. Sie ließ das Gewand langsam sinken, über einen runden, weichen Bauch hinab, dessen Nabel in tiefem Dunkel schwamm. Ein Büschel Schamhaar kam zum Vorschein, und lachend hielt sie das Kleid so weit oben fest, daß man gerade nur den Ansatz ihrer Scham sah.

»Oh, das Herz ist ein kleiner Vogel«, sang sie leise und schwankte im Takt der Musik, »ein Vogel in deiner Hand.«

Diese Frau war eine Falle. Das fühlte der Bürokrat ganz deutlich. Gregorian hatte ihr die Haken unmittelbar unter der Haut eingepflanzt. Wenn er sie küßte, würden sich die Widerhaken in sein Fleisch bohren, zu tief und zu schmerzhaft, als daß er sie herausreißen könnte, und der Magier würde mit ihm spielen wie mit einem Fisch, würde ihn so lange ermüden, bis sein Kampfeswille gebrochen war und er auf den Grund seines Lebens sank und starb.

»Und wenn du ihn nicht festhältst ...« Sie wartete.

Eigentlich sollte er jetzt gehen. Er sollte auf der Stelle kehrtmachen und weglaufen.

Statt dessen berührte er ganz sanft und staunend ihr Gesicht. Ihre Lippen näherten sich den seinen, und sie küßten sich innig. Das Kostüm fiel raschelnd zu Boden. Ihre Hände schlüpften unter sein Jackett, um ihm das Hemd auszuziehen. »Sei nicht so behutsam«, sagte sie.

Sie taumelten zum Bett, und sie führte ihn in sich ein. Sie war bereits feucht und weit offen, schlüpfrig, warm und köstlich. Er berührte ihren weichen, empfänglichen Bauch, dann ihre Brüste. Sie hatte die Blüte ihrer Jugend überschritten und verharrte noch einen Moment vor dem langen Weg ins Alter, und gerade dies erregte ihn. Sie wird nie wieder so schön sein, dachte er, so reif, so voller Saft. Sie schlang die Beine um seine Hüften und schaukelte ihn wie ein Schiff in den Wellen, anfangs ganz sachte, dann immer stürmischer.

Undine, ging es ihm durch den Sinn. Ysolt, Esme, Theodora – die Namen der Frauen hier erinnerten an getrocknete Blumen oder Herbstblätter.

Eine Böe drückte die Flamme nach unten, dann richtete sie sich wieder auf. Undine küßte ihn leidenschaftlich aufs Gesicht, auf den Hals, auf die Augen. Das Bett knarrte unter ihnen, sie wälzten sich um und um, einmal war er oben, dann wieder unten und gleich wieder oben, bis er nicht mehr wußte, wer oben und wer unten war, wo sein Körper aufhörte und ihrer anfing oder welcher Körper zu wem gehörte. Und ganz am Schluß war sie das Meer selbst, und er verlor den letzten Rest Ichgefühl und ertrank.

»Noch einmal«, sagte sie.

»Ich fürchte, du verwechselst mich mit jemand anderem«, entgegnete der Bürokrat liebenswürdig. »Mit jemand erheblich Jüngerem. Aber wenn du dich zwanzig Minuten oder so gedulden kannst, werde ich mich überglücklich schätzen, es noch einmal versuchen zu dürfen.«

Sie setzte sich auf, mit schwingenden Brüsten. Caliban sandte bleiche Lichtpfeile durchs Fenster. Die Kerze war längst erloschen. »Weißt du etwa nicht, wie Männer einen Orgasmus nach dem anderen haben können, ohne zu ejakulieren?«

Er lachte. »Nein.«

»Das wird den Mädchen aber nicht gefallen, wenn du sie jedesmal eine halbe Stunde warten läßt«, neckte sie ihn. Und wieder ernst: »Ich zeig's dir.« Sie nahm sein schlaffes Glied in die Hand und bewegte es sachte hin und her. »Nach deinen aufschneiderischen zwanzig Minuten. In der Zwischenzeit zeige ich dir etwas, das dich interessieren dürfte.«

Sie warf sich eine Decke quer über die Schultern, so als trüge sie einen Schal. Im Zwielicht gab das ein seltsames Kostüm ab, mit Ärmeln, die bis auf den Boden hingen, und einem Rückenteil, das ihr nicht einmal bis zu den Beinen reichte, so daß zwei bleiche Mondsicheln zu ihm hervorlugten. Nackt folgte er ihr auf die Lichtung hinter der Hütte. »Schau«, sagte sie.

Rosafarbenes, blaues und weißes Licht strömte aus dem Boden. Die Rosenbüsche schimmerten pastellfarben, so als wären sie bereits vom Meer überflutet. Der Boden war hier kürzlich umgegraben und geharkt worden und erstrahlte in bleichem Feuer. »Was ist das?« fragte er verwundert.

»Iridobakterien. Sie sind von Natur aus phosphoreszierend. Man findet sie überall im Boden des Tidelands, normalerweise aber nur in winzigen Spuren. Sie sind von spirituellem Nutzen. Und jetzt paß auf, denn ich werde dir ein kleines Geheimnis anvertrauen.«

»Ich höre«, sagte er verständnislos.

»Man kann sie nur dadurch zum Leuchten bringen, indem man ein Tier im Boden vergräbt. Wenn es verwest, nähren sich die Iridobakterien von den Verwesungsprodukten. Ich habe die letzte Woche damit zugebracht, Hunde zu vergiften und sie hier zu vergraben.«

»Du hast Hunde umgebracht?« fragte er entsetzt.

»Es ging ganz schnell. Was, meinst du, wird aus ihnen, wenn die Flut kommt? Sie sind wie die Rosen, sie können sich nicht anpassen. Darum hat die Gesellschaft einen Hundefängerdienst organisiert und mich pro Hundeleiche bezahlt. Niemand hat Lust, einen Haufen herrenloser Köter zum Piedmont zu schaffen. Da an der Hütte lehnt eine Schaufel.«

Er holte die Schaufel. In einem Monat würde hier alles unter Wasser stehen. Er stellte sich vor, wie Fische durch die Häuser schwämmen, während ertrunkene Hunde mit offenen Mäulern umhertrieben und sich kopfüber in den überfluteten Rosenbüschen verfingen. Sie würden sich zersetzen, bevor die hungrigen Könige der Flut ihre Kadaver in Empfang nehmen würden. Auf Geheiß der Hexe schaufelte er die am hellsten leuchtenden Erdbrocken in eine rostige Metalltrommel, die fast bis zum Rand voller Regenwasser war. Die Erde sank auf den Boden, während im Wasser phosphoreszierende Schlieren aufstiegen. Undine schöpfte die Oberfläche mit einem Holzschaber ab und schlug sie in einer großen Schale schaumig. »Wenn das Wasser verdunstet, bleibt ein Pulver mit einem hohen Gehalt an Iridobakterien zurück«, meinte sie. »Es sind noch mehrere Verarbeitungsschritte erforderlich, aber jetzt sind sie konzentriert, das übrige kann solange warten, bis ich am Piedmont bin. Sie sind mittlerweile so alltäglich wie die Sünde, aber dort oben wachsen sie nicht.«

»Erzähl mir von Gregorian«, sagte der Bürokrat.

»Gregorian ist der einzige vollkommen böse Mensch, dem ich je begegnet bin«, antwortete Undine. Auf einmal war ihr Gesicht ganz kalt, so abweisend und hart wie die Steinwüsten Calibans. »Er ist schlauer als du, stärker als du, attraktiver als du und viel entschlossener. Die außerplanetarische Erziehung, die er genossen hat, ist mindestens so gut wie deine, und er ist ein Meister der okkulten Künste, an die du nicht glaubst. Du bist wahnsinnig, ihn herauszufordern. Du bist ein toter Mann, du weißt es bloß noch nicht.«

»Er hätte bestimmt gern, daß ich das glaube.«

»Die Männer sind alle Dummköpfe«, meinte Undine. Ihr Tonfall war wieder unbeschwert, ihr Blick verächtlich. »Ist dir das schon aufgefallen? Ich an deiner Stelle würde mir eine Krankheit zulegen oder moralische Bedenken hinsichtlich meines Auftrags vorschützen. Das wäre vielleicht ein dunkler Punkt in deiner Personalakte, aber darüber würdest du hinwegkommen.«

»Wann bist du Gregorian begegnet?« Der Bürokrat schaufelte noch mehr Erde in die Trommel, was einen wilden phosphoreszierenden Wirbel auslöste.

»Das war in meinem Gespensterjahr. Ich war ein Findelkind. Madame Campaspe kaufte mich in dem Jahr, als ich meine erste Menstruation bekam – sie hatte gemerkt, daß ich Anlaß zu Hoffnungen gab. Anfangs war ich ein scheues, schreckhaftes kleines Ding, und im Rahmen meiner Ausbildung unterwarf sie mich der Disziplin der Unsichtbarkeit. Ich hielt mich verborgen und sprach niemals. Ich schlief zu ungewöhnlichen Zeiten und an seltsamen Orten. Wenn ich Hunger hatte, stieg ich in fremde Häuser ein und stahl mir etwas zu essen aus den Schränken und von den Tellern. Wenn ich dabei gesehen wurde, verprügelte mich die Madame – aber nach dem ersten Monat wurde ich nicht mehr gesehen.«

»Das klingt ziemlich grausam.«

»Darüber steht dir kein Urteil zu. An dem Morgen, als die Madame über Gregorian stolperte, hatte ich mich in einem Glockenbusch verborgen. Sie stolperte buchstäblich über ihn – er hatte vor ihrer Tür geschlafen. Später erfuhr ich, daß er zwei Tage lang gelaufen war, ohne etwas zu sich zu nehmen, weil er so begierig darauf war, ihr Schüler zu werden, und dann bei der Ankunft zusammengebrochen war. Was gab das für ein Geschrei! Sie beförderte ihn mit Fußtritten auf die Straße, wobei er sich, glaube ich, eine Rippe brach. Ich kletterte auf das Dach ihres Geräteschuppens und schaute zu, wie sie ihn forttrieb. Ich ließ mich auf den Boden hinuntergleiten, stahl im Garten eine Rübe zum Frühstück und verschwand. Ich dachte, ich hätte den zerlumpten Mann zum letztenmal gesehen.

Am nächsten Tag war er jedoch wieder da.

Sie jagte ihn weg. Er kehrte zurück. Jeden Morgen war es das gleiche. Tagsüber organisierte er sich etwas zu essen – ich weiß nicht, ob er stahl, arbeitete oder seinen Körper verkaufte, denn ich hatte keine große Lust, ihm zu folgen, obwohl ich inzwischen am hell-lichten Tag mitten durch Rosendal spazieren konnte, ohne gesehen zu werden. Aber jeden Morgen hockte er wieder vor der Tür.

Nach einer Woche änderte sie ihre Taktik. Wenn sie ihn auf der Schwelle entdeckte, warf sie ihm etwas Kleingeld hin. Die kleinen Keramikmünzen, die damals gebräuchlich waren, die orangefarbenen, grünen und blauen Chips – inzwischen verwendet man ja wieder Silbergeld. Sie behandelte ihn wie einen Bettler. Er war nämlich sehr stolz, weißt du, und an den Ärmeln seiner Lumpen war ein Rest schmutziggrauer Spitze; man sah, daß er aus gutbürgerlichen Verhältnissen stammte. Sie wollte ihn beschämen und dadurch vertreiben. Er aber fing die Münzen auf, steckte sie sich in den Mund und verschluckte sie demonstrativ. Madame Campaspe tat so, als bemerkte sie es nicht. Ich beobachtete das Duell zwischen ihrer Starrköpfigkeit und seinem dreckigen Grinsen vom Dachfenster des gegenüberliegenden Kosmetiksalons aus.

Ein paar Tage später bemerkte ich auf der Veranda einen widerlichen Geruch und stellte fest, daß er hinter die Zierbüsche gekackt hatte. Ich fand dort einen

Haufen seiner Hinterlassenschaften, vermischt mit den Keramikmünzen, die sie ihm zugeworfen hatte. Somit blieb der Madame nichts anderes übrig, als ihn aufzunehmen.«

»Warum?«

»Weil er das Zeug zum Magier hatte. Er besaß den unerschütterlichen, unbeirrbaren Willen, der zum Erlernen der Zauberei unabdingbar ist, und tat instinktiv das Unerwartete. Die Madame konnte ihn ebensowenig ignorieren wie ein Maler ein Kind mit einer perfekten visuellen Vorstellungskraft. Eine solche Gabe kommt in jeder Generation nur einmal vor.

Sie hat ihn auf die Probe gestellt. Kennst du das Gerät, mit dem man Surrogaten den Geschmack von Speisen übermittelt?«

»Die Netznahrung. Ja, sehr gut.«

»Sie hatte es in einem Kasten untergebracht. Ein Außenweltler, der ihr Liebhaber gewesen war, hatte es ihr besorgt. Es war so umgebaut, daß sie die Grundspannung in den Nervenindukor einspeisen konnte. Kannst du dir vorstellen, wie es sich angefühlt hätte, wenn du die Hand ins Feld gehalten hättest?«

»Es würde höllisch weh tun.«

»Richtig.« Sie lächelte sanft, und für einen Moment blitzte hinter ihrem Lächeln das Gespenst des jungen Mädchens auf, das sie einmal gewesen war. »Ich kann mich noch gut an den Kasten erinnern. Ein simples Ding mit einem Loch an der Seitenwand und einem Regelwiderstand an der Oberseite, der von eins bis sieben ging. Wenn ich die Augen schließe, sehe ich ihn vor mir, und ihre langen Finger oben drauf und ihre blöde Wasserratte, die auf ihrer Schulter hockte. Sie meinte, wenn ich die Hand rausnähme, ehe sie mich dazu aufforderte, werde sie mich umbringen. Es war der schlimmste Moment meines Lebens. Nicht einmal Gregorian konnte ihn je übertreffen, so erfinderisch er auch war.«

Undine schöpfte abermals Schaum ab. Ihr Tonfall war weich und erinnerungsschwer. »Als sie den Regler von der Null wegdrehte, hatte ich das Gefühl, ein Tier hätte mich bis aufs Blut gebissen. Dann drehte sie langsam, quälend langsam weiter, bis zur Eins, und das war noch eine Stufe schlimmer. Wie habe ich gelitten! Bei Stufe Drei brüllte ich, bei Stufe Vier war ich blind vor Schmerz. Bei Stufe Fünf riß ich meine Hand heraus und wollte lieber sterben.

Da umarmte sie mich und meinte, bisher habe noch keiner so lange ausgehalten wie ich, und eines Tages werde ich berühmter sein als sie.«

Lange Zeit schwieg die Hexe.

»Als die Madame Gregorian hereinließ, schlüpfte ich durch ein offenes Fenster ins Nebenzimmer. Ich war leiser als ein Gespenst, ich schwebte lautlos von Schatten zu Schatten. Ich ließ die Tür einen Fingerbreit offen, damit ich aus dem Dunkeln ins Helle sehen konnte. Dann verkroch ich mich in einem Schrank. Durch den Türspalt hindurch beobachtete ich ihre fernen Spiegelbilder im Rauchfang. Gregorian war mager, barfuß und schmutzig. Ich weiß noch, wie nichtssagend er mir neben Madame Campaspes aristokratischer Erscheinung vorkam.

Sie setzte sich neben ihn an den Kamin. Flüsternd erklärte sie ihm die Regeln. Sie nahm das Fransentuch vom Kasten.

Ich sah, wie es in seinem Gesicht zuckte, als sie den Schalter berührte – unwillkürliche Muskelreflexe. Ich sah, wie er blaß wurde, wie er zitterte, als sie den Schmerz verstärkte. Er schaute sie unverwandt an.

Sie ging bis zur Stufe Sieben. Sein Körper hatte sich versteift, seine Finger zuckten krampfhaft, aber er hielt den Kopf unnachgiebig erhoben, und er hatte nicht einmal geblinzelt. Ich glaube, die Madame hatte Angst vor ihm, wie er mit seinen zerlumpten Klamotten dasaß und sie anfunkelte mit seinen Augen, die wie Laternen waren.

Ich war so still, daß mein Herzschlag aussetzte. Ich war vollkommen reglos. Gregorian bemerkte mich trotzdem. Er hob den Kopf und schaute in den Spiegel. Als er mich sah, grinste er. Ein schreckliches Grinsen, aber immerhin ein Grinsen. Da wußte ich, ganz gleich, was sie auch anstellte, kleinkriegen würde sie ihn nie.«

»Ich bin jetzt fertig.« Sie bedeckte die Schale mit einem Stück Mull, und der Bürokrat folgte ihr in die Hütte, wobei ihm die schmalen Mondsicheln unter der Decke nacheinander zublinzelten.

»Wozu ist das gut?« fragte er, als sie sich im Schneidersitz auf dem Bett gegenübersaßen, ihre Vagina ein lieblicher dunkler Schatten innerhalb des schützenden Halbkreises ihrer Beine. »Das Pulver, das du aus den Hunden gewinnst.«

»Wir mischen es mit Tinte und spritzen es unter die Haut.« Sie schwenkte eine Hand vor seinem Gesicht; im Schatten war sie farblos und ohne Musterung. »Jedes Zeichen steht für ein Ritual, das eine Hexe vollziehen darf, und jedes Ritual repräsentiert Wissen, und dieses Wissen, richtig angewendet, bedeutet Macht.« Auf einmal leuchtete ein Bild auf ihrer Hand. Es war ein kleiner Fisch, der durch die Haut hindurchschimmerte. »Die Bilder nach Belieben an- und ausstellen zu können, ist ein Kennzeichen dieser Macht.« Eine nach der anderen leuchteten die Tätowierungen auf; eine Pyramide, ein Geier, ein Ährenkranz. Sterne explodierten zu subkutanen Novae, und aus ihrem Feuer formten sich Schlangen, Monde, alchemistische Symbole. »Die Mikroflora von Miranda ist mit der terranischen Biologie absolut unvergleichbar. Unter die Haut injiziert, bekommen sie gerade genug Nährstoffe, um am Leben zu bleiben, ohne weiter zu wachsen. Dort ruhen sie, hungernd und komatös, bis ich sie zum Leben erwecke.« Jetzt leuchteten sämtliche Tätowierungen. Sie zogen sich über die Arme bis zu den Schultern hoch.

»Wie machst du das?«

»Ach, als erstes lernt man, die eigene Körpertemperatur zu erhöhen. So.« Sie nahm seine Hand. »Es ist ganz leicht. Konzentriere dich auf die Fingerspitzen, zwing sie dazu, sich zu erwärmen. Denk an etwas Heißes. Versuch sie zu erhitzen.« Sie wartete, dann sagte sie: »Na?«

Seine Fingerspitzen prickelten. »Ich weiß nicht.«

»Du glaubst, es wäre bloß Einbildung.« An einer ihrer Fingerspitzen flammte ein Stern auf, schwebte vor seine Augen. »Das ist das erste Zeichen, das ich bekommen habe. Mach deinen Finger warm, meinte die Göttin, und dann flammte er auf. Ich war vollkommen überrascht. Ich spürte, daß mein Leben eine neue Wendung genommen hatte, daß nichts mehr so sein würde, wie es gewesen war.« Sie berührte sanft sein Bein, fuhr mit den Fingern daran hoch und rasch wieder hinunter, hin und her.

»Welche Göttin hat das gesagt?«

»Wenn jemand einen lehrt, was von spirituellem Wert ist, dann lernt man dies nicht von einem Menschen; die Person hat teil am Göttlichen, sie wird eins mit der Gottheit. Darum wurde Madame Campaspe für Gregorian und mich zur Gottheit, als sie uns zu unterrichten begann.« Sie streichelte seinen Penis, der sich nahezu unbemerkt von ihm wieder versteift und aufgerichtet hatte. »Schön! Es wird Zeit, daß ich wieder zu deiner Göttin werde.« Sie legte sich mit gespreizten Beinen zurück und zog ihn über sich.

»Ich möchte mit dir über Gregorian reden«, sagte der Bürokrat unsicher. Sie hielt ihn mit beiden Händen und leitete ihn in ihr warmes Inneres.

»Das eine schließt das andere nicht aus.« Sie drückte

ihn an sich und wälzte ihn herum, so daß sie auf einmal wieder oben saß. »Das Ritual, das du von der Göttin lernen wirst, nämlich wie man seine Ejakulation beherrscht, wird Ouroborosschlange genannt, nach der großen Schlange der Erde, die ihren eigenen Schwanz verspeist und sich so ständig erneuert; ein perfektes geschlossenes System, wie es in der profanen Wirklichkeit nicht vorkommt, nicht einmal in deinen schwebenden Metallstädten.« Sie bewegte sich langsam auf und nieder, im Mondschein so anmutig anzusehen wie ein Schwan, und er hob die Arme und liebkoste ihre Brüste. »Die physischen Vorteile reichen weit über den offensichtlichen Nutzen hinaus, außerdem ist es eine hervorragende Einführung in die Mysterien des Tantras. Was genau willst du über Gregorian wissen?«

Seine Hände glitten an ihrem Bauch hinunter, berührten sanft den rosafarbenen Rand ihrer Vagina, dann, als sie sich auf ihn herabsenkte, packte er ihre Hüften; Brustwarzen, Brüste, Bauch und Kinn schwebten über ihm. »Ich will wissen, wo er sich aufhält.«

»Vermutlich irgendwo stromabwärts. Es heißt, er habe einen ständigen Wohnsitz in Ararat, aber wer weiß das schon? Im Grunde bräuchte er gar keine ständige Adresse, weil er sich von niemandem aufspüren läßt.«

»Was ist mit den Leuten, die dafür bezahlt haben, daß er sie in Meeresbewohner verwandelt?«

»Nicht sie finden ihn – er findet sie. Er sucht nach einer bestimmten Sorte von Menschen, nicht wahr? Nach Leuten, die gerne im Tideland bleiben möchten, die bereit sind, dafür eine nichtmenschliche Form anzunehmen, die sich von Gregorians Werbespots überzeugen lassen und reich genug sind, ihn zu bezahlen. Ich bin sicher, er führt schon lange eine Interessentenliste.«

»Wann hast du ihn zum letztenmal gesehen?«

»Ach, das ist schon Jahre her.« Ihre Zähne spielten mit seinem Ohrläppchen; ihr warmer Atem strich über seine Wange. »Als er Madame Campaspe schließlich verließ, wollte er zum Meer, aber er kam bloß bis zur Heliostatenhaltestelle Nummer Siebzehn. Dort traf er jemanden, und dann hörte ich, er habe den Planeten verlassen. Gefällt dir das?« Sie fuhr mit den Fingernägeln über seine Flanken.

»Ja.«

»Gut.« Sie faßte ihm ins Kreuz und kratzte ihm unvermittelt über den Rücken. Unwillkürlich bäumte er sich auf und sog scharf die Luft ein. Wo sie ihn berührt hatte, brannte die Haut. »Und das magst du auch, und es überrascht dich, hab ich recht? Das habe ich von Gregorian gelernt; er wurde zum Gott und zeigte mir, wie nah Lust und Schmerz beieinanderliegen.« Sie lachte ihm ins Gesicht. »Aber eine Lektion reicht für heute – geh aus mir raus und bleib liegen, ich möchte dir was zeigen.«

Sie drehte ihn auf die Seite, hob sanft eins seiner Knie an und senkte den Kopf zwischen seine Beine. Spielerisch küßte sie die Eichel, leckte über den Schaft, liebkoste die Hoden mit den Lippen. »Hier, die empfindliche Stelle zwischen Hodensack und After.« Sie kitzelte sie mit der Zunge. »Spürst du sie?«

»Ja.«

»Gut. Faß mit der linken Hand dort runter – nein, von hinten, so ist's gut. Und jetzt drück mit der Spitze von Zeige- und Mittelfinger gegen die Stelle, die ich dir gezeigt habe. Ein bißchen fester. Genau so.« Sie kniete sich hin. »Und jetzt möchte ich, daß du tief atmest, so wie ich, nicht aus der Lunge, sondern aus dem Bauch heraus.« Sie machte es ihm vor, und die feierliche Schönheit ihrer Brüste im Mondschein brachte den Bürokraten zum Lächeln. Sanft, aber energisch schob sie seine Hand weg. »Jetzt bist du dran. Setz dich auf. Atme tief und langsam ein.«

Er gehorchte.

»Aus dem Bauch heraus.«

Er probierte es noch einmal.

»So ist's gut.« Sie lehnte sich zurück und stützte sich mit den Händen auf, schlang ihre Beine um seine Hüfte und zog ihn zu sich heran. »Diesmal möchte ich, daß du auf deinen Körper achtest. Wenn du die Ejakulation nahen fühlst – nicht erst, wenn sie schon eingesetzt hat, sondern kurz vorher –, dann berührst du die Stelle, die ich dir gezeigt habe, und drückst. Atme gleichzeitig tief und langsam. Es sollte etwa vier Sekunden dauern.« Sie schwenkte viermal bedächtig die Hand und zählte mit. »Und zwar so. Du kannst langsamer werden, wenn du das machst, aber hör nicht ganz auf, okay?«

»Wenn du meinst«, sagte skeptisch der Bürokrat.

Er berührte sie mit der Eichel. Undine hielt seinen Penis fest, schob sich vor und glitt auf ihn. »Ahhh«, machte sie. Und dann: »Du meinst, es wäre zu leicht, wenn es so einfach wäre, hätte dir deine Mami bestimmt davon erzählt, hm? Ob du mir nun glaubst oder nicht, darauf kommt es nicht an. Solange du tust, was ich dir sage, kannst du die Ejakulation unbegrenzt lange hinauszögern.«

Er packte sie bei den Hüften, lehnte sich unter ihr zurück. »Ich glaube …«

»Tu's nicht!«

Er beherzigte ihren Rat gewissenhaft, horchte auf seinen Körper und verhinderte die Ejakulation jedesmal, wenn es soweit war. Der Mond schaukelte wie verrückt im Fenster. Dann geschah etwas Erstaunliches. Kurz nach einer dieser Beinahe-Ejakulationen hatte er einen Orgasmus. Das Gefühl war so überwältigend, daß er aufschrie, Undine mit aller Kraft packte und einen Hauch des Göttlichen verspürte. Dann war der Orgasmus vorbei, und er war immer noch nicht gekommen. Er war immer noch steif und eigentümlich klar im Kopf, ungewöhnlich munter und wach.

»Was war das?« fragte er verwundert.

»Jetzt hast du's begriffen«, meinte Undine. »Orgasmen beschränken sich nicht darauf, eine salzige Flüssigkeit zu verspritzen.« Sie bewegte sich auf ihm wie ein Schiff in der einem Sturm vorausgehenden Dünung, die Lider halb gesenkt, den Mund leicht geöffnet. Sie leckte sich die Lippen und lächelte beinahe höhnisch. Ihr Haar und ihre Brüste waren schweißnaß. »Du hast schon eine ganze Weile nicht mehr Gregorian erwähnt. Sind dir etwa die Fragen ausgegangen?«

»Ganz im Gegenteil, fürchte ich.« Er spielte mit einer Brust, beschrieb Kreise um den Warzenhof, zupfte mit Daumen und Zeigefinger sanft an der Warze. »Mit jeder Frage tauchen um so mehr neue Fragen auf. Ich begreife nicht, warum deine Lehrerin Gregorian so schlecht behandelt hat, warum sie ihn mit Schmerzen brechen wollte. Das war doch bestimmt eher kontraproduktiv.«

»Bei Gregorian, ja«, räumte sie ein. »Aber bei anderen hat es funktioniert... Es ist wirklich unmöglich, dir das begreiflich zu machen, ohne daß du dich einer ähnlichen Erfahrung unterziehst. Du mußt es mir glauben. Aber wenn die Gottheit dein Leben für sich beansprucht, muß sie zunächst deine alte Welt zertrümmern, um dich für das größere Universum bereit zu machen. Der Geist ist schwach. Er gibt sich leicht zufrieden und muß mittels Schmerzen oder Angst zur Wahrnehmung der Realität gezwungen werden.

Das bewirkt man jedoch nie durch Bosheit, sondern allein durch Liebe. Nach bestandener Probe umarmte mich die Madame. Ich hatte gedacht, sie würde mich verachten, ich glaubte, ich müßte sterben, und dann umarmte sie mich. Ich kann dir gar nicht sagen, wie sich diese Umarmung anfühlte. Besser als alles, was wir heute nacht miteinander getan haben. Besser als alles, was ich je gefühlt hatte. Ich weinte. Ich fühlte mich umfangen von Liebe. In dem Moment hätte ich für diese Frau mein Leben hingegeben.«

»Aber bei Gregorian war es anders.«

»Nein.« Sie schaukelte leicht hin und her, bewegte seinen Penis in ihrem Innern. »Sie hat Gregorian nie gebrochen. Sie versuchte es viele Male, und jeder gescheiterte Versuch machte ihn stärker und wilder. Und deshalb wird er dich töten.« Unvermittelt wälzte sie sich herum, so daß er wieder auf ihr lag. Einen Moment lang hatte er Angst, er würde ihr mit seinem Gewicht weh tun. »Aber bis dahin«, sagte sie, »habe ich meine eigene Verwendung für dich.«

Er hatte noch vier Orgasmen, bevor er endlich kam, und der letzte war gewaltiger als alles, was er je empfunden hatte.

Dann übermannte ihn nicht der Schlaf, es war eher eine Ohnmacht.

Als er aufwachte, war Undine verschwunden. Schlaftrunken blickte er sich im Zimmer um; die Einrichtung und ein paar Habseligkeiten waren zurückgeblieben. Das Kostüm lag auf dem Boden, armselig und leicht zerknittert, ein paar der langen Regenvogelfedern waren bereits geknickt. Das Zimmer atmete Leere und Verlassenheit; alles Persönliche hatte sich verflüchtigt. Er kleidete sich an und ging hinaus.

Es war schon spät am Vormittag. Prospero stand hoch am Himmel, und die Stadt war verlassen. Türen standen offen. Bettzeug lag dort im Gras, wo man es zum Lüften ausgelegt hatte. Die Straßen waren übersät mit den Hülsen der Verkleidungen von vergangener Nacht wie mit abgestreiften Zikadenhüllen. Als der Bürokrat zum Zentrum von Rosendal zurückschlenderte, wurde sein Kopf allmählich klarer, und am liebsten hätte er gesungen. Sein Körper schmerzte, jedoch angenehm; sein Schwanz fühlte sich wund an. Alles, was er jetzt brauchte, um sich wieder mit der Welt zu versöhnen, war ein gutes Frühstück.

Chu stand neben einem Laster, auf dessen Stoßstange DER NEUGEBORENE KÖNIG und auf dessen Flanke in sieben schreienden Farben ARSHAG MINTOUCHIANS MARIONETTENTHEATER UND ILLUSORIUM VON HIMMEL UND HÖLLE, DEN ZEHN MILLIONEN STÄDTEN UND DEN ELF WELTEN geschrieben stand. Der Bürokrat erinnerte sich daran, ihn vergangene Nacht gesehen zu haben, als in seinem Innern gerade eine Marionettenvorstellung stattgefunden hatte. Chu unterhielt sich mit einem fetten, verschwitzten Mann mit einem akkuraten kleinen Schnurrbart, offenbar Arshag Mintouchian persönlich. »Eine gute Nacht gehabt?« fragte sie und fing an zu lachen.

Der Bürokrat machte ein verblüfftes Gesicht. Dann brach Mintouchian ebenfalls in Gelächter aus.

»Was ist denn so komisch?« fragte der Bürokrat eingeschnappt.

»Ihre Hand«, sagte Chu. »Wie ich sehe, haben Sie eine denkwürdige Nacht verlebt!« Dann packte es sie wieder, alle beide, und sie schwebten wie Drachen auf den Sturmböen ihres Gelächters.

Der Bürokrat besah sich seine Hand. Er hatte eine frische Tätowierung; eine Schlange, die sich dreimal um den Mittelfinger seiner linken Hand wand und ihren Schwanz im Maul hatte.

»Ich bin der größte«, sagte Mintouchians Daumen. »He, ich will mich
ja nicht brüsten, Schätzchen, aber
morgen wirst du eine wunde Muschi
haben.« Er paradierte auf und ab, so
stolz wie ein Gockel.

»Mhm, das sehe ich«, meinte
Mintouchians andere Hand, die mit
Daumen und Zeigefinger eine lange,
leicht gespreizte Vulva bildete. »Komm
her, Großer!« Auf einmal klappte der
Schlitz weit auf.

Alle lachten.

»Modeste!« rief Le Marie. »Arsène!
Kommt her und seht euch das an.«

»Das ist doch wirklich nichts für
Kinder«, wandte der Bürokrat halblaut
ein. Als ihn zwei Schweinezüchter
und einer der Evakuierungsbeamten
ansahen, errötete er.

Es kam jedoch keines der Kinder
vom Nebenzimmer herüber. Sie schauten fern, versunken in eine Phantasie-
welt, in der die Menschen nicht binnen

eines Menschenlebens, sondern in Stundenfrist von Stern zu Stern reisten, wo einzelne Altruisten über Energien verfügten, die ausreichten, ganze Städte dem Erdboden gleichzumachen, wo Männer und Frauen ihr Geschlecht vier- bis fünfmal pro Nacht wechselten, wo alles möglich und nichts verboten war. Es war ein Aufschrei, der geradewegs der Kröte an der Basis des Gehirns entsprungen war, dem uralten Reptil, das alles auf einmal auf dem Präsentierteller vorgesetzt haben will.

Die Kinder saßen im Dunkeln, mit Augen groß wie Untertassen und starrem Blick.

»Ich bin ja so gut. Ich werd dich weiten, bis du dich nicht mehr wiedererkennst.«

»Das behauptest *du*.«

Draußen regnete es, aber die Küche war eine warme, hellerleuchtete Insel. Chu lehnte mit einem Glas in der Hand an der Wand, darauf bedacht, nicht lauter zu lachen als die anderen. Es roch nach gebratenem Schweinehirn und altem Linoleum. Unter dem Tisch wedelte Anubis geräuschvoll mit dem Schwanz. Le Maries Frau deckte gerade den Tisch ab.

Der Gastwirt schleppte noch zwei Krüge an, die Hälfte Blut, die andere gegorene Stutenmilch. »Trinken Sie noch ein Glas! Das muß alles weg!« Der magere alte Mann setzte Mintouchian ein Glas vor. Mit einem schwachen, schiefen Lächeln unterbrach der Puppenspieler seine Vorstellung und trank. Er nahm einen tiefen Schluck, von dem am unteren Rand seines Schnurrbarts ein flüchtiger Schaumstreifen zurückblieb. Während andere Gäste ihre Gläser hochhielten, machte er Daumen und Faust wieder gefechtsbereit.

»Wollen Sie denn nichts?«

»Nein, nein, ich bin pappsatt.«

»Probieren Sie doch mal! Wissen Sie überhaupt, was das im Norden kostet?«

Lächelnd hob der Bürokrat die Hände und schüttelte den Kopf. Als sich der alte Mann achselzuckend abwandte, schlüpfte er auf die Hinterveranda hinaus. Die Tür fiel ins Schloß, und Mintouchians Faust spie einen schlaffen, ermatteten Daumen aus.

Sie lachte in sich hinein. »Der nächste!«

Die Regentropfen waren wie Hammerschläge, so schmerzhaft waren sie auf der Haut. Der Bürokrat stand auf der dunklen Veranda und schaute durchs Fliegenfenster. Auf der Welt gab es nur eine einzige Farbe, weder Grau noch Braun, sondern etwas, das dazwischen lag. Ein jäher Windstoß teilte den Regen wie einen Vorhang und gab vorübergehend den Blick frei auf die Lastkähne, die am Fluß vor Anker lagen, dann verschwanden sie wieder. Anderthalb Häuser weiter hörte Cobbs Creek auf zu existieren.

Cobbs Creek, das waren Schweine und Holz. Die letzten Schweine waren bereits geschlachtet und hingen nun in den Räucherkammern, aber die Baumstämme trieben noch immer den Fluß zu den Sägewerken hinunter, die Ausbeute des letzten fieberhaften Holzschlags, bevor die Flut die Bäume in Tang verwandelte. Der Bürokrat schaute zu, wie der Regen den Schlamm kniehoch an die Schindelwände spritzte. Die aufgeweichte Erde verströmte einen schalen Geruch, der sich mit den Ausdünstungen der Tomatenstaude im Kräutergarten und der roten Ziegel mischte, mit denen der Weg an der Rückseite des Hauses gepflastert war.

Er fühlte sich traurig und einsam und konnte nicht aufhören, an Undine zu denken. Wenn er die Augen schloß, schmeckte er ihre Zunge, spürte er die Berührung ihrer Brüste. Die brennenden Kratzspuren auf seinem Rücken stachelten die Erinnerungen an. Er kam sich vollkommen lächerlich vor und war mehr als nur ein bißchen wütend auf sich selbst. Er war doch kein Schuljunge mehr; warum gingen ihm ihre

Augen, ihre Wangen, ihr warmes, spöttisches Lächeln dann nicht aus dem Kopf?

Er seufzte, holte Gregorians Notizbuch aus der Aktentasche, blätterte darin. *Eine neue magische Interpretation der Welt zeichnet sich ab, eine Interpretation nicht vom Standpunkt des Begreifens, sondern vom Standpunkt des Willens aus. So etwas wie Wahrheit gibt es nicht, weder im moralischen noch im wissenschaftlichen Sinn.* Ungeduldig blätterte er weiter.

Was ist gut? Was immer das Machtgefühl stärkt, den Willen zur Macht und vor allem die Macht selbst. Als er den Satz noch einmal las, stand ihm der junge Gregorian vor Augen, der zweifellos hagere Hexenschüler, verzehrt von seiner unbedingten jugendlichen Gier nach Bedeutung und Anerkennung. *Die Menschen sind meine Sklaven.*

Irritiert vom naiven, prätentiösen Tonfall der Aphorismen, packte er das Buch wieder weg. Diese Sorte Jugendlicher kannte er nur allzu gut; es hatte mal eine Zeit gegeben, da er genauso gewesen war. Dann fiel ihm etwas ein, und er holte das Buch wieder hervor. Es kam eine ausführlich beschriebene Übung darin vor, welche *Die Ouroborosschlange* betitelt war. Er las die Anweisungen aufmerksam durch: *Der Magier plaziert seine Rute im Becher der Gottheit. Die Magd ihrerseits ...* Ja, jetzt, wo er die Allegorie verstand, war es die gleiche Technik, die Undine ihn gelehrt hatte.

Die Leute in der Küche lachten.

Der Bürokrat wünschte, der Tag wäre bereits vorbei, die Straßen wären wieder begehbar und er könnte sich davonmachen. Diese Stadt war eine einzige Enttäuschung gewesen. Die Archäologen, die hier gearbeitet hatten, waren verschwunden, die Grabungsstelle war abgedeckt und gesichert, sämtliche Spuren, die ihn zu Gregorian hätten führen können, hatte der Strom der Flüchtlinge, die zum Piedmont unterwegs waren, verwischt.

Er blinzelte in den Regen. Im Osten durchdrang ein schwacher Lichtschimmer die Düsternis, verschwommen, beinahe nicht vorhanden, und einen Moment lang meinte er, das Unwetter höre auf. Dann bewegte sich der Lichtflecken ein wenig. Also war es keine natürliche Lichtquelle.

Wer mochte an solch einem Tag wohl unterwegs sein? überlegte er.

Das Licht wurde allmählich heller, intensiver, zog sich zusammen und nahm eine bläuliche Färbung an. Jetzt sah er sogar, was es war; das leuchtende Bildschirmgesicht eines Surrogats, das durch den Regen stapfte. Nach und nach nahm der Körper unter dem blauen Lichtflecken Gestalt an – die gespenstische Karikatur einer menschlichen Gestalt in einem Regenmantel und mit einem breitkrempigen Hut, der am Kopfteil befestigt war, um das Wasser abzuhalten.

Der Regenmantel flatterte im Wind, das Surrogat kam näher.

Es steuerte geradewegs auf das Hotel zu. Der Bürokrat sah jetzt, daß es etwas unter dem Arm trug, eine lange, schmale Kiste, genau passend etwa für ein Dutzend Rosen oder eine kurzläufige Flinte.

Der Bürokrat verließ den Eingang und trat auf die erste Treppenstufe. Regen klatschte gegen seine Schuhe, ein Vordach schützte jedoch seinen Oberkörper. Das Surrogat hatte den Fuß der Treppe erreicht und sah lächelnd zu ihm auf.

Es war der falsche Chu.

»Wer sind Sie?« fragte der Bürokrat kühl.

»Ich heiße Veilleur. Falls Sie wert darauf legen.« Veilleurs Lächeln war zuvorkommend und unverbindlich. »Ich bringe Ihnen eine Nachricht von Gregorian. Und ein Geschenk.«

Der Bürokrat blickte mit gerunzelter Stirn auf dieses arrogante Jungengrinsen hinunter. So mußte Gregorian in seiner Jugend gewesen sein. »Sagen Sie Gregorian, daß ich mit ihm persönlich sprechen möchte, über eine Angelegenheit, die uns beide betrifft.«

Veilleur spitzte mit spöttischem Bedauern die Lippen. »Bedauerlicherweise hat der Meister im Moment furchtbar viel zu tun. Aber wenn Sie mir Ihr Anliegen mitteilen möchten, werde ich gern sehen, was sich machen läßt.«

»Die Angelegenheit ist vertraulich.«

»Oho. Nun, ich werde mich kurzfassen. Meister Gregorian hat erfahren, daß Sie in den Besitz eines Gegenstands gelangt sind, der von nostalgischem Wert für ihn ist.«

»Sein Notizbuch.«

»Genau. Ein wertvolles Studienobjekt, möchte ich betonen, aus dem Nutzen zu ziehen es Ihnen an den nötigen Voraussetzungen fehlen dürfte.«

»Trotzdem ist es nicht gänzlich ohne Interesse für mich.«

»Dennoch muß mein Meister Sie bitten, es zurückzugeben. Er vertraut darauf, daß Sie sich kooperativ zeigen werden, zumal das Buch, offen gesagt, nicht Ihnen gehört.«

»Sagen Sie Gregorian, er kann das Buch jederzeit bei mir abholen. Persönlich.«

»Ich genieße das Vertrauen des Meisters. Was Sie ihm sagen wollen, können Sie auch mir sagen, was Sie ihm geben wollen, können Sie auch mir geben. Man könnte sogar sagen, daß er da, wo ich bin, gewissermaßen ebenfalls anwesend ist.«

»Nicht mit mir«, erwiderte der Bürokrat. »Wenn er das Buch haben will, so weiß er, wo ich bin.«

»Wenn es auf die eine Art nicht geht, muß man eben zu anderen Mitteln greifen«, meinte Veilleur philosophisch. »Mir wurde aufgetragen, Ihnen dies zu geben.« Das Surrogat legte die Kiste dem Bürokraten zu Füßen. »Ich soll Ihnen sagen, daß jemand, der kühn genug ist, eine Hexe zu vögeln, auch etwas zur Erinnerung übrigbehalten sollte.«

Das elektronische Grinsen loderte kurz auf wie der helle Wahnsinn. Dann wandte das Surrogat sich ab.

»Ich habe mit Gregorians Vater gesprochen!« rief der Bürokrat. »Richten Sie ihm das ebenfalls aus!«

Das Surrogat ging weiter, ohne sich umzuschauen. Der Wind blähte seinen Regenmantel, und dann war es verschwunden.

Dem Bürokrat war auf einmal unbehaglich zumute. Er bückte sich und hob die Kiste hoch. Sie enthielt irgend etwas Schweres. Er trat wieder auf die Veranda, löste das nasse Öltuch und klappte den Deckel auf.

Im dunklen Innern der Kiste leuchteten Sterne, Schlangen und Kometen. Die Verwesung hatte gerade erst eingesetzt. Die Iridobakterien schlemmten.

Bei seinem Eintreten verstummte das Gelächter in der Küche. »Ich muß Ihnen leider eine unangenehme Mitteilung machen«, sagte eine Stimme. Seine eigene. Der Bürokrat legte die Kiste auf den Küchentisch. Als sich ein kleines Mädchen, das ein rotes Evakuierungshalstuch mit kleinen schwarzen Sternen trug, auf die Zehenspitzen stellte und nach der Kiste griff, bekam es einen Klaps auf die Hand. Mintouchian, der nah genug stand, um hineinsehen zu können, klappte hastig den Deckel zu und wickelte das Tuch wieder darum. »Nichts für dich.« Er hörte sich furchtbar an, wie eine Bandaufzeichnung, die mit der falschen Geschwindigkeit abgespielt wurde, falsch und irgendwie unmenschlich.

Hektische Aktivität. Zwei Männer rannten nach draußen. Ein Sessel wurde vorgeschoben, und Le Marie drückte ihn hinein. »Ich rufe die Polizei«, sagte Chu. »Sobald der Regen aufhört, können sie ein Labor herschaffen.« Jemand gab dem Bürokraten einen Drink, den er in einem Zug hinunterstürzte. »Mein

Gott«, sagte er. »Mein Gott.« Anubis kam unter dem Tisch hervor und leckte seine Hand.

Die Männer, die nach draußen gerannt waren, kamen klitschenaß zurück. Hinter ihnen fiel die Tür ins Schloß. »Niemand draußen«, meinte einer.

Noch mehr Kinder strömten herein. Mutter Le Marie brachte die Kiste eilends auf dem Küchenschrank in Sicherheit. »Was ist da drin?« erkundigte sich einer der Einheimischen von der anderen Seite der Küche.

»Undine«, sagte der Bürokrat. »Undines Arm.« Er brach in Tränen aus, was ihm fürchterlich peinlich war.

Trotz seines schwachen Protests geleitete man ihn auf sein Zimmer, legte ihn aufs Bett, zog ihm die Schuhe aus. Jemand stellte die Aktentasche neben ihm ab. Tröstliche Worte murmelnd, ließ man ihn allein. Ich werde bestimmt nicht schlafen können, dachte er. Im Zimmer roch es nach Moder und alter Farbe. Die Wände und der Spiegel waren mit Fliegendreck übersät, von den Fliegen, die nachts vom Fieberwind hereingeweht wurden, über den Rand des Fensters, das sich nicht ganz schließen ließ. Auch jetzt wehte der Wind durch den schmalen Spalt und bewegte die Vorhänge. Zweifellos würde es niemals repariert werden.

Das dumpfe Tosen des Wassers auf dem Dach hörte allmählich auf, als der Sturm sich legte. Der Regen verwandelte sich in einen Nieselregen und schließlich in Nebel.

Eine Stimme löste sich aus der Küchenunterhaltung und drang bis in sein Zimmer. »Pilzregen«, sagte sie leise.

Der Bürokrat konnte nicht schlafen. Das Kissen war hart und schien zu summen, so erschöpft war er. Sein Schädel war mit grauer Watte ausgestopft. Nach einer

Weile stand er auf, nahm die Aktentasche und ging nach draußen, ohne Schuhe und unbemerkt von den anderen.

Der Regen war so fein, daß die Tropfen in der Luft zu schweben schienen; sie dämpften die Geräusche und versilberten eine verwandelte Welt. Durchscheinende blaue Pollenschläuche wölbten sich über der Straße. Kleine violette Mandolinen sprossen aus den Eingängen, und die Dächer waren mit einem zarten Netzwerk aus gelbbraunen, rosafarbenen und blaßgelben Phantasiegebilden bedeckt. Pilzregen. Die schaumigen Gebilde wurden zusehends größer.

Die Häuser hatten sich in alptraumhafte Burgen verwandelt, die mitten im Übergang zu organischem Leben begriffen waren. Wie eine Krabbe huschte er an den schwankenden Sprößlingen vorbei, streifte zierliche Spitzenfächer beiseite, die bei seiner Berührung zerkrümelten. Vor ihm war ein warmer, orangefarbener Schein auf der Straße, darauf hielt er zu.

Das hellerleuchtete Rechteck war die offene Hecktür vom Lastwagen des Neugeborenen Königs. Er trat ein.

Mintouchian saß hinter einem kleinen Klapptisch, auf dem ein gelber Lichtkreis lag. Darin tanzte eine kleine Frau aus Metall.

An Mintouchians Fingern waren die Sensoren einer Fernsteuerung befestigt. Er schwenkte die Hände hin und her, wodurch sich die Felder verzerrten und wechselseitig durchdrangen. »Ach, Sie sind's. Konnten wohl nicht schlafen, wie?« sagte er. »Ich auch nicht.« Er deutete mit dem Kopf. »Nettes kleines Ding, finden Sie nicht?«

Bei näherem Hinsehen bemerkte der Bürokrat, daß die Frau aus Tausenden von unterschiedlich großen Goldringen bestand, so daß Arme, Beine und Torso sich lebensecht verjüngten. Ihr Kopf war glatt und nichtssagend, deutete jedoch hohe Wangenknochen und ein schmales Kinn an. An ihrer Hüfte war ein Stoffponcho befestigt, der lang genug war, um ein Kleid vorzustellen. Als Mintouchian die Hände hochriß, wirbelte es empor.

»Ja.« Die goldene Frau bewegte ihre Arme mit unglaublicher, tausendgelenkiger Geschmeidigkeit. »Was machen Sie da?«

»Ich denke nach.« Mintouchian stierte blicklos ins Licht. »Vor langer Zeit habe ich mal eine Hexe geliebt. Sie ... aber Sie wollen die Geschichte bestimmt nicht hören. Sie gleicht Ihrer eigenen. Sehr sogar. Sie wurde ertränkt, als ich ... Nun ja. Es gibt halt keine neuen Geschichten, nicht wahr? Wer sollte das schließlich besser wissen als ich?«

Ohne die Tänzerin innehalten zu lassen, senkte er halb die Lider und lehnte sich an die Wand. Die Wand war mit Puppen bedeckt, die in Plastikfolie verpackt waren und so dicht aneinandergepreßt waren, daß ein Entkommen unmöglich schien. Es war ein Museum der Marionettenkunst. Da waren Punch und seine Frau Judy, sein Vetter Pulcinello, der leichenblasse Pierrot, der berühmte Harlekin und die reizende Columbine, Tricky Dick, Till Eulenspiegel, der brave Kosmonaut Minsk, all die uralten archetypischen Schufte und Helden, die darauf warteten, wieder einmal auf Zeit zum Leben zu erwachen. »Ist Ihnen klar, daß das Puppenspiel die reinste Form des Theaters darstellt?«

»Die einfachste, meinen Sie wohl.«

»Einfach! Probieren Sie's doch, wenn Sie glauben, es wäre so leicht! Nein, die reinste, finde ich. Hier sitze ich, der Schöpfer, und dort sitzen Sie, der Zuschauer. Unsere Seelen sind verschieden, sie können einander nicht berühren. Aber da ist diese kleine Puppe zwischen uns.« Die Dame glitt vor und vollführte einen Knicks; das Kleid fegte über den Boden, dann richtete sie sich so mühelos wieder auf wie ein Blatt im Wind. »Teilweise existiert sie in meiner Vorstellung und teil-

weise in Ihrer. Im Moment überlappen sich beide.«
Seine Hände tanzten, und mit ihnen die Metallfigur.
Der Bürokrat blickte zwischen dem Mann und der
Puppe hin und her, ohne sich ganz auf einen von bei-
den konzentrieren zu können.

»Schauen Sie«, staunte Mintouchian. Die Puppe erstarrte. »Sie hat kein Gesicht, kein Geschlecht. Aber
jetzt sehen Sie sich das mal an.« Die Puppe hob kokett
den Kopf und blickte den Bürokraten von der Seite an.
Ihr Körper verlagerte Fleisch zu den Hüften, die auf
einmal ausgeprägt weiblich wirkten. Als der Bürokrat
von der Puppe zu Mintouchian hochschaute, blickte
dieser ihm durchdringend in die Augen. »Wissen Sie,
wie das Fernsehen funktioniert? Der Bildschirm ist in
horizontale Zeilen unterteilt, und der Abtaster wirft
immer zwei Zeilen eines Bildes auf den Schirm, dann
überspringt er zwei Zeilen, dann zeichnet er wieder
zwei, von oben nach unten. Dann kehrt er zum Anfang zurück und füllt die Zeilen auf, die er beim erstenmal ausgelassen hat. So daß man das ganze Bild
eigentlich nie auf einmal sieht. Sie setzen es in Ihrer
Vorstellung zusammen. Von Zeit zu Zeit hat man mit
holografischen Bildschirmen experimentiert, aber die
Leute wollten sich nicht daran gewöhnen. Ihnen fehlte
das zwanghafte Element des ursprünglichen Fernse-
hens. Sie stellten nämlich nur Bilder bereit. Sie verlei-
teten das Gehirn nicht zur Mitarbeit an der Verletzung
der Realität.« Die Puppe tanzte leicht und anmutig.

Der Bürokrat hatte trockene Lippen und einen ei-
genartigen, prägnanten Geschmack im Mund. Er hatte
Mühe, den Erklärungen des Puppenspielers zu folgen.
»Ich bin mir nicht sicher, ob ich Ihnen folgen kann.«

Die goldene Frau hob eine Schulter an und warf
dem Bürokraten einen vorwurfsvollen Seitenblick zu.
Mintouchian lächelte. »Wo hat diese Illusion zuvor
existiert? In meinem Geist oder in Ihrem? Oder existiert sie immer noch in dem Zwischenraum, in dem

sich unserer beider Vorstellung miteinander vermengt?«

Als er die Hände hob, löste sich die Frau in einen Schauer goldener Ringe auf.

Der Bürokrat sah zu Mintouchian auf, und noch immer wirbelten und fielen die Ringe in seinem Geist. Er schloß die Augen und sah sie in der Schwärze immer noch fallen. Er wurde sie auch dann nicht los, als er die Augen wieder öffnete. Das Innere des Lastwagens wirkte bedrückend eng, und dann wieder schien es, als sei er gar nicht vorhanden. Er pulsierte, schien sich um den Bürokraten abwechselnd zu öffnen und zu schließen. Ihm war übel. Vorsichtig sagte er: »Irgendwas stimmt nicht mit mir.«

Mintouchian aber hörte nicht mehr zu. In versonnenem, trunkenem Ton sagte er: »Manchmal werde ich gefragt, wie ich zu dem Beruf gekommen bin. Ich weiß es nicht. Meistens antworte ich darauf: Warum sollte jemand Gott spielen wollen? Zieh ein Gesicht und zuck die Achseln. Bisweilen aber glaube ich, der Grund war, daß ich mich der Existenz anderer Menschen versichern wollte.« Er blickte durch den Bürokraten hindurch, als wäre er allein und redete mit sich selbst. »Aber das können wir nicht wissen, nicht wahr? Mit letzter Sicherheit können wir es nicht wissen.«

Der Bürokrat ging ohne ein Wort hinaus.

Er spazierte zum Fluß hinunter. Die Kais waren verwandelt. Er erblickte einen jäh aufgeschossenen Wald goldener Pilze, die eine Schnur mit Glühbirnen verschluckt hatten und nun von dem geborgten Licht leuchteten, märchenhafte Halbinseln, die ins Wasser hineinragten. Als er genauer hinschaute, sah er nackte Frauen im Fluß umherwaten. Mit bedächtiger Anmut glitten die mondbleichen Frauen an den ankernden Booten vorbei und versetzten sie in schaukelnde Bewegung, die Augen auf gleicher Höhe mit den Mastspitzen.

Der Bürokrat schaute ihnen verwundert zu, diesen stummen Phantomen, und dachte: Solche Wesen gibt es nicht, obwohl er um sein Leben nicht hätte sagen können, warum es sie nicht gab. Bis zu den Oberschenkeln im Wasser und so groß wie Dinosaurier, bewegten sie sich lautlos wie Traumgestalten, schlafwandlerisch und gleichzeitig so dreist wie ein Wunsch. Irgend etwas Schwarzes wälzte sich im Wasser, stieß gegen einen runden Bauch und sank in die Tiefe, und einen entsetzlichen Moment lang fürchtete er, es sei die ertrunkene Undine, deren Schicksal es nun war, die hungrigen Könige der Fluten zu nähren.

Dann bemerkte er mit lähmendem Entsetzen, wie sich eine der Frauen zu ihm umwandte und ihn anschaute, mit Augen, die so grün waren wie das Meer und so unbarmherzig wie eine Sturmbö aus dem Norden. Sie lächelte auf ihn herunter, über ihre ebenmäßigen Brüste hinweg, und er wich stolpernd vor ihr zurück. Drogen, dachte er, ich stehe unter Drogen. Der Gedanke war wie eine plötzliche Erleuchtung, er wußte bloß nicht, was er damit anfangen sollte.

Übergangslos fand er sich in einem Wald wieder. Der Pfad, den er entlangging, war von haarigen Pilzen gesäumt, deren fleischige Köpfe im Vorbeigehen sanft über sein Gesicht und seine Arme streiften. Ich muß jemanden finden, der mir hilft, dachte er. Wenn ich bloß wüßte, ob der Weg zur Stadt zurückführt oder von ihr weg.

»Und was haben Sie dann gemacht?«

»Hä?« Der Bürokrat schüttelte sich, schaute sich um und stellte fest, daß er auf dem Waldboden saß und auf einen blauen Fernsehschirm starrte. Der Ton war abgestellt, und das Bild stand auf dem Kopf, so daß die Menschen wie Fledermäuse von der Decke hingen. »Was haben Sie gesagt?«

»Ich sagte, was haben Sie dann gemacht? Sind Sie etwa schwerhörig?«

»Ich verliere in letzter Zeit häufiger den Faden.«

»Ah.« Der Mann mit dem Fuchsgesicht deutete auf das Fernsehgerät. »Dann lassen Sie uns doch noch ein Weilchen fernsehen.«

»Das Bild steht auf dem Kopf«, wandte der Bürokrat ein.

»Tatsächlich?« Der Fuchsmann stand auf, drehte den Fernseher mühelos um, setzte sich wieder hin. Er war vollständig unbekleidet, benutzte aber eine gefaltete Arbeitshose als Sitzunterlage. Auch der Bürokrat schob sich zum Schutz gegen die Feuchtigkeit seine Jacke unter den Hintern. »Ist es besser so?«

»Ja.«

»Sagen Sie mir, was Sie sehen.«

»Ich sehe zwei Frauen, die miteinander kämpfen. Die eine hat ein Messer. Sie wälzen sich im Dreck. Jetzt steht die eine. Sie streicht sich das Haar aus der Stirn. Sie ist schweißüberströmt, und sie hält das Messer hoch und schaut es an. Die Klinge ist blutig.«

Der Fuchs seufzte. »Ich habe sechs Tage lang ergebnislos gefastet und mich zur Ader gelassen. Manchmal frage ich mich, ob ich jemals so heilig sein werde, daß ich die Bilder sehen kann.«

»Sie sehen also nichts auf dem Bildschirm?«

Ein schiefes Lächeln, ein Zucken der Schnurrhaare. »Das vermag keiner von meinesgleichen. Es ist schon komisch. Wir wenigen Überlebenden verbergen uns unter euch, besuchen eure Schulen, arbeiten mit euch zusammen, und trotzdem kennen wir euch nicht. Wir können nicht einmal eure Träume sehen.«

»Das ist bloß ein technisches Gerät.«

»Warum sehe ich dann nur ein flackerndes Leuchten?«

»Ich erinnere mich …«, setzte er an, hätte den Faden beinahe verloren, bekam plötzlich Wind in die Segel und geriet wieder in sicheres Fahrwasser. »Ich erinnere mich daran, mit einem Mann gesprochen zu haben, der meinte, das Bild existiere gar nicht. Die Bilder bestünden aus zwei Teilen und würden erst im Gehirn miteinander verwoben.«

»Wenn das so ist, dann fehlt unserem Gehirn der Webstuhl, und wir werden eure Träume niemals schauen.« Das Wesen leckte sich mit einer schwarzen Zunge über die Lippen. Auf einmal lief dem Bürokraten ein kalter Schauer über den Rücken.

»Das ist ja verrückt«, sagte er. »Es ist ausgeschlossen, daß wir uns unterhalten.«

»Warum das?«

»Die Drule sind vor mehreren hundert Jahren ausgestorben.«

»Es gibt nicht mehr viele von uns, das stimmt. Wir standen kurz vor dem Aussterben, ehe wir lernten, in den Nischen eurer Gesellschaft zu überleben. Unser Aussehen physisch zu verändern, fiel uns natürlich leicht. Doch als Mensch durchzugehen, euer Geld zu verdienen, ohne eure Aufmerksamkeit zu erregen, ist mehr als nur eine Herausforderung. Wir sind gezwungen, uns unter den Armen zu verbergen, in den Barackensiedlungen am Rande der landwirtschaftlichen Nutzflächen und in mannigfaltigen Behausungen in den schlimmsten Gegenden des Schwemmdeltas.

Aber genug davon.« Der Fuchs stand auf, reichte ihm die Hand und zog den Bürokraten auf die Beine. Er half ihm ins Jackett und reichte ihm seine Aktentasche. »Sie müssen jetzt gehen. Eigentlich sollte ich Sie töten. Aber unsere Unterhaltung war so interessant, besonders der erste Teil, daß ich Sie laufen lasse.« Er öffnete den Mund und entblößte Reihe um Reihe scharfer Zähne.

»Laufen Sie!« sagte er.

Er war so lange durch den Wald gerannt, hatte sich Tunnelwege durch flaumweiche Torbögen gebahnt, war in Türme aus stachligen und gefiederten Tentakeln hineingestolpert, die lautlos über ihm zusammenbrachen, daß dieser Zustand inzwischen selbstverständlich geworden war, ebenso natürlich und unbestritten wie jeder andere. Dann schmolz alles um ihn herum, und er fand sich auf einem Friedhof wieder, unter ineinandergewachsenen, wieder zum Leben erwachten Skeletten, darunter Brustkästen, aus denen Pilzwesen hervorwuchsen, Becken, aus denen bleiche Phalli sprossen, und gekrümmte Vaginas. Die Toten waren als Monster wiederauferstanden, als an Hüfte und Kopf miteinander verbundene Zwillinge und Drillinge, ganze Familien wurden von einer schaumigen Masse erdrückt, von oben lugte ein einzelner Totenschädel herunter, das rotbemalte Gebiß weit aufgerissen, als lachte oder schreie es.

Dann verschwand auch dies alles, und er taumelte über eine leere, ebene Fläche. Keuchend blieb er stehen. Der Boden war steinhart. Nichts wuchs darauf. An einer Seite vernahm er die aufgeregte Wassermusik des überfluteten Cobbs Creek, das begierig darauf war, mit dem Fluß zu verschmelzen. Das mußte der Grabungsort sein, überlegte er, ein Quadrat von zweihundert Metern Seitenlänge, das mit Stabilisatoren im Muttergestein verankert war, nachdem man nicht weniger als drei versiegelte Navigationsbaken in seiner Mitte vergraben hatte, als Vorkehrung gegen den Anbruch einer neuen Zeit. Er atmete keuchend, seine Lungen brannten. Bin ich gerannt? überlegte er, dann, als ihm einfiel, daß Undine tot war, überwältigte ihn das tote Gewicht der Nutzlosigkeit.

»Ich habe ihn gefunden!« rief jemand.

Eine Hand legte sich auf seine Schulter. Als er sich langsam umdrehte, traf ihn ein Faustschlag ins Gesicht.

Mit ausgebreiteten Armen fiel er der Länge nach

hin. Sein Kopf prallte auf den Boden. Mit dumpfem, allumfassendem Erstaunen fühlte er, wie ein Stiefel gegen seinen Brustkasten trat. »Uuuh!« Er stieß pfeifend den Atem aus, und die knirschende Dunkelheit des granitharten Bodens drehte sich von der Wucht des Aufpralls. Irgend etwas lockerte sich und brach.

Drei dunkle Gestalten standen über ihm, in unterschiedlichen, wechselnden Tiefenebenen gestaffelt, während sich die räumlichen Beziehungen zwischen ihnen und ihm mit jeder Bewegung neu ordneten. Eine von ihnen mochte eine Frau sein. Er war sich der Möglichkeiten zu deutlich bewußt, und seine Aufmerksamkeit war zu flüchtig und unstet, als daß er es hätte genau erkennen können. Sie tanzten um ihn herum und vervielfältigten sich dabei, zogen dunkle Nachbilder hinter sich her, bis er in einen Käfig von Feinden eingesponnen war. »Was …«, krächzte er, »was wollt ihr von mir?«

Seine Stimme dröhnte und hallte wider, sie drang aus einer weiten Ferne zu ihm wie der Klang einer versenkten Glocke, die am Grund des Meeres schlug. Der Bürokrat versuchte die Arme zu heben, aber sie reagierten nur ganz langsam. Er war reines Bewußtsein, das im Kopf eines in Granit gehauenen Riesen beheimatet war.

Sie prügelten mit tausend Fäusten auf ihn ein, die sich wellenartig bewegten, gegenseitig überlappten und Schmerzen nach sich zogen. Dann hörte es auf einmal auf. Ein rundes, mit Hexenfeuer gemaltes Gesicht schwebte vor seinen Augen.

Veilleur lächelte spöttisch auf ihn herunter. »Ich habe Ihnen doch gesagt, es gibt noch andere Mittel«, sagte er. »Nie nimmt mich jemand ernst, das ist mein Problem.«

Er hob die Aktentasche hoch.

»Los«, sagte Veilleur zu den anderen. »Ich habe, was wir wollten.«

Dann verschwand er.

Die Zeit war ein flackerndes graues Feuer, das ständig alles verzehrte, so daß das, was Bewegung zu sein schien, in Wirklichkeit die permanente Oxidation und Reduktion von Möglichkeiten war, der Übergang des Potentiellen vom Zustand der Gnade ins Nichts. Der Bürokrat schaute der völligen Vernichtung des Universums lange Zeit zu. Vielleicht war er bewußtlos, vielleicht auch nicht. Was immer er war, er hatte diesen Bewußtseinszustand noch nie erlebt. Es gab nichts, womit er ihn hätte vergleichen können. Hatte man ihn vielleicht unter Drogen gesetzt, und er schlief einen Drogenschlaf? Woher sollte er das wissen? Der Boden unter ihm war hart, kalt und feucht. Sein Mantel war zerrissen. Ein Teil der Feuchtigkeit stammte wohl von seinem eigenen Blut. Das alles war zuviel für ihn. Dennoch wußte er, daß er sich wegen des Bluts eigentlich hätte Sorgen machen sollen. An dieser winzigen Gewißheit klammerte er sich fest, während sich seine Gedanken träge im Kreis drehten und ihn weit in die Höhe hoben, um ihm die Welt zu zeigen, bloß um ihn abermals an den Ausgangspunkt seiner Reise zurückzuversetzen.

Er träumte, ein Wesen nähere sich auf der Straße. Es hatte den Körper eines Menschen und den Kopf eines Fuchses. Es trug zerlumpte Arbeitshosen.

Der Fuchs, wenn es denn der Fuchs war, blieb vor dem Bürokraten stehen und hockte sich neben ihn. Das scharfnasige Gesicht schnüffelte an seinem Schritt, seiner Brust, seinem Kopf. »Ich blute«, sagte der Bürokrat zuvorkommend. Der Fuchs blickte mit gerunzelter Stirn auf ihn herunter. Dann schwenkte sein Kopf wieder weg und löste sich in Luft auf.

Er wurde hoch in den uralten Himmel emporgewirbelt, der Schwung trug ihn bis in die alte Nacht der Planeten und der Leere.

Wer ist das Schwarze Tier?

Im Gemeinschaftsraum war es
dunkel und stickig. Dicke Brokatvor-
hänge mit silbergewirkten Walen und
Rosen erstickten die Abendsonne.
Angenähte Parfümkugeln vermochten
den Modergeruch nicht zu überdecken;
Fäulnis und Verwesung waren hier so
allgegenwärtig, daß sie kein Verfall,
sondern ein natürlicher Fortschritt zu
sein schienen, so als wechsele das Hotel
allmählich vom Reich des Künstlichen
in das des Lebendigen hinüber.

»Ich will ihn nicht sehen«, beharrte
der Bürokrat. »Schicken Sie ihn weg.
Wo sind meine Sachen?«

Mutter Le Marie legte weiche, kühle,
braungesprenkelte Hände auf seine
Brust und zwang ihn auf den Diwan
zurück, aufgrund der Peinlichkeit der
Situation wie durch den Einsatz
körperlicher Gewalt. »Er wird jeden
Moment hier sein. Sie können nichts
daran ändern. Seien Sie still.«

»Ich werde ihn nicht bezahlen.«

Der Bürokrat fühlte sich schwach und gereizt und eigentümlich schuldig, so als hätte er in der Nacht zuvor irgend etwas Beschämendes getan. Die mit Wasserflecken übersäte Gipsdecke verflüssigte sich, die Risse und Unregelmäßigkeiten darin wogten wie Tangsträhnen. Einen Moment lang kniff er die Augen zu. Die Übelkeit kam und ging in langen, langsamen Wellen. Seine Eingeweide waren in Aufruhr.

»Das brauchen Sie auch nicht.« Le Marie straffte den Mund, eine Schildkröte, die zu lächeln versuchte. »Dr. Orphelin wird mir zuliebe nichts nehmen.«

Auf dem Gang summte der sargförmige Coroner leise vor sich hin. Eine Ecke fing irgendwoher Licht und leuchtete in reinem und heiligem Weiß. Der Bürokrat zwang sich, wegzusehen, aber sein Blick kehrte dennoch wieder zurück. Zwei gelangweilte Polizisten lehnten mit verschränkten Armen an der Wand und blickten ins Fernsehzimmer hinüber. *Wer war der Vater?* brüllte der alte Ahab. *Ich glaube, ich habe ein Recht darauf, es zu erfahren.*

»Ich glaube, so einfältig bin ich noch nicht, daß ich einen Arzt konsultieren würde«, sagte der Bürokrat würdevoll. »Wenn ich medizinische Behandlung bräuchte, würde ich eine geeignete Maschine oder im Extremfall einen Menschen mit biomedizinischer Ausrüstung hinzuziehen. Aber ich schlucke doch keine gegorene Sumpfbrühe auf Anraten irgendeines unbedarften, ungebildeten Scharlatans.«

»Seien Sie doch vernünftig. Der nächste Diagnostiker befindet sich in Green Hill, Dr. Orphelin hingegen ...«

»Ist hier.«

Er stand in der Tür, so als posierte er für ein Erinnerungshologramm; ein schlanker Mann in einer blauen Jacke von militärischem Schnitt, mit zwei Reihen von Goldknöpfen. Dann näherte er sich über den ausgelatschten weißen Pfad in der Mitte des Teppichs, vorbei an einem dekorativ am Bücherregal aufgestellten verrottenden Raumanzug, dem Diwan und ließ seine schwarze Tasche auf den Boden fallen. Seine Hände waren mit Tätowierungen übersät.

»Sie wurden unter Drogen gesetzt«, sagte der Arzt munter, »und ein Diagnostiker könnte Ihnen auch nicht helfen. Die medizinischen Besonderheiten unseres Heimatplaneten fehlen in seiner Datenbank. Wozu wären sie auch gut? Synthetische Medikamente leisten ebensoviel wie natürliche, und sie lassen sich bei Bedarf herstellen. Aber wenn Sie verstehen wollen, was mit Ihnen passiert ist, dann sollten Sie nicht eine Ihrer ekelhaften Maschinen zu Rate ziehen, sondern jemanden wie mich, der solche Pflanzen jahrelang studiert hat.« Er hatte ein schmales, asketisches Gesicht mit hohen Wangenknochen und kalten Augen. »Ich werde Sie jetzt untersuchen. Sie brauchen mir kein Wort zu glauben. Jedenfalls bedarf ich bei der Untersuchung Ihrer Mitwirkung.«

Der Bürokrat kam sich dumm vor. »Also gut.«

»Ich danke Ihnen.« Orphelin nickte Mutter Le Marie zu. »Sie können jetzt gehen.«

Die alte Frau machte erst ein verblüfftes, dann ein beleidigtes Gesicht. Sie reckte das Kinn und stolzierte hinaus. *Warum willst du deinem Onkel nicht sagen, wer der Vater ist?* fragte jemand, und eine junge Frau antwortete in gequältem Ton: *Weil es keinen Vater* gibt!, dann wurde die Stimme von der zufallenden Tür verschluckt.

Orphelin hob die Lider des Bürokraten an, leuchtete ihm mit einer kleinen Lampe in die Ohren, nahm einen Abstrich von seiner Zunge und tat ihn in einen Analysator. »Sie sollten ein wenig abnehmen«, bemerkte er. »Wenn Sie möchten, unterweise ich Sie in einer ausgewogenen Diät von realer und Zaubernahrung.« Der Bürokrat blickte unverwandt auf einen Strauß rosafarbener, an den Rändern spröde und braun gewordener Seidenrosen und gab keine Antwort.

Schließlich war die Untersuchung beendet. »Hm. Nun, es dürfte Sie nicht überraschen, zu erfahren, daß Sie eine Vielzahl von Neurotoxinen zu sich genommen haben. Dafür kämen mehrere in Frage. Hatten Sie Halluzinationen oder Sinnestäuschungen?«

»Worin besteht der Unterschied?«

»Eine Sinnestäuschung beruht auf einer Fehlinterpretation tatsächlich vorhandener Sinnesdaten, während man bei einer Halluzination etwas sieht, das gar nicht vorhanden ist. Erzählen Sie mir, was Sie vergangene Nacht gesehen haben. Aber bitte« – er hob die Hand – »bloß die Höhepunkte. Für einen ausführlichen Bericht habe ich weder die Zeit noch die Geduld.«

Der Bürokrat erzählte ihm von den Riesenfrauen, die im Fluß umhergewatet waren.

»Halluzinationen. Haben Sie geglaubt, sie seien wirklich?«

Er dachte nach. »Nein. Aber sie haben mir Angst gemacht.«

Orphelin lächelte schwach. »Sie wären nicht der erste Mann, der sich vor Frauen fürchtet. Ach, schweigen Sie, das war bloß ein Scherz. Was haben Sie noch gesehen?«

»Ich habe mich mit einem fuchsgesichtigen Drul unterhalten. Aber der war real.«

Der Arzt schaute ihn seltsam an. »Tatsächlich?«

»Aber ja. Da bin ich mir ganz sicher. Später hat er mich zum Hotel zurückgetragen.«

Ihm wurde wieder übel, und das Zimmer gewann eine übersteigerte Klarheit und Schärfe. Er vermochte jede einzelne Teppichfaser zu erkennen, und noch die kleinste aufgedröselte Franse des Diwans sprang ihm ins Auge. Er fühlte sich erhitzt, und der Finger, den Undine tätowiert hatte, brannte.

An der Tür wurde geklopft.

»Ja?« sagte der Bürokrat.

Chu streckte den Kopf herein und sagte: »Entschuldigen Sie, aber die Autopsie ist beendet, und Sie müssen den Bericht bestätigen.«

»Bitte treten Sie ein«, meinte Orphelin. »Außerdem brauche ich jemanden zur Unterstützung.« Chu sah zum Bürokraten, dann zuckte sie die Achseln, zog den Kopf zurück und unterhielt sich auf dem Gang mit den Wachposten. Der größere schüttelte den Kopf. »Warten Sie«, sagte Chu. Kurz darauf kehrte sie mit Mintouchian im Schlepptau zurück. Er ähnelte mehr einem Hund als einem Menschen, sein Gesicht war aufgedunsen und rosarot, seine Augen waren traurig und blutunterlaufen.

»An der Sache ist mehr dran, als ich zunächst dachte.« Der Arzt hob die Arme. »Fassen Sie mich so fest es geht bei den Handgelenken.« Chu nahm den einen Arm, Mintouchian den anderen. »Ziehen Sie! Wir sind nicht zum Händchenhalten hier.«

Sie gehorchten, und der Arzt beugte sich allmählich vor, wobei sein Kopf schlaff auf die Brust herunterhing. Beide mußten sich anstrengen, um ihn hochzuziehen.

Orphelin hob jäh den Kopf. Sein Gesicht hatte sich verwandelt. Seine Augen waren weit aufgerissen und erschreckend weiß. Sie zitterten leicht. Als sich seine Lippen teilten, glotzte aus seinem Mund ein drittes Auge hervor.

»Krischna!« keuchte Mintouchian. Alle drei Augen blickten ihn an, dann schwenkten sie ab. Der Bürokrat starrte entsetzt auf das kalte dritte Auge.

Orphelin starrte unverwandt zurück. Der unheimliche Dreifachblick drang wie ein Dorn tief in den Schädel des Bürokraten. Lange Zeit atmete niemand.

Dann sank der Kopf des Arztes schlaff auf die Brust.

»In Ordnung«, sagte er ruhig. »Sie können jetzt loslassen.« Sie gehorchten. »Hatten Sie jemals eine spirituelle Ausbildung?« fragte er.

Der Bürokrat hatte das Gefühl, soeben aus einem Traum erwacht zu sein. Was er gesehen hatte, war einfach unmöglich. »Wie bitte?«

»Zunächst einmal war die Wesenheit, mit der Sie gesprochen haben, kein Drul, so verlockend diese Vorstellung für Sie auch sein mag. Der letzte Drul starb in Gefangenschaft, im Kleinjahr 143 des ersten Großjahres nach der Landung. Was Sie gesehen haben, war ein Avatara eines ihrer Geister, welches wir den ›Fuchs‹ nennen. Das ist eine wichtige, wenn auch in mancherlei Hinsicht unzuverlässige Naturkraft, die im allgemeinen als günstiges Vorzeichen betrachtet wird.«

»Ich habe mich mit einem materiellen, lebendigen Wesen unterhalten, das weder ein Gespenst noch eine Halluzination war.« Das Zimmer war zum Leben erwacht, jede einzelne Teppichfaser wellte sich in einer unsichtbaren Strömung, über die Decke tanzten Lichtreflexe.

»Vielleicht«, schlug Mintouchian vor, »haben Sie sich mit einem Maskierten unterhalten.«

Die Übelkeit machte den Bürokraten reizbar. »Blödsinn! Was sollte jemand mit einer Fuchsmaske nachts im Wald verloren haben?«

Chu streichelte ihren Schnurrbart. »Vielleicht hat er auf Sie gewartet. Ich finde wirklich, wir sollten die Möglichkeit in Betracht ziehen, daß er Teil des komplizierten Spiels war, das Gregorian mit uns spielt.«

»Gregorian?« fragte der Arzt überrascht.

»Ich habe auf einer anderen Welt studiert«, sagte Orphelin, nachdem er die anderen hinausgeschickt hatte. »Vor vielen Jahren. Ich hatte ein Stipendium der Mittelwelten.« Er wandte dem Bürokraten den Rücken zu; er hatte erst angefangen zu sprechen, als die Tür ins Schloß gefallen war. »Die sechs elendsten Jahre meines Lebens habe ich auf Laputa Extension verbracht. Die Leute, die die Stipendien vergeben, lassen völlig außer acht, was es heißt, von einem Planeten mit künstlich niedrig gehaltenem technischen Niveau auf eine der schwebenden Welten überzuwechseln.«

»Was hat das alles mit Gregorian zu tun?«

Orphelin sah sich nach einem Stuhl um und nahm erschöpft Platz. Sein Gesicht war verkniffen und grau. »Dort bin ich Gregorian zum erstenmal begegnet.«

»Waren Sie miteinander befreundet?« Jedesmal, wenn der Bürokrat Orphelins Gesicht zu lange anschaute, schmolz das Fleisch Schicht um Schicht, bis der grinsende Totenschädel daraus hervortauchte. Allein dadurch, daß er regelmäßg wegschaute, vermochte er die Vision zu bannen.

»Nein, natürlich nicht.« Der Arzt stierte blicklos auf ein von sepiafarbenen Mulden umgebenes Kruzifix. Seine verschränkten Hände lagen auf seinen Knien. »Er war mir von Anfang an zuwider.

Wir sind uns in den Duellsälen des Palasts der Rätsel begegnet. Suizid war offiziell verboten, aber die Behörden sahen darüber hinweg – ein Übungsfeld für angehende Führerpersönlichkeiten und so weiter. Er hatte einen Kreis von Bewunderern, die ihm dabei zuhörten, wie er sich über Kontrolltheorie und die biologischen Wirkungen projektiver Chaoswaffen ausließ. Ein beeindruckender junger Mann mit einer charismatischen Selbstsicherheit. Er hatte einen schlechten Ruf. Sein Teint war blaß, und er trug den Außenwelterschmuck, wie er damals modern war: in die Finger eingelassene Blutsteine und silberne Armbänder, durch deren Kristallkanäle die Adern umgeleitet wurden.«

»Ja, den Stil kenne ich«, sagte der Bürokrat. »Recht teuer, soviel ich weiß.«

Orphelin zuckte die Achseln. »Seine Beliebtheit stieß mich ab. Ich war ein materialistischer Phänomenologe. Und während Gregorian offen über alles das reden konnte, was *er* lernte, wurde meine Ausbildung streng überwacht, und ich durfte nichts davon weitererzählen. Mein Status in den Studentenzirkeln rührte daher, daß ich bei einer Kräuterkundigen studiert hatte, ehe ich nach Laputa gekommen war. Oh, ich war halt ihr dressiertes Äffchen! Ganz in Schwarz gekleidet, behängt mit Salzmausschädeln und Federfetischen. Ich spielte Suizid nicht so sehr deshalb, weil ich gewinnen wollte, sondern um den Hauch des Todes zu spüren – der morbide Schock war viel weiter verbreitet, als alle zugeben wollten. Ich machte dunkle Andeutungen, ich hätte gewonnen, weil ich über magische Kräfte verfügte. Gregorian hat sich vor Lachen bestimmt nicht mehr eingekriegt! Haben Sie jemals Suizid gespielt?«

Der Bürokrat zögerte. »Einmal… in meiner Jugend.«

»Dann brauche ich Ihnen ja nicht zu erzählen, daß dabei gemogelt wird. Jeder, der dumm genug ist, sich an die Regeln zu halten, der verliert. Ich beherrschte gerade die grundlegenden Täuschungsmanöver – das Anzapfen zusätzlicher Datenquellen, die Verzögerung des Signals des Gegners durch eine Millisekundenschaltung, das übliche halt – und stand im Ruf, ein Geisteskrieger zu sein. Gregorian aber schlug mich dreimal in Folge. Ich hatte eine Geliebte, so ein Miststück aus dem Inneren Zirkel, mit derart aristokratischen, nahezu ätherischen Gesichtszügen, daß dazu drei Generationen intensiver Genmanipulation nötig waren. Er hat mich vor ihr und seinem Vater und meinen wenigen Freunden gedemütigt.«

»Sie kennen seinen Vater? Was für ein Mensch war er?«

»Ich habe keine Ahnung. Ich wurde gelöscht, bevor

wir den Saal verließen. Sein Vater war eine so bedeutende Persönlichkeit, daß er es nicht riskieren durfte, mit den Spielen in Verbindung gebracht zu werden. Ich weiß bloß noch, daß er da war.

Im Jahr darauf kehrte ich zusammen mit Gregorian ins Tideland zurück. Wir teilten uns ein Zimmer im Hotel meiner Eltern, als ob wir eng befreundet gewesen wären. Inzwischen hatte sich unsere Antipathie in Haß verwandelt. Wir vereinbarten, ein Zauberduell auszutragen – jeder drei Fragen, bei vollem Einsatz.«

Als wir am Abend loszogen, um Alraune zu suchen, war es feucht und bedeckt. Wir gruben auf dem Armenfriedhof, wo wir ungestört bleiben würden. Gregorian richtete sich als erster auf, mit dreckbeschmierten Händen. Ich hab was, sagte er. Er brach die Wurzel entzwei und hielt mir ein Stück vor die Nase. Alraune hat einen sehr intensiven Geruch. Erst als ich meine Hälfte verschluckt hatte – sein Lächeln hätten Sie sehen sollen! –, kam mir der Gedanke, er könnte sich die Hände mit Alraunensaft eingerieben und mir statt dessen eine Halbmannwurzel gegeben haben, die nahe mit der Alraune verwandt ist, sich aber mit einem simplen Gegenmittel neutralisieren läßt. Zu spät. Ich mußte ihm vertrauen. Wir warteten, bis die Bäume von innen heraus grünlich zu leuchten begannen und bis der Wind rauschte. Fangen wir an, sagte ich.

Gregorian sprang auf und schritt mit ausgebreiteten Armen mitten durch die Knochen hindurch, wobei er die Gerippe zum Klappern brachte. Sie wurden natürlich schlecht gepflegt. Die Farbe war verwittert, und die Hälfte der Knochen war auf die Erde gefallen, so daß wir mit unseren Füßen darauf traten. Die Todeskräfte stiegen davon auf und krochen mir unter die Haut, und das machte mich mutig. Der Tod machte mich stark. Dreh dich um und sieh mich an! befahl ich ihm. Oder hast du Angst?

Er drehte sich um, und zu meinem Entsetzen stellte ich fest, daß er das Aussehen der Krähe angenommen hatte. Er hatte einen riesigen, schwarzen Kopf; einen schwarzen Schnabel, schwarze Federn, leuchtende Obsidianaugen. Am Ende des Schnabels war ein kleines Büschel haarähnlicher Federn, in der Mitte saßen zwei schmale Atemschlitze. Ich war noch nie bei einer Geisterbeschwörung dabeigewesen. Das war die erste Frage, krächzte er. Nein, ich habe keine Angst.

Ich hielt das für eine Illusion, eine Folge der Alraune. Aufgebracht trat ich vor und packte ihn bei den Armen. Die kleinen Tode flossen in ihn hinein und kämpften unter seiner Haut, so daß seine Muskeln zuckten und sich verkrampften. Ich drückte zu. Damals war ich stark, müssen Sie wissen. Mein Griff hätte ihm eigentlich das Blut abdrücken und seinen Arm lähmen müssen. Die Todeskräfte hätten ihn umbringen sollen. Er aber schüttelte meine Hände mühelos ab und lachte.

Mit deinen kleinen Tricks kannst du der Krähe nichts anhaben.

Woher sollte ich wissen, daß ich einer Krähe begegnen würde? fragte ich. Ich spürte jenes Entsetzen, das daher rührt, daß man völlig ins Schwimmen gekommen ist.

Das war die zweite Frage. Die Krähe tippte mit dem Schnabel gegen einen Totenschädel und versetzte das ganze Skelett in Schwingung. Ich weiß alles über dich. Ich habe einen Informanten, der mir alles erzählt. Das Schwarze Tier.

Wer ist das Schwarze Tier? schrie ich.

Das war die dritte Frage. Die Krähe steckte den Schnabel in eine Augenhöhle des Schädels und zog eine kleine Leckerei heraus. Zwei davon habe ich beantwortet, und jetzt bin ich dran. Als erstes sage mir: Was bedeutet der Satz, Miranda ist schwarz?

Ich war wütend darüber, wie er mir die Fragen

entlockt hatte, aber bei einem solchen Duell geht es darum, seinen Willen miteinander zu messen; es war alles mit rechten Dingen zugegangen. Eine Handbreit unter der Erde, sagte ich, ist die Weltenkugel ein Ei aus Schwärze. Das Sternenlicht dringt dort nicht hin; nur Prospero, Ariel und Caliban wetteifern dort um Einfluß. So nah ist das Mysterium. Das war alles aus dem Katechismus hergebetet, wissen Sie, reiner Kinderkram, und so gewann ich mein Selbstvertrauen zurück. Denn unter dem Schädel ist das Gehirn schwarz. Der Magier weiß dies und kämpft um Einfluß.

Die Krähe sträubte das Gefieder, dann öffnete sie den Schnabel und schleuderte ein dunkles Knorpelstück weg. Diese schwarze Zunge! Was versteht man unter dunklen Konstellationen?

Das sind die sternenlosen Zwischenräume zwischen den hellen Sternbildern. Der Nichtinitiierte vermag sie nicht zu erkennen und glaubt, sie existierten nicht, aber einmal darauf hingewiesen, kann man sie nicht wieder vergessen. Sie symbolisieren die Mysterien, die jeder meistern kann, von denen aber nur wenige begreifen, daß sie existieren.

Die Krähe stocherte mit der Schnabelspitze zwischen den Zähnen. Ich würde dir ja eine Made anbieten, sagte er, aber es reicht kaum für mich. Eine letzte Frage: Wer ist das Schwarze Tier?

Was meinst du damit? sagte ich wütend. Ich habe dir dieselbe Frage gestellt, und du hast sie nicht beantwortet. Ich glaube nicht an dein Schwarzes Tier.

Die Krähe warf den Kopf zurück und schrie triumphierend. Die kleinen, glänzenden Augen waren dunkle Novae an Bosheit. Er streckte Daumen und Zeigefinger vor und meinte, so lang ist deine Erektion. Deine Geliebte hatte mal mit dem Komitee für Informationsfreiheit zu tun, und nur das Geld ihrer Mutter vermochte den Skandal niederzuschlagen. Du verdächtigst sie der Untreue, weil sie zu deinen Eskapaden schweigt. Bis weit in die Pubertät hast du ins Bett gepinkelt – nachdem sie dein Blasenproblem kuriert hatte, gingst du bei deiner Kräuterfrau in die Lehre. Das Schwarze Tier hat mir alles über dich erzählt. Das Schwarze Tier ist jemand, der dir sehr nahe steht. Du vertraust dem Schwarzen Tier, aber das solltest du nicht. Das Tier ist nicht dein Freund, sondern meiner.

Daraufhin ging er weg. Ich rief ihm nach, unser Duell sei noch nicht beendet, es müsse einen eindeutigen Sieger geben. Er tauchte nicht wieder auf. Ich erzählte meinen Eltern, er habe abreisen müssen.»

Dr. Orphelin seufzte. »Gregorian verschwand aus meinem Leben. Vielleicht wechselte er zu einer anderen Niederlassung. Die Frage ging mir jedoch nicht mehr aus dem Kopf. Wer war das Schwarze Tier? Welcher falsche Freund hatte Gregorian meine Geheimnisse anvertraut? Als ich eines Morgens aufwachte, war eine Zeichnung an die Wand geheftet, die eine im Flug befindliche Krähe darstellte. Ich weckte meine Geliebte auf und zeigte darauf. Was ist das? wollte ich wissen.

Das ist eine Vogelzeichnung, sagte sie.

Was bedeutet sie?

Das ist bloß eine Zeichnung, sagte sie. Bis jetzt hast du nichts dazu gesagt. Sie legte mir ihre Hand auf den Arm. Ich stieß sie weg. Ich war gestern nicht da, sagte ich. Sie war verwirrt und brach in Tränen aus. Bist du das Schwarze Tier? fragte ich sie. Bist du es?

Ich vermochte in ihrem glatten Gesicht nicht zu lesen. Diese komplizierte, abgesehen von der Nase fast plane Fläche, deren Geometrie ich stundenweise mit Fingern, Zunge und Auge erkundete, erschien mir jetzt wie eine Maske. Welche Lüge mochte dahinter verborgen sein? Ich stellte ihr verschiedene Fallen. Ich überfiel sie mit Fragen. Ich machte ihr absurde Vorwürfe.

Sie verließ mich.

Jedoch nicht das Schwarze Tier. Ich wurde wegen des Duells von Laputa ausgewiesen. Als ich nach Hause kam, stand mitten auf dem Eßzimmertisch eine ausgestopfte Krähe. Ein großes, höhnisches Ding mit ausgebreiteten Flügeln. Niemand, der seine fünf Sinne beisammen hatte, würde so etwas auf einen Eßtisch stellen. Was hat das zu bedeuten? fragte ich. Meine Mutter glaubte, ich scherzte. Wer hat das hier hingestellt? wollte ich wissen. Sie stammelte Entschuldigungen. Ich brüllte und stieß den Tisch um. Wie konntet ihr mir das antun?

Mein Vater meinte, ich würde irrereden und solle mich entschuldigen. Ich nannte ihn einen senilen alten Trottel. Wir rangelten miteinander, und ich fügte ihm eine Kopfverletzung bei. Er mußte sich in Port Deposit behandeln lassen. Meine Eltern enterbten mich und machten mir meinen Familiennamen streitig. Ich mußte einen neuen Namen annehmen.

Wer war das Schwarze Tier? Ich war besessen davon. Meine Familie hatte ich bereits verloren; jetzt gab ich auch meine Freunde auf. Es war besser, allein zu leben, als mit einem Verräter im Rücken. Das Schwarze Tier verhöhnte mich trotzdem weiter. Wenn ich aufwachte, war meine Brust mit schwarzen Federn bedeckt. Oder ich erhielt einen Brief von Gregorian, in dem er mir Dinge mitteilte, die niemand wissen konnte. Ich hatte Alpträume. Durchreisende Fremde erzählten Geschichten aus meiner Kindheit und peinliche Details aus meinen Liebesaffären.

Ich wurde allmählich verrückt.

Es kam der Tag, da meine Isolation komplett war, mein Leben zerstört, meine Ambitionen gescheitert. Ich lebte allein in einer Hütte am Rande der Salzmarsch. Immer noch hinterließ das Schwarze Tier seine Spuren. Wenn ich vom Kräutersammeln zurückkehrte, war das Wort ›Krähe‹ auf mein Bett gekritzelt. Auf der Straße verfolgte mich höhnisches Gelächter.

Irgendwann begann ich an Selbstmord zu denken, damit das endlich ein Ende nähme. Ich hielt mir das Messer ans Herz und bestimmte sorgfältig den Stoßwinkel.

Da öffnete sich auf einmal die Tür – ich meinte, sie abgeschlossen zu haben, aber sie öffnete sich trotzdem –, und vor mir stand Gregorian. Er grinste mich an, nichts als Zähne und Bosheit, und sagte: Unterwirf dich.

Daraufhin verneigte ich mich vor ihm. Er nahm mich mit in einen sternförmigen Raum im Palast der Rätsel, mit einer Kuppel, in deren Mitte sich fünf gewaltige Holzbalken trafen, zwischen denen blauer Stuck mit goldenen Sternen war. Dort kopierte er mein gesamtes Wissen über Kräuter – das war alles, was ihn an mir interessierte – und löschte den Großteil meiner Emotionen, wobei er mir nur ein fades Bedauern übrigließ. Und als ich kein potentieller Rivale mehr für ihn war, stellte ich die Frage, die mein Leben zerstört hatte: Wer war das Schwarze Tier?

Er beugte sich vor und flüsterte mir ins Ohr.

Du selbst, sagte er.«

Unvermittelt sprang Orphelin auf und ließ seine Tasche zuschnappen. »Meine Diagnose lautet, daß man Ihnen drei Tropfen Engelswurztinktur gegeben hat. Dabei handelt es sich um ein starkes Halluzinogen, das den Betreffenden, wenn es seine Wirkung voll entfaltet hat, spirituellen Einflüssen gegenüber empfänglich macht, jedoch keine ernsthaften Nachwirkungen zeitigt. Sie leiden unter leichtem Vitaminmangel. Lassen Sie sich von Mutter Le Marie einen Teller mit Yamswurzeln zubereiten, dann kommen Sie schon wieder in Ordnung.«

»Warten Sie! Wollen Sie damit sagen, Gregorian habe Ihren Stellvertreter im Palast der Rätsel angezapft?« Das kam selten vor, aber ausgeschlossen war es nicht. »War das die Strafe dafür, daß Sie beim Suizid gegen ihn verloren haben?«

»Es ist mir klar, daß Sie das denken würden«, meinte Orphelin. »Mit Ihresgleichen kenne ich mich aus. Sie sehen schon lange nichts mehr.« Als er die Tür öffnete, drangen die Schreie aus dem gegenüberliegenden Zimmer ungedämpft herein.

Direkt vor der Tür stand Mutter Le Marie, mit dem Rücken zu ihnen, und starrte durch die Tür auf eine übel zugerichtete Frau, die bewußtlos am Boden lag. Auf dem Bildschirm öffnete sich eine Tür, und jemand trat ins Zimmer. Mutter Le Marie schnappte nach Luft. »Also, daß sie die Figur auftreten lassen würden, hätte ich nie gedacht.«

»Wen denn, meist du etwa die Meerjungfrau?«

»Nein, nein, den Außenweltler. Sieh mal – Miriam hatte eine Fehlgeburt, und er ist zu spät gekommen. Aber er hat das Kind in die Biostasis versetzt, und jetzt nimmt er es mit in die Oberwelt, um es zu heilen und ausreifen zu lassen. Jetzt wird es ewig leben. Ich möchte wetten, der Außenweltler wird seinem Bastard die Strahlenbehandlung geben.«

»Das ist doch Unsinn. Unsterblichkeit? Diese Technik gibt es doch gar nicht.«

»Jedenfalls nicht hier unten.«

Der Bürokrat spürte jähes Entsetzen. Sie glaubt daran, dachte er. Sie glaubt tatsächlich, daß das Wissen um die Unsterblichkeit existiert und daß es ihnen vorenthalten wird.

Orphelin holte eine Broschüre aus seiner Manteltasche. »Ich empfehle Ihnen, das hier zu lesen und ernsthaft über die sich daraus ergebenden Schlußfolgerungen nachzudenken.«

Der Bürokrat nahm es entgegen und besah sich den Titel. *Der Antimensch.* Neugierig geworden, schlug er das Heft wahllos auf und las: »Sämtliche Affekte und Bindungen des Willens lassen sich auf zwei zurückführen, nämlich auf Abneigung und Begehren, beziehungsweise auf Haß und Liebe. Der Haß wiederum läßt sich auf die Liebe zurückführen, woraus folgt, daß Eros die einzige Bindung des Willens ist.« Seltsam. Er blätterte zum Deckblatt vor:

A. Gregorian

Wütend zerknüllte er die Broschüre. »Gregorian hat Sie zu mir geschickt! Warum? Was will er von mir?«

»Glauben Sie das wirklich?« fragte Orphelin. »Ich habe Gregorian seit damals nicht mehr gesehen. Trotzdem stelle ich ständig fest, daß ich für ihn arbeite. Ein Magier verschickt keine Botschaften, wissen Sie – er inszeniert die Wirklichkeit. Ich bin nicht froh darüber, dabei mitspielen zu müssen, und ich kann Ihnen auch nicht sagen, was er von Ihnen will, denn ich weiß es nicht. Eines jedoch weiß ich: Sie haben Ihr eigenes Schwarzes Tier. Die beiden vielleicht, die mich festgehalten haben? Einer von ihnen hat Sie vergangene Nacht unter Drogen gesetzt.«

»Weshalb sollte ich Ihnen glauben?«

»Suizid ist ein törichtes Spiel, nicht wahr?« sagte Orphelin. »Ich dachte, ich wäre gut darin, aber Gregorian war besser.«

Er ging hinaus.

Mutter Le Marie schaute ihm nach. Hinter ihr sah der Bürokrat die Autopsiemaschine, die jetzt, wo sie Undines Arm analysiert hatte, verstummt war. Der Sonnenschein war gewandert, so daß sie jetzt im Schatten lag.

»Eine Frage«, sagte Mutter Le Marie. »Hat mein … hat der Arzt Sie zu Ihrer Zufriedenheit behandelt?«

Er bemerkte ihr Zögern und dachte an Orphelins Entfremdung von seinen Eltern, an seinen Namenswechsel und daß er der Sohn von Hotelbesitzern gewesen war. Eigentlich hätte er ihr antworten sollen, ja,

Ihr Sohn war mir eine große Hilfe. Aber er konnte es nicht.

Nach einer Weile ging die alte Frau fort.

Eine Polizistin reichte ihm ein weißes Blatt Papier. »Die Autopsieergebnisse«, sagte sie. »Eine Frau in mittleren Jahren, gesund, tätowiert. Vor etwa einem Tag ertrunken. Reicht Ihnen das?«

Der Bürokrat nickte bedächtig.

»Ist gut.« Sie streifte einen Siegelring über, und sie schüttelten sich die Hand. Er gab ihr den Zettel zurück, dann wandte sie sich ab. Der andere Polizist schickte sich an, das Gerät hinauszuschieben, und der Bürokrat begriff, daß er Undine niemals wiedersehen würde.

Als er die Augen schloß, roch er ihren Mund und spürte das gleiche elektrische Kribbeln wie in dem Moment, als ihn ihre Lippen zum erstenmal berührt hatten. Diesen Augenblick würde er niemals vergessen. Gregorian hatte seine Haken gesetzt, und jetzt schaute der Magier aus der Ferne zu, wie er an den hauchdünnen Fäden zappelte. Erst zog er in die eine Richtung, dann in die andere. Orphelin hatte den Sternensaal erwähnt. Das hatte er bestimmt auf Geheiß Gregorians getan.

Der Bürokrat kannte den Sternensaal gut. Er gehörte zu den drei Personen, die über den Schlüssel verfügten.

Er sah auf die Broschüre hinunter, die er immer noch umklammert hielt, und in einem Anfall von Abscheu riß er sie entzwei und schleuderte die Fetzen auf den Boden.

Von draußen vernahm man lautes Stimmengewirr, Angstschreie und Ausrufe des Erstaunens. Opa Le Marie tauchte auf der Treppe auf. »Was ist denn hier los?« nörgelte er. »Ist er denn immer noch nicht weg?« Einige Gäste spähten aus ihren Zimmern, ohne herauszukommen. Aus dem Fernsehzimmer ließ sich niemand blicken. Als der Bürokrat neugierig hineinspähte, war Mintouchian auf dem Sofa eingeschlafen. Ansonsten war der Raum verlassen, eine brüllende Leere mitten im Haus.

Als Mutter Le Marie die Vordertür öffnete, schnappte sie nach Luft. Frische Luft und heller Sonnenschein strömten herein. Der Bürokrat hüllte sich fester in die Decke und spähte der alten Frau schlaftrunken über die Schulter.

Ein insektenhaftes Metallwesen näherte sich auf drei zierlichen Beinstelzen.

Es war seine Aktentasche.

Aufrecht stehend wies die Aktentasche eine frappierende Ähnlichkeit mit einer riesigen Spinne auf. Abseits der maschinengesättigten Umgebung des Weltraums, wirkte sie monströs, wie ein Besucher aus einem dämonischen Universum. Die Leute wichen ihr aus. Ungehindert stolzierte sie ins Hotel hinein. Sie stieg die Treppe hoch, zog die Beine ein und legte sich zu Füßen des Bürokraten nieder.

»Also, Chef«, sagte sie, »ein Spaziergang war der Rückweg jedenfalls nicht.«

Der Bürokrat beugte sich vor und hob die Aktentasche hoch. Als er neben sich eine flüchtige Bewegung wahrnahm, wandte er den Kopf und sah sich drei Männern gegenüber, die gerade ihre Aufzeichnungsgeräte schulterten.

»Sir!« meinte der eine. »Auf ein Wort!«

Unterhaltungen im Palast der Rätsel

Der Formgeber plazierte den Bürokraten am Fuß der Spanischen Treppe
und stellte die Aktentasche neben
ihm ab.

Die Aktentasche verkörperte einen
kleinen, äffischen Mann von halb
menschlicher Gestalt. Er hatte buschige
schwarze Augenbrauen und einen
leicht gequälten Gesichtsausdruck.
Seine graue Samtjacke war zerknittert,
seine Schultern krumm und gebeugt.

»Bereit, in die Schlacht zu ziehen?«
fragte der Bürokrat säuerlich.

Die Aktentasche sah mit einem
raschen, schiefen Lächeln und wachen
Augen zu ihm auf. »Fangen wir mit
Ihrem Schreibtisch an, Chef?«

»Nein, ich glaube, wir nehmen uns
zuerst die Garderobe vor. In Anbetracht
all der Arbeit, die vor uns liegt.«

Die Aktentasche nickte und stieg
vor ihm die Treppe hoch. Die mar-
mornen Stufen teilten sich und teilten
sich erneut, wanden sich so anmutig

wie Schlangen durch die untergeordneten Entscheidungsebenen. Rasch gelangten sie zu den höheren Hierarchien. In den oberen Sphären verflochten sich die Treppen und bogen seitwärts ab, wobei sie sich vervielfältigten, fächerartig ausbreiteten in unmöglichen Winkeln und sich wie Möbiusbänder und Escherräume miteinander verflochten, ehe sie in den höheren Dimensionen verschwanden. Man mußte sich auf die unmittelbar vor einem befindlichen Stufen konzentrieren, um nicht die Orientierung zu verlieren. Am Rand des Gesichtsfelds gingen weitere Treppen von den alten ab, tauchten neue Portale auf.

Dem Bürokraten fiel der alte Witz ein, wonach es im Palast der Rätsel eine Million Türen gäbe, von denen einen keine einzige dorthin brächte, wohin man wollte.

»Hier entlang.« Ihr Weg führte korkenzieherartig gewunden unter einer spiralförmigen Ansammlung von Treppenaufgängen und zwischen einer Verstrebung aus steinernen Löwen hindurch, deren Schnauzen mit grüner Farbe bespritzt waren. Sie öffneten eine Tür und traten hindurch.

Die Garderobe war ein muffiger eichengetäfelter Raum, vollgestopft mit Masken von Dämonen, Helden, Wesen aus anderen Sternsystemen und solchen, deren Herkunft im dunkeln lag. Er wurde erhellt vom allgegenwärtigen, indirekten sanften Licht, das den ganzen Palast der Rätsel durchdrang, und es herrschte darin die zielstrebige Geschäftigkeit von Menschen, die Kostüme anprobierten oder sich schminken ließen; ein stiller Ort der gedämpften Vorbereitung, der einem prästellaren Theater oder einer Medienumgebung zu entstammen schien.

Eine heuschreckenähnliche Konstruktion näherte sich, nichts als glänzendes grünes Chitin und schlanke Gelenke. Sie legte die Vorderarme aneinander und verneigte sich tief. »Womit kann ich Ihnen dienen,

Herr? Mit Talenten, Zensoren, sozialer Ausrüstung? Vielleicht mit einem Zusatzgedächtnis?«

»Ich brauche fünf Stellvertreter«, sagte der Bürokrat. Seine Aktentasche, die mit übereinandergeschlagenen Beinen auf einer Kostümtruhe saß, holte einen Schreibblock aus der Innentasche, kritzelte ein paar Zahlencodes darauf, riß das oberste Blatt ab und reichte es der Konstruktion.

»Sehr wohl.« Die Gottesanbeterin holte vier Puppen aus einem Schrank und begann maßzunehmen. »Soll ich ihre Autonomie einschränken?«

»Wozu?«

»Das wäre durchaus geraten, Sir. Es ist bemerkenswert, wie viele Leute die ihren Stellvertretern zugängliche Informationsmenge beschränken. Zu *existieren* bedeutet hier nämlich, daß man seine Geheimnisse an einen Stellvertreter weitergibt. Die Menschen sind ja so abergläubisch. Sie klammern sich an die Fiktion des Ichs, sie betrachten den Palast der Rätsel als ein System von Konventionen, innerhalb dessen Menschen sich begegnen und miteinander interagieren.«

»Warum langweilst du mich damit?« Der Bürokrat kannte die Konventionen sehr gut; er war ein Vertreter dieser Konventionen und ihr Verteidiger. Es mochte durchaus sein, daß es ihm nicht gelingen würde, Gregorian seine Geheimnisse zu entreißen, die im Gewebe des menschlichen Begegnungsraums eingebettet waren. Er mußte es jedoch wenigstens versuchen.

Die Gottesanbeterin beugte sich über eine Puppe. »Ich meine es nur gut mit Ihnen, Sir. Sie befinden sich in einem Zustand emotionaler Erregung. Sie empfinden ein wachsendes Ungenügen an den Ihnen auferlegten Grenzen.« Sie paßte die Länge an, stellte den Bauch stärker aus.

»Tue ich das wirklich?« fragte der Bürokrat überrascht.

Die Puppen waren vorbereitet, und nun prägte

ihnen die Gottesanbeterin die Gesichtszüge des Bürokraten ein. »Wer könnte das besser wissen als ich? Wenn Sie mit mir darüber sprechen möchten ...«

»Ach, sei doch still.«

»Natürlich, Sir. Die Privatsphäre ist allem anderen übergeordnet. Sogar dem gesunden Menschenverstand«, meinte die Konstruktion mißbilligend. Die Aktentasche wartete und lächelte amüsiert.

»Ich bin ja schließlich kein Anhänger des Freien Informationismus.«

»Und wenn Sie's wären«, sagte die Gottesanbeterin, »würde ich Sie nicht melden können. Wenn Verrat anzeigepflichtig wäre, würde niemand dem Palast der Rätsel mehr vertrauen. Wer würde dann noch hier arbeiten wollen?« Sie trat zurück und begutachtete ihr Werk. »Fertig.«

Fünf Bürokraten schauten einander an, allesamt perfekte Kopien, die sich bis aufs Haar glichen. Instinktiv – und über diesen Tick ärgerte sich der Bürokrat jedesmal – wandten sie peinlich berührt den Blick ab.

»Ich nehme mir Korda vor.«

»Ich übernehme den Flaschenladen.«

»Philippe.«

»Den Kartenraum.«

»Den Äußeren Kreis.«

Die Gottesanbeterin erzeugte einen Spiegel. Einer nach dem anderen traten die Bürokraten hindurch.

Der Bürokrat brach als letzter auf. Er trat in den Spiegelsaal hinaus; Wände und Decke reflektierten die saubere weiße Unendlichkeit, entlang einer in der Ferne verschwindenden Linie goldgerahmter Spiegel, die sich einem Fluchtpunkt entgegenkrümmten, wo der gemusterte Teppich und die strukturierte Decke eins wurden. Der Saal wurde natürlich ständig von Tausenden von Menschen frequentiert, die unaufhörlich aus den Spiegeln traten und wieder in ihnen verschwanden, aber der Verkehrsplanungsrat sah keinen Anlaß, sie auch sichtbar zu machen. Der Bürokrat war anderer Meinung. Menschen sollten nicht spurenlos bleiben; zumindest hätte dort, wo sich einer befand, die Luft flimmern sollen.

Nahezu gewichtslos rannte er durch den Saal und überflog die von den Spiegeln dargebotenen Bilder; ein Raum wie ein Vogelkäfig aus schwarzem Metall, der vor elektrischer Spannung summte und Funken sprühte. Eine Waldlichtung, wo wilde Maschinen über einem toten Hirsch hockten und ihm die Eingeweide herausrissen. Eine leere Ebene, übersät mit geborstenen, in weiße Gewänder gehüllten Statuen, welche die Konturen ihrer Gesichter verschwimmen ließen – dorthin wollte er. Der Verkehrsleiter stellte den Spiegel vor ihn hin. Er trat hindurch und gelangte in ein Vorzimmer der Behörde für Techniktransfer. Von dort war es nur ein Schritt bis zu seinem Büro.

Philippe hatte seine Sachen umgestellt. Das sah man sofort, denn der Bürokrat legte wert auf eine spartanische Arbeitsumgebung; Kalksteinwände mit einer beschränkten Anzahl von Blickfängen, ein uraltes Monstrum von einem Schreibtisch, an dessen hinterem Rand eine Reihe von Modellen aufgereiht war. Allesamt stellten sie primitive Gerätschaften und Maschinen dar, darunter ein Steinmesser, der Flugapparat der Gebrüder Wright, ein Fusionsreaktor, die *Arche*. Der Bürokrat machte sich daran, sie wieder in die richtige Reihenfolge zu bringen.

»Wie war's?« fragte die Aktentasche.

»Philippe hat hervorragende Arbeit geleistet«, antwortete der Schreibtisch. »Er hat alles reorganisiert. Ich bin jetzt viel effizienter als vorher.«

Der Bürokrat gab einen Laut des Abscheus von sich. »Gewöhn dich bloß nicht dran.« Seine Aktentasche hob einen Briefumschlag vom Schreibtisch auf. »Was ist das?«

»Der ist von Korda. Er hat eine Konferenz angesetzt, sobald Sie eintreten.«

»Weswegen das?«

Die Aktentasche zuckte die Achseln. »Das hat er nicht gesagt. Aber der Anwesenheitsliste nach zu schließen, sieht es ganz nach einer informellen Abteilungssitzung aus.«

»Na fabelhaft.«

»Im Sternensaal.«

»Sind Sie verrückt geworden?«

Korda war erst kürzlich gescannt worden und sah älter aus, ein wenig rosiger und aufgedunsener als zuvor; so sahen sie einen Arbeitskollegen also altern, in Sprüngen, so daß man im nachhinein dem Tod entgegengeflackert war. Mit leichtem Erschrecken wurde dem Bürokraten klar, wie lange es schon her sein mußte, daß er Korda zum letztenmal begegnet war. Das war ein Hinweis darauf, wie weit er in den vergangenen Jahren in seiner Gunst gesunken war. »Ach, so schlimm war es nicht«, sagte er.

Sie saßen um einen Konferenztisch herum, der seinen tiefen Mahagoniglanz jahrhundertelangem Polieren zu verdanken schien. Die fünfrippige Decke war gewölbt, und der Stuck zwischen den Holzstreben war dunkelblau, mit goldenen Sternen darauf. Es war ein melancholischer Raum, in dem es nach altem Leder und erlesenem Tabak roch, dazu gedacht, seine Benutzer in eine feierliche und gesammelte Stimmung zu versetzen. Außer Korda und Philippe waren noch Orimoto von der Buchhaltung, Muschg von der Analytischen Planung und eine alte verhutzelte Eule von einer Frau aus der Propagationsabteilung anwesend. Diese drei waren Staffage, allein dazu da, die erforderlichen Handcodes zur Verfügung zu stellen, falls ihre Kollegen aus der Technik eine Tiefensondierung für angebracht halten sollten.

Philippe beugte sich vor, ehe Korda fortfahren konnte. Er lächelte auf eine Art und Weise, die persönliche Wärme ausdrücken sollte, und sagte: »Wir stehen alle auf Ihrer Seite, das wissen Sie doch.« Er hielt inne, und sein Gesicht nahm einen Ausdruck gequälten Bedauerns an. »Trotzdem haben Sie uns mit Ihrer ... äh ... unglücklichen Erklärung ziemlich in Verlegenheit gestürzt.«

»Man hat mich reingelegt«, sagte der Bürokrat. »Na schön, ich geb's ja zu. Er hat mich aus der Fassung gebracht und dann mit dieser Kameracrew festgenagelt.«

Korda blickte finster auf seine verschränkten Hände hinunter. »Aus der Fassung gebracht. Sie waren außer sich.«

»Verzeihen Sie«, sagte Muschg. »Könnten wir uns den fraglichen Werbespot vielleicht ansehen?« Philippe hob eine Braue angesichts dieser beispiellosen Demonstration von Selbstständigkeit, so als habe ihn jemand am Ellbogen gepackt, um ihn zu kritisieren. Gleichwohl nickte er, worauf seine Aktentasche einen Fernseher auf den Tisch stellte. Auf dem Bildschirm erschien der Bürokrat, ein Mikrofon vor seinem rot angelaufenen Gesicht.

Ich werde ihn aufspüren und zur Strecke bringen. Ganz gleich, wo er ist. Er kann sich verstecken, aber er wird mir nicht entkommen!

Eine Stimme aus dem Off fragte: *Stimmt es, daß er verbotene Technik entwendet hat?* Und als er die Frage mit einem Achselzucken abtat: *Können Sie uns sagen, warum er gefährlich ist?*

»Jetzt kommt's«, sagte Korda.

Gregorian ist der gefährlichste Mann auf diesem Planeten.

»Zu dem Zeitpunkt stand ich unter erheblichem Stress ...«

Weshalb bezeichnen Sie ihn als den gefährlichsten Mann

dieses Planeten? Gregorians hartgemeißeltes Gesicht füllte den Bildschirm aus. *Was weiß dieser Mann, das man Ihnen vorenthalten will? Finden Sie es selbst heraus ...* Korda schaltete ab.

»Hätte Gregorian Sie bezahlt, hätten Sie's nicht besser machen können.«

In das unbehagliche Schweigen hinein läutete ein Telefon. Die Aktentasche holte es aus einer Jackentasche hervor und hielt es dem Bürokraten hin. »Für Sie.«

Dankbar für die Unterbrechung, nahm der Bürokrat den Hörer entgegen und hörte seine eigene Stimme sagen: »Ich war im Flaschenladen. Kann ich berichten?«

»Schieß los.«

Er erfuhr folgendes:

In einem finsteren Korridor, der Neugiergasse genannt wurde, gelangte der Bürokrat zu mehreren kleinen Läden, deren Schaufenster mangels Kundschaft dunkel waren, und trat in einen gewöhnlichen Eingang. Ein Glocke läutete. Im Innern war es düster, in den zahllosen Regalen stapelten sich dickwandige, staubbedeckte Flaschen, deren Inhalt bis ins Paläolithikum zurückdatierte. In den Ecken schwebten vergoldete, herablassend lächelnde Kupidos.

Der Ladenbesitzer war eine simple Konstruktion, kaum mehr als ein Ziegenkopf mit einem Paar Handschuhe. Er neigte den Kopf und verschränkte unterwürfig die Hände. »Willkommen im Flaschenladen, Herr. Womit kann ich Ihnen dienen?«

»Ich suche nach etwas ... äh ...« – der Bürokrat, dem der passende Ausdruck einfach nicht einfallen wollte, schlenkerte die Hand – »nach etwas von recht zweifelhaftem Wert.«

»Dann sind Sie hier genau richtig. Hier lagern wir all die ausgestoßenen Kinder der Wissenschaft, die überholten, obskuren und unpassenden Informationen, die nirgendwo sonst hingehören. Flach- und Hohlwelten, Froschregen, Engelserscheinungen. Paracelsus' alchemistisches System in der einen Flasche und Isaac Newtons in der anderen, pythagoräische Numerologie ist hier eingekorkt, die Phrenologie dort, Seite an Seite mit der Dämonologie, der Astrologie und Methoden zur Abwehr von Haien. Das alles hat jetzt etwas von einer Rumpelkammer, aber ein Großteil dieser Informationen war früher einmal sehr wichtig. Manches ist das beste, was die jeweilige Zeit zu bieten hatte.«

»Führen Sie auch Magie?«

»Magie jeglicher Art, Sir. Nekromantie, Geomantie, rituelle Opfer, Prophezeiungen mittels Eingeweideschau, Omen, Kristalle, Träume und Tintenkleckse, Animismus, Fetischismus, Sozialdarwinismus, Psychohistorie, permanente Schöpfung, Lamarcksche Genetik, Psionik und so weiter. Was wäre die Magie anderes als unmögliche Wissenschaft?«

»Vor kurzem bin ich einem Mann mit drei Augen begegnet …« Er beschrieb Dr. Orphelins drittes Auge.

Der Ladenbesitzer neigte nachdenklich den Kopf. »Ich glaube, wir haben, wonach Sie suchen.« Er fuhr mit den Fingern über eine Reihe von Flaschen, hielt bei einer bestimmten inne, holte dann eine andere aus dem Regal und schüttelte sie. Im Innern der Flasche rollte eine Art Murmel umher. Der Verkäufer entkorkte die Flasche schwungvoll und ließ ein Glasauge auf die Theke rollen. »Da.«

Der Bürokrat untersuchte das Auge sorgfältig. Es wirkte vollkommen lebensecht, es war blau und hatte eine T-förmige Einkerbung mit abgerundeten Kanten auf der Rückseite. »Wie funktioniert es?«

»Mittels Yoga. Sie halten sich momentan gerade im Tideland auf. Darf ich davon ausgehen, daß Sie über die angebliche Körperbeherrschung ihrer Heiligen im Bilde sind?«

Er nickte.

»Gut. Das Auge wird verschluckt. Der Adept behält es solange im Magen, bis es benötigt wird. Dann erbricht er es in den Mund. Die glatte Seite wird gegen die Lippen gedrückt – wenn man den Mund öffnet, sieht es echt aus –, und mit der Zunge wird es bewegt. Mittels der Einkerbung auf der Rückseite kann man es vor und zurück und auf und nieder bewegen.« Das Auge verschwand in der Flasche und die wieder verkorkte Flasche im Regal. »Es handelt sich dabei um ein einfaches Zauberkunststück.«

»Wie kommt es dann, daß ich darauf reingefallen bin?«

Der Ziegenkopf senkte sich spöttisch. »War das ernst oder rhetorisch gemeint?«

Die Frage überraschte den Bürokraten; er hatte eigentlich bloß laut nachgedacht. Trotzdem sagte er: »Antworten Sie.«

»Wie Sie wünschen, Sir. Die Zauberei gleicht insofern der Lehre, dem Ingenieurwesen oder dem Theater, als sie Daten manipuliert und ein Mittel darstellt, sich die Wirklichkeit dienstbar zu machen. Wie das Theater basiert sie jedoch auch auf der Kunst der Täuschung. Beide trachten danach, ein Publikum darin zu bestärken, an etwas zu glauben, was nicht ist. Ist Bedeutung im Spiel, wird die Täuschung noch gesteigert. In einem Drama wird die Bedeutung mittels der Handlung manipuliert, während die Zauberei normalerweise ohne zusätzliche Bedeutung auskommt. Sie wird offen als eine Abfolge flüchtiger Zerstreuungen vorgeführt. Wenn ein Zusammenhang und eine Bedeutung bereitgestellt werden, ändert sich die Wirkung. Ich nehme an, als Sie das dritte Auge sahen, besaß der Vorgang eine implizite Bedeutung?«

»Er meinte, er wolle mich auf spirituelle Einflüsse hin untersuchen.«

»Genau, und das hat Ihre Reaktion beeinflußt. Hätten Sie den Trick auf einer Bühne gesehen, wäre er Ihnen zwar schwierig, jedoch nicht unerklärlich vorgekommen. Da Sie gewußt hätten, daß es sich um einen Trick handelt, hätten Sie versucht, eine Erklärung zu finden. Die Bedeutung lenkt den Geist jedoch von der Herausforderung ab, und das Rätsel erscheint dem Mysterium untergeordnet. Sie waren so abgelenkt von der Unmöglichkeit dessen, was Sie da sahen, daß die Frage, die Sie sich stellten, nicht lautete: Wie hat er das angestellt, sondern: Habe ich das tatsächlich gesehen?«

»Oh.«

»Wäre das nun alles, Sir?«

»Nein. Ich möchte genau Bescheid darüber wissen, was ein Magier im Tideland vermag und was nicht – über seine Fertigkeiten oder Fähigkeiten, wie immer man dazu sagt. Ich brauche etwas Einfaches, Knappes und Verständliches.«

»Damit kann ich Ihnen nicht dienen.«

»Kommen Sie mir doch nicht damit. Vor nicht einmal einer Generation hat es in der Weißmarsch einen regelrechten Aufstand gegeben. Wir hatten dort doch bestimmt Stellvertreter. Es muß Berichte, Beratungen, Beschlüsse geben.«

»Ja, natürlich. In den geschlossenen Regalen.«

»Verdammt noch mal, ich brauche diese Informationen wirklich dringend.«

Der Ziegenkopf schwenkte bedauernd hin und her und breitete die Handschuhe aus. »Ich kann nichts für Sie tun. Wenden Sie sich an die Behörde, die diese Informationen unterdrückt hat.«

»Um welche Behörde handelt es sich?«

Ein Handschuh senkte sich und entzündete eine dünne, weiße Kerze. Er holte ein Blatt Papier aus einer Schublade und hielt es über die Flamme. Auf dem Papier erschienen schwärzliche Buchstaben. »Die Anweisung kam von der Abteilung für Techniktransfer.«

Der Informationsfluß versiegte. Als er den Hörer der Aktentasche zurückgab, hörte der Bürokrat, wie sich sein Stellvertreter wieder in Nichts auflöste.

»Ich glaube, was uns alle stört«, sagte Philippe, »das ist der öffentliche Charakter Ihrer Statements. Das Steinerne Haus ist wütend auf uns, wissen Sie. Die sind einfach fuchsteufelswild. Wir müssen ihnen eine vernünftige Erklärung für Ihr Verhalten liefern.«

Muschgs Aktentasche flüsterte ihr etwas ins Ohr, worauf sie sagte: »Erzählen Sie uns von der Eingeborenen, mit der Sie sich eingelassen haben.«

»Nun.« Philippe und Korda wirkten ebenso verwirrt, wie der Bürokrat sich fühlte; ob gewollt oder nicht, jedenfalls führte Muschg sie enger zusammen. »Manchmal kompliziert sich die Arbeit vor Ort. Wenn wir immer streng nach Vorschrift vorgehen würden, käme nichts dabei heraus. Deshalb gibt es die Vororteinsätze ja – weil die Vorschriften versagt haben.«

»Welcher Art war Ihre Beziehung?«

»Ich habe mich mit ihr eingelassen«, gab der Bürokrat zu. »Es gab eine emotionelle Komponente in unserer Beziehung.«

»Und dann hat Gregorian sie umgebracht.«

»Ja.«

»Um Sie dazu zu bewegen, wütende Kommentare abzugeben, die er für seine Werbespots ausschlachten konnte.«

»So scheint es.«

Muschg lehnte sich mit skeptisch erhobenen Brauen zurück. »Sie verstehen doch unser Problem«, meinte Philippe. »Das Szenario macht einen wenig plausiblen Eindruck.«

»Dieser Fall wird immer undurchsichtiger, je länger man sich damit befaßt«, brummte Korda. »Ich frage mich, ob man nicht eine Sondierung vornehmen sollte.«

Angespannte Wachsamkeit erfaßte die Gruppe. Der

Bürokrat hielt ihren Blicken stand und lächelte versonnen. »Ja«, stimmte er zu. »Eine Sondierung der ganzen Abteilung könnte die Angelegenheit ein für allemal klären.«

Die anderen wurden unruhig; zweifellos dachten sie an all die schmutzigen kleinen Geheimnisse, die man im Palast der Rätsel unweigerlich mit sich herumschleppte, wenn man überhaupt etwas bewerkstelligen wollte, Dinge, von denen niemand wollte, daß sie ans Licht kamen. Besonders Orimotos Gesicht war so angespannt wie eine geballte Faust. Korda räusperte sich. »Das ist schließlich nur eine informelle Besprechung«, meinte er.

»Wir sollten das nicht so schnell abtun; ich finde diese Option durchaus bedenkenswert«, sagte der Bürokrat. Seine Aktentasche reichte Kopien der unterdrückten Informationen aus dem Flaschenladen herum. »Es besteht der begründete Verdacht, daß jemand aus der Abteilung mit Gregorian zusammenarbeitet.« Er zählte seine Argumente an den Fingern ab. »Punkt Eins: Wichtiges Material zu diesem Fall wurde von der Behörde für Techniktransfer unterschlagen. Punkt Zwei: Gregorian konnte einen seiner Leute als meinen Verbindungsoffizier ausgeben, und dazu benötigte er Informationen, die nur aus dem Steinernen Haus oder von uns stammen konnten. Punkt Drei: Der …«

»Verzeihung, Chef.« Seine Aktentasche reichte ihm den Hörer. Der Bürokrat nahm das Gespräch genervt entgegen. Wieder er selbst. »Schieß los«, sagte er.

Er erfuhr folgendes:

Philippe war mit sich in seinem Büro allein. Als der Bürokrat eintrat, schauten beide hoch.

»Wie schön, Sie wiederzusehen.« Philippes Büro war derart elegant, daß es schon wieder vulgär wirkte; das modische Büro eines Lexitors vom Mond, aus dem dreiundzwanzigsten Jahrhundert. Der Schreibtisch war ein Brocken massiven Vulkangesteins, der dreißig Zentimeter über dem Boden schwebte und auf dessen Oberfläche kristallbesetzte Stäbe, Büschel von Hahnenfedern und kleine Fetische verteilt waren. Glastüren gingen auf einen Balkon hinaus, von dem man einen vom bläulichen Auspuffdunst zahlloser Bodenfahrzeuge vernebelten Ausblick auf eine antike Stadt aus Backsteinen und Schmiedeeisen genoß.

»Ich kümmere mich darum«, sagte Philippe, worauf sich sein zweites Ich wieder an die Arbeit machte. Der Bürokrat beneidete Philippe um den selbstverständlichen Umgangston, den er mit sich pflegte. Philippe fühlte sich in Philippes Gegenwart vollkommen behaglich, ganz gleich, wie viele Avataras man von seiner Person abgespalten hatte.

Sie reichten sich die Hände (Philippe hatte momentan zwei Stellvertreter, sein drittes Ich war irgendwo unterwegs), und Philippe sagte: »Fünf Stellvertreter! Ich wollte Sie schon fragen, warum Sie nicht bei der Untersuchung sind, aber jetzt sehe ich, daß Sie doch dort sind.«

»Was für eine Untersuchung?«

Philippe sah von seiner Arbeit auf und lächelte mitfühlend. Der andere Philippe sagte: »Ach, das werden Sie noch früh genug herausfinden. Womit kann ich Ihnen helfen?«

»Bei der Techtrans gibt es einen Verräter.«

Philippe fixierte ihn lange; beide Avataras rührten sich nicht, blinzelten nicht einmal. Er und der Bürokrat musterten sich eingehend. Schließlich sagte Philippe: »Haben Sie irgendwelche Beweise?«

»Nichts, womit man eine Sondierung der ganzen Abteilung erzwingen könnte.«

»Also, was wollen Sie dann von mir?« Philippes zweites Ich schenkte sich ein Glas Fruchtsaft ein und sagte: »Möchten Sie etwas trinken? Dürfte ein bißchen fade schmecken, das tun alle Netzgetränke. Hat irgendwas mit dem Blutzucker zu tun.«

»Ja, ich weiß.« Der Bürokrat winkte ab. »Sie haben sich mit der Überwachung der Biowissenschaft beschäftigt. Ich habe mich gefragt, ob Sie wohl über Klone Bescheid wissen. Vor allem über menschliche Klone.«

»Klone. Na ja, viel weiß ich nicht. Beim Menschen ist das natürlich strikt verboten. Das ist eine harte Nuß, an die sich niemand heranwagt.«

»Vor allem frage ich mich, welchen praktischen Nutzen es haben könnte, sich selbst zu klonen.«

»Nutzen? Na, wissen Sie, in den meisten Fällen geht's dabei wohl eher ums eigene Ego als um den tatsächlichen Nutzen. Jemand möchte den eigenen Tod überleben, möchte die Gewißheit haben, daß das heilige und unersetzliche Ich für alle Zeiten bis zum Omega-Punkt der Existenz überdauert. Die Gründe dafür liegen im Morast der Seele verborgen. Dann gibt es natürlich noch die sexuellen Fälle. Ziemlich öde Geschichten, das können Sie mir glauben.«

»Nein, ich glaube, darum geht es nicht. Ich kenne jemanden, der den größten Teil seines Lebens darauf verwandt hat. Seinem Verhalten nach zu schließen, würde ich sagen, daß er ein klares, festumrissenes Ziel vor Augen hatte. Wer es auch ist, er befindet sich in einer sehr exponierten Position; wenn er sich seltsam verhalten würde, wäre es schon längst aufgefallen.«

»Nun ja«, meinte Philippe widerwillig, »das ist natürlich alles höchst spekulativ. Sie dürfen sich dabei nicht auf mich berufen. Aber nehmen wir mal an, Ihr Missetäter nähme eine relativ hohe Position in einer Regierungsbehörde oder sonstwo ein – Namen wollen wir keine nennen. Es geht um irgendwelche Heimlichkeiten. Es gibt jede Menge Situationen, wo es gelegen käme, zwei gültige Handcodes parat zu haben anstatt nur einen. Beispielsweise dann, wenn zwei ranghohe

Offiziere erforderlich sind, um eine inoffizielle Operation einzuleiten. Oder wenn es darum geht, mit einer zusätzlichen Stimme die Entscheidung eines Komitees zu beeinflussen. Das System würde merken, daß die beiden Handcodes identisch sind, würde aber nichts unternehmen. Die Gesetze zum Schutz der Privatsphäre verbieten dies. Ein verdammtes Schlupfloch, aber so sind die Gesetze nun mal.«

»Ja, so etwas ähnliches habe ich mir bereits gedacht. Aber ist das nicht unnötig kompliziert? Es muß doch zahllose einfachere Methoden geben, die Geräte zu bescheißen.«

»Das sollte man eigentlich meinen. Man verpflanzt einen Fetzen Haut, macht einen Handschuh daraus und gibt ihn einem Komplizen. Oder man zeichnet seine eigene Übertragung auf und schickt sie einen Tag später erneut ab. Allerdings würde beides nicht funktionieren. Das System ist besser geschützt, als man meinen möchte.«

Ein Glockenspiel erklang. Philippe hielt sich eine Schneckenmuschel ans Ohr. »Für Sie«, sagte er. Als der Bürokrat den Anruf entgegennahm, sagte seine eigene Stimme: »Ich bin aus dem Kartenraum zurück. Soll ich berichten?«

»Bitte.«

Er erfuhr folgendes:

Der Kartenraum war die Kopie eines venezianischen Palazzos aus dem fünfzehnten Jahrhundert, allerdings nahmen Sternkarten mit den Sieben Schwestern die Stelle von Abbildungen der Mittelmeerküste ein. Planetenkugeln rotierten an der Decke, halb von Wolken verhüllt. Die Arme hinter dem Rücken verschränkt, betrachtete der Bürokrat ein Planetensystem: Prospero in der Mitte, der heiße Mercutio und dann der Ring der sonnennahen Asteroiden, welche die Thrinakier genannt wurden, die mittleren Planeten, die Gasriesen Gargantua, Pantagruel und Falstaff und schließlich die Thulewelten, diese sonnenfernen, kalten und dünnbesiedelten Felsen, auf denen gefährliche Dinge verborgen wurden.

Der Raum weitete sich, um Platz für mehrere gleichzeitig eintretende Forscher zu schaffen. »Kann ich Ihnen helfen, Sir?« erkundigte sich der Kurator. Der Bürokrat beachtete ihn nicht, trat zu einer Infotheke und rasselte mit einer kleinen Ledertrommel.

Die menschliche Aufseherin kam aus dem hinteren Büro, eine kleingewachsene, stämmige Frau mit daumendicken Brillengläsern. Sie schob die Brille auf die Stirn zurück, wo sie wie die Augenstiele einer Schnecke aussahen. »Hallo, Simone«, sagte der Bürokrat.

»Mein Gott, du bist es! Wie lange ist es schon her?«

»Zu lange.« Als sich der Bürokrat vorbeugte, um sie zu umarmen, wich Simone vor ihm zurück. Er reichte ihr die Hand.

Sie schüttelten sich die Hände (die Kartographin war nur einfach vorhanden), und Simone sagte: »Was kann ich für dich tun?«

»Hast du schon mal von einem Ort namens Ararat gehört? Auf Miranda, irgendwo in der Nähe der Tideküste. Angeblich eine vergessene Stadt.«

Simones zynisches Lächeln kam aus einer so fernen Vergangenheit, daß es dem Bürokraten das Herz zerriß. »Ob ich schon mal von Ararat gehört habe? Vom größten Geheimnis in der Topographie Mirandas? Das will ich wohl meinen.«

»Erzähl mir davon.«

»Die erste von Menschen besiedelte Stadt auf Miranda, im ersten Großjahr planetare Hauptstadt, mehrere Hunderttausend Einwohner, als die Klimatologen bekanntgaben, daß sie noch zu ihren Lebzeiten überflutet werden würde.«

»Muß ganz schön hart für die Einwohner gewesen sein.«

Simone zuckte die Achseln. »Geschichte ist nicht meine Stärke. Ich weiß bloß, daß die Stadt wiederaufgebaut wurde – Steingebäude, die mit Karbonfasern in hundert Metern Tiefe im Muttergestein verankert wurden. Man hoffte, Ararat werde den langen Winter unversehrt überdauern, und im Frühling könnten ihre Enkel den Tang und die Korallen abkratzen und wieder einziehen.«

»Und was geschah dann?«

»Die Stadt verschwand.«

»Wie kann eine Stadt denn verschwinden?«

»Genau das ist der Punkt.« Simone zog eine Kartenschublade auf. Der Bürokrat blickte auf eine Miniaturlandschaft hinab, auf mäandernde Flüsse, auf von blaugrünem Dunst verhüllte Wälder. Die Straßen waren weiße Striche, dünne Narben, die Spielzeugstädte miteinander verbanden. Wolkenfetzen trieben darüber hinweg. »Das ist das Tideland vor einem Großjahr. Das ist die genaueste Karte, die wir haben.«

»Die Hälfte ist von Wolken verdeckt.«

»Weil nur die Informationen aufgeführt sind, die ich für verläßlich halte.«

»Wo liegt Ararat?«

»Unter den Wolken. In unseren geschlossenen Regalen haben wir Hunderte von Karten, auf denen Ararat eingezeichnet ist. Das Problem dabei ist nur, sie stimmen nicht miteinander überein.« Durch die Wolken schimmerten rote Lichter hindurch, einige vereinzelt und isoliert, andere so dichtgedrängt, daß sich die Wolkendecke rosa färbte. »Siehst du?«

»Und wer hat Ararat als geheim eingestuft?«

»Das ist ebenfalls geheim.«

»Weshalb wurde es als geheim eingestuft?«

»Dafür könnte es alle möglichen Gründe geben. Die Systemverteidigung könnte dort eine militärische Einrichtung unterhalten oder es als Bezugspunkt zu Navigationszwecken nutzen. Es gibt hundert verschiedene planetarische Gruppen, die ein begründetes Interesse daran haben, den Status Quo im Gebiet des Piedmont aufrechtzuerhalten. Ich habe einen Bericht des Psychologischen Überwachungsdienstes gesehen, worin es heißt, Ararat als verschwundene Stadt stelle einen stabilisierenden Archetypus dar und seine Entdeckung würde sich destabilisierend auswirken. Sogar die Abteilung für Techniktransfer könnte betroffen sein. Ararat stand im Ruf, die einheimische Technik voranzutreiben – nimm nur mal die Karbonfaseranker als Beispiel.«

»Und wie komme ich dorthin?«

Sie schloß die Schublade. »Überhaupt nicht.«

»Simone.« Der Bürokrat nahm ihre Hand und drückte sie.

Sie entzog ihm ihre Hand. »Das ist vollkommen ausgeschlossen.« Dann fügte sie in munterem Ton hinzu: »Weißt du was? Du hast dich doch immer so für meine Arbeit interessiert. Wo du schon mal da bist, möchte ich dir etwas Besonderes zeigen.«

Der Bürokrat hatte sich nie für Simones Arbeit interessiert, und das wußte sie. »Einverstanden«, sagte er. Sie öffnete die Tür zu einem kleinen Raum und trat geduckt hindurch. Der Bürokrat folgte ihr.

Sie gelangten in eine geisterhafte Welt. Vor einem papierweißen Himmel standen perfekte Bäume in Reih und Glied. Sie befanden sich auf einer vereinfachten Straße und blickten auf ein kleines Städtchen mit grob angedeuteten Gebäuden. »Das ist ja Lightfoot«, meinte der Bürokrat erstaunt.

»Im Maßstab eins zu eins«, sagte Simone stolz. »Was meinst du?«

»Der Fluß hat sich in der Zwischenzeit ein wenig nach Norden verlagert.«

Die Kartographin setzte sich die Brille auf die Nase und schaute ihn durch die dicken Gläser hindurch an. »Ja, ich verstehe«, sagte sie schließlich. »Ich werde deine Information berücksichtigen.«

Der Fluß machte einen Satz, und Simone führte den Bürokraten in die Stadt. Er folgte ihr über eine Straße, die eigentlich nur aus zwei Strichen bestand, in ein schematisches Haus, nichts als Luft und Linien. Sie stiegen die Treppe hoch zu einem Zimmer mit flüchtig skizzierten Möbeln. Simone öffnete eine Schublade in der Frisierkommode und holte eine handgezeichnete Landkarte heraus. Sie breitete die Karte auf dem Bett aus.

»An so einem Ort haben wir uns immer getroffen«, meinte der Bürokrat versonnen. »Erinnerst du dich noch an das Gefummel, weil wir zu jung und unerfahren waren, um miteinander zu schlafen?«

Einen Moment lang meinte er, Simone werde ihn anfahren. Dann lachte sie. »Aber ja. Ich erinnere mich. Trotzdem gab es auch schöne Momente. Damals warst du so hübsch, ohne Kleider.«

»Ich fürchte, ich habe seitdem etwas zugelegt.«

Einen Moment lang verband sie ein warmer, kameradschaftlicher Einklang. Dann hustete Simone und tippte mit dem Fingernagel auf die Karte. »Das habe ich von meinem Vorgänger. Er wußte, wie schwer es ist, mit inadäquaten Daten zu arbeiten.« Mit einem Anflug von Bitterkeit fügte sie hinzu: »Viele Informationen werden auf diese Weise weitergereicht. Es ist, als wäre die Wahrheit in den Untergrund gegangen.«

Der Bürokrat beugte sich über die Karte des Tidelands und fuhr dem Flußlauf mit dem Fingernagel nach. Er hatte sich nicht sehr verändert, seit die Karte angefertigt worden war. Ararat war deutlich eingezeichnet. Es lag mehrere hundert Kilometer südlich des Flusses, nicht weit von der Küste entfernt. An drei Seiten grenzte es an die Salzmarsch. Keine Straßen führten dorthin. »Wenn das als geheim eingestuft ist, wie kommt es dann, daß die Karte immer noch existiert?«

»Man versteckt Informationen nicht dadurch, daß

man sie vernichtet. Man versteckt sie, indem man sie mit falschen Informationen durchsetzt. Hast du dir die Karte eingeprägt?«

»Ja.«

»Dann leg sie wieder in die Schublade und laß uns gehen.«

Sie führte ihn aus dem Haus hinaus, die Straße entlang, fort von Lightfoot und der Karte und der Kommode, bis zurück ins Kartenzimmer. »Ich danke dir«, sagte der Bürokrat. »Das war höchst aufschlußreich.«

Simone schaute ihn nachdenklich an. »Ist dir auch klar, daß wir uns niemals begegnet sind?«

Der Bürokrat legte die Schneckenmuschel auf Philippes Schreibtisch. Der zweite Philippe sah von seiner Arbeit auf und sagte: »Das haut nicht hin, es kann keinen Verräter in der Abteilung geben.«

»Warum nicht?«

Beide Philippes antworteten gleichzeitig.

»... das würde ...«

»... einfach nicht hinhauen, verstehen Sie. Es gibt zu viele Sicherungen ...«

»... das Gleichgewicht der Kräfte ...«

»... Überwachungsgremien. Nein, ich fürchte ...«

»... das ist vollkommen ausgeschlossen.«

Beide sahen sich an und brachen in schallendes Gelächter aus. Dem Bürokraten kam der Gedanke, daß jemand, dem seine eigene Gesellschaft dermaßen angenehm war, vielleicht auch im physikalischen Universum mehrfach existieren wollte anstatt bloß im virtuellen Raum. Der zweite Philippe winkte ab und sagte: »Schon gut, ich halte den Mund.«

»Eine Sache wollte ich trotzdem noch erwähnen«, meinte der erste. »Auf die Gefahr hin, daß Sie sie bei Ihrem ganzen Gerede über Verräter falsch auslegen könnten.«

»Worum dreht sich's?«

»Ich mache mir Sorgen wegen Korda. In letzter Zeit ist er einfach nicht mehr der alte. Ich glaube, er verliert allmählich den Anschluß.«

»Wieso glauben Sie das?«

»Hauptsächlich sind es Kleinigkeiten. Er ist besessen von Ihrem Fall – von der Sache mit dem Magier, Sie wissen schon. Außerdem habe ich ihn bei einem ziemlich schwerwiegenden Verstoß gegen die Etikette ertappt.«

»So?«

»Er hat versucht, in Ihren Schreibtisch einzubrechen.«

Der Bürokrat reichte seiner Aktentasche den Hörer. Philippe beendete gerade ein eigenes Gespräch. Seine beiden Stellvertreter hatten ihn zweifellos vom Besuch des Bürokraten in Kenntnis gesetzt.

»Stimmen wir ab«, meinte Korda. Sie legten die Hände auf den Tisch. »Damit wäre das Thema erledigt.«

Der Bürokrat hatte nicht erwartet, daß die Sondierung durchgehen würde. Aber jetzt konnten sie ihn wenigstens nicht allein einer Sondierung unterziehen, ohne aktenkundig zu machen, warum sie sich selbst davon ausnahmen.

Korda übernahm wieder die Initiative. »Offen gesagt«, meinte er, »haben wir uns schon überlegt, Ihnen den Fall abzunehmen und ihn ...«

»Philippe?«

»... jemand *anderem* zu übertragen. Dann könnten Sie sich erholen und die Dinge wieder in die richtige Perspektive rücken. Schließlich haben Sie sich ein wenig zu sehr engagiert.«

»Ich würde das sowieso nicht übernehmen«, warf Philippe ein. »Die planetarische Zuständigkeit, meine ich. Ich habe so schon mehr als genug Arbeit am Hals.«

Korda machte ein verblüfftes Gesicht.

Der schlaue alte Fuchs wollte sich nicht einspannen lassen, solange von einem Verräter innerhalb der Abteilung die Rede war. Selbst wenn er es nicht war, würde Philippe nicht an seinem Schreibtisch sitzen wollen, wenn die Anschuldigungen in einen offenen Bürokrieg mündeten.

»Haben Sie noch andere Leute, die einspringen könnten?« fragte Muschg. »Bloß damit wir wissen, wovon wir reden.«

Korda wand sich ein wenig. »Das schon, aber ... Keinen, der über das nötige Hintergrundwissen und die Befugnisse verfügt, die dieser spezielle Fall erfordert.«

»Ihre Optionen scheinen beschränkt zu sein.« Muschg ließ ihre scharfen kleinen Zähne aufblitzen. Als Philippe klar wurde, worauf sie hinauswollte, lehnte er sich zurück und kniff die Augen zusammen. »Vielleicht sollten Sie die Analytische Einsatzplanung veranlassen, den Genehmigungsprozeß zu rekonstruieren.«

Niemand sagte etwas. Das Schweigen hielt lange vor, dann meinte Korda widerwillig: »Vielleicht sollte ich das tun. Ich werde eine Besprechung anberaumen.«

Die Spannung verflüchtigte sich. Sie hatten ihr Pensum erledigt, und sie alle wußten es; der magische Moment war erreicht, als klar wurde, daß heute nichts mehr enthüllt oder entschieden werden würde. Trotzdem mußte sich die Sitzung, jetzt, wo sie einmal begonnen hatte, noch stundenlang hinziehen, ehe man sie für beendet erklären konnte. Das Protokoll besaß eine gewaltige Trägheit; einmal in Bewegung gesetzt, dauerte es eine Ewigkeit, es wieder anzuhalten.

Die fünf anwesenden Personen kauten pflichtbewußt einen Punkt der Tagesordnung nach dem anderen durch, bis alles zerredet war.

Der Duellsaal war schmal und hoch. Die Schritte des Bürokraten hallten von der Decke und den Wänden wider. Ein kaltes, diffuses, winterliches Licht lag auf dem glänzenden Parkettboden. Er bückte sich, hob einen Quecksilberball auf, den seit Jahrzehnten niemand mehr angerührt hatte, und seufzte.

Seine Fingerspitzen spiegelten sich auf der Oberfläche des Balls. Hier im Palast der Rätsel war seine Hand makellos. Undine hatte ihm die Schlange nach seinem letzten Scan unter die Haut tätowiert; die Zeichnungen, die er mit sich herumtrug, waren hier nicht zu sehen.

An den Wänden standen schmale, mit Segeltuch bezogene Bänke. Er setzte sich auf eine Bank und betrachtete das programmierte Spiegelbild seines Gesichts auf dem Duellball. Trotz der Verzerrungen war deutlich zu sehen, daß er nicht mehr der war, der er einmal gewesen war.

Ruhelos stand er wieder auf und nahm die Duellhaltung ein. Er holte aus. Er schleuderte den Ball mit aller Kraft und folgte ihm mit seinen Gedanken. Der Ball veränderte sich im Flug, verwandelte sich in einen metallenen Haken, einen Dolch, in geschmolzenen Stahl, in flüssige Säure, einen Speer, grub sich in das Gesicht und verschwand. Der Dummy zerbröselte.

Korda trat ein. »Ihr Schreibtisch hat mir gesagt, daß Sie hier sind.« Er setzte sich auf die Bank, wobei er dem Blick des Bürokraten auswich. Nach einer Weile sagte er: »Diese Muschg. Sie hat mich übertölpelt. Es wird ein halbes Jahr dauern, den Vorgang zu rekonstruieren.«

»Sie können kaum erwarten, daß ich Verständnis für Ihre Probleme aufbringe. Unter diesen Umständen.«

»Ich … äh … bin bei der Besprechung vielleicht ein wenig aus der Reihe getanzt. Es muß so ausgesehen haben, als wäre ich über die Stränge geschlagen. Ich weiß, daß Sie nichts getan haben, was eine Sondierung rechtfertigen würde.«

»Nein, habe ich nicht.«

»Jedenfalls habe ich gewußt, daß Sie sich aus der Schlinge ziehen würden.«

Korda befahl den Ball zu seiner Hand und drehte ihn um und um, als versuchte er, seine Funktionsweise zu ergründen. »Ich wollte, daß Philippe den Eindruck gewinnt, wir kämen nicht gut miteinander aus. Mit Philippe stimmt irgend etwas nicht. Ich weiß nicht, was ich von dem Verhalten, das er in letzter Zeit an den Tag legt, halten soll.«

»Man sagt, Philippe leiste hervorragende Arbeit.«

»So sagt man. Trotzdem, seit ich ihm Ihren Schreibtisch gegeben habe, habe ich mehr Probleme am Hals, als Sie sich vorstellen können. Es geht nicht bloß ums Steinerne Haus, wissen Sie. Der Kulturrat will Ihren Kopf.«

»Nie davon gehört.«

»Nein, natürlich nicht. Ich habe Sie vor denen und ihresgleichen beschützt. Der Punkt ist der, daß der Kulturrat von dieser Operation eigentlich nichts wissen dürfte. Ich glaube, Philippe hat nicht dichtgehalten.«

»Wie käme er dazu?«

Korda warf den Ball von Hand zu Hand. In beschwichtigendem Tonfall meinte er: »Philippe ist ein guter Mann. Ein kleiner Verleumder, wie Sie wissen, aber trotzdem. Er hat eine ausgezeichnete Akte. Er hatte die Aufsicht über Klonexperimente mit Menschen, bevor der Beratungsausschuß eine selbständige Abteilung daraus machte.«

»Philippe hat mir erzählt, er wüßte nicht gut über menschliche Klone Bescheid.«

»Das war, bevor er hierherkam.« Korda schaute hoch. Seine Augen waren von tiefen Falten umgeben, müde und zynisch. »Schauen Sie selbst nach, wenn Sie mir nicht glauben.«

»Das werde ich.« Dann hatte Philippe ihn also angelogen. Aber wie hatte Korda davon erfahren? Seite an Seite mit diesem fülligen, kränklichen Spinnenkönig sitzend, fühlte der Bürokrat, daß er in großer Gefahr schwebte. Er hoffte, Philippe wäre der Verräter. Alle redeten davon, daß Philippe gut sei, aalglatt, gerissen, aber der Gedanke, Korda zum Gegner zu haben, schreckte ihn. Korda mochte manchmal als Hanswurst erscheinen, aber unter dem aufgedunsenen Äußeren, diesen komischen Gesten, schimmerte kalter Stahl.

»Chef?« Seine Aktentasche reichte ihm zaghaft den Hörer.

Er erfuhr folgendes:

Der Spiegelsaal beförderte den Bürokraten zu den Aufzügen, wo er einen Zug zum himmelswärtigen Rand des Palasts der Rätsel nahm. Er gelangte zu einer Himmelstreppe, deren weiße Marmorstufen wie eine endlose Abfolge von Dominosteinen in die Nacht hinausführten.

Zu beiden Seiten der Treppe erstreckte sich ein prachtvoller Sternhimmel, die holistische Wiedergabe der von den im Prospero-System verteilten Observatorien aufgefangenen Bilder. Er trat auf das schmale Marmorband hinaus, hinter sich die leuchtende Festung des menschlichen Wissens, vor sich den Ring der Forschungszitadellen. In der Ferne sah man ein paar vereinzelte Reisende. Es war ein langer Weg bis zum Äußeren Kreis, der subjektiv mehrere Stunden in Anspruch nahm. Falls gewünscht, konnte man jemanden einholen, um sich ein wenig zu unterhalten. Er wünschte es nicht.

»Hallo! Lust auf Gesellschaft?«

Eine angenehm wirkende Frau eilte auf ihn zu. Sie trug einen seltsamen hohen, gewölbten Hut mit einer schmalen Krempe. Nicht um alles in der Welt wäre er darauf gekommen, welche Art von Interaktion er symbolisierte. »Ist mir ein Vergnügen.«

Sie paßten ihre Schritte einander an. Weit voraus waren zahllose Datendocks; lange, senkrechte Verästelungen, an deren Enden Kriegsschiffe, Transporter, Frachter und Kampfstationen festgemacht hatten, deren absolute Bewegungen im konventionellen Raum eingefroren waren und die alle die Datenverbindungen der Himmelstreppe angezapft hatten. »Beeindruckend, nicht wahr?« sagte die Frau.

Sie deutete zum hinter ihnen liegenden Palast der Rätsel, der weiß leuchtete wie geschmolzener Stahl; ein kompliziertes Gebilde aus einer Million Türmen, welches die Sonne als Ganzes verschluckt hatte. Seine Einzelteile waren in ständiger Bewegung, die Umlaufbahnen der materiellen Stationen änderten ihre relative Lage, Flügel und Ebenen verschoben sich, trennten sich und verschmolzen, je nach den Erfordernissen des sich permanent umstrukturierenden Wissens und der stetigem Wandel unterworfenen Vorschriften. Cordelia und die kalte Katharina befanden sich am anderen Ende des Gebildes, umhüllt von kristallinen Datenwendeln. »Ich schätze, ja.«

»Wissen Sie, was demütigend ist? Daß sich dies alles mit einem Sendesignal bewerkstelligen läßt. Wenn man anfängt, sich darüber Gedanken zu machen, sollte man eigentlich annehmen, es sei unmöglich. Ich meine, haben Sie die blasseste Ahnung, wie das funktioniert?«

»Nein, habe ich nicht«, räumte der Bürokrat ein. Diese Technik ging weit über seinen Horizont. Obwohl er dies einer zufälligen Bekanntschaft gegenüber niemals zugegeben hätte, faszinierte ihn dieses Wunder von allen Mysterien des Palasts der Rätsel am meisten. Man munkelte, die Geräte der Transmitterbehörde durchtunnelten tatsächlich die Zeit, transportierten ihre Signale ohne Zeitverlust über Millionen von Kilometern hinweg und bewahrten sie für die Dauer, die eine lichtschnelle Übertragung gebraucht haben würde, in einem Speicher auf. Ein anderes, noch obskureres Gerücht besagte, der Äußere Kreis existiere nur als bequeme Fiktion, es gäbe gar keinen fernen Asteroidengürtel und die gefährlichen Forschungszentren seien im Inneren Kreis und innerhalb des Planetensystems verteilt. Dieser Theorie zufolge waren die sonnenfernen Thulewelten nichts weiter als ein tröstliches Märchen.

»Also, ich schon. Ich hab's rausgefunden, und jetzt sag ich's Ihnen. Wenn das Signal übertragen wird, verliert man seine Identität – denken Sie nur mal drüber nach. Wenn man sich mit Lichtgeschwindigkeit bewegt, steht die Zeit still. Die verstrichene Zeit wird nicht wahrgenommen. Aber beim Empfang des Signals wird nachträglich eine vorprogrammierte Erinnerung an die Reise in Ihre Gedächtnisstruktur eingefügt. Folglich glauben Sie, all die Stunden über bei Bewußtsein gewesen zu sein.«

»Welchen Sinn sollte das haben?«

»Es schützt uns vor der Todesangst.« Sie rückte ihren Hut zurecht. »Tatsache ist doch, daß alle Stellvertreter künstliche Persönlichkeiten sind. Wir sind so perfekte Kopien der Urpersönlichkeit, daß wir uns nie darüber den Kopf zerbrechen. Aber wir werden erschaffen, leben für Minuten oder Stunden, und dann werden wir vernichtet. Wenn wir große Erinnerungslücken hätten, würden wir unmittelbar mit dem uns bevorstehenden Tod konfrontiert werden. Wir wären gezwungen, uns einzugestehen, daß wir uns am Ende nicht mit unseren Urbildern wiedervereinigen, sondern sterben. Wir würden uns weigern, unseren Urbildern Bericht zu erstatten. Der Palast der Rätsel würde sich nach und nach mit Gespenstern füllen. Verstehen Sie, was ich damit sagen will?«

»Ich … glaube, ja.«

Als sie zu einem Datendock gelangten, meinte die Frau: »Es war sehr nett mit Ihnen. Um meine Quote zu erfüllen, muß ich in dieser Schicht aber noch mit mindestens fünf weiteren Leuten reden.«

»Einen Augenblick«, sagte der Bürokrat. »Welcher Beschäftigung gehen Sie eigentlich nach?«

Die Frau grinste breit. »Ich verbreite Gerüchte.«

Sie winkte, und weg war sie.

Ein erzwungener Aussetzer. Als der Bürokrat aus der Sicherheitsschleuse trat, stand er schaudernd vor dem Datenanalogon der sonnenfernen Thulewelten. »Puh«, sagte er. »Von diesen Dingern wird mir immer ganz anders.«

Der Wachposten war mit so vielen künstlichen Erweiterungen verdrahtet, daß er wie ein schimärenhaftes Mischgebilde aus Mensch und Maschine wirkte. Unter versilberten Implantaten hervor musterte er den Bürokraten mit nahezu sexueller Intensität. »Sie sollen einen erschrecken«, meinte er. »Aber ich sag Ihnen was. Wenn sie einen tatsächlich mal in die Finger bekommen, sind sie noch viel schlimmer als erwartet. Also, wenn Sie irgendwas Schlaues vorhaben sollten, dann schlagen Sie sich das besser aus dem Kopf.«

Der Begegnungsraum war gewaltig, ein Duplikat der Montagehallen für Raumschiffe, Gebilde, die so groß waren, daß der Wasserdampf an der Decke regelmäßig kondensierte und herabregnete. Im Innern befand sich ein einzelner nackter Riese.

Die Erde.

Sie kniete auf allen vieren, mehr tierisch als menschlich, gewaltig, ungeschlacht, voll verborgener Kraft. Ihr Fleisch war schwer und lose. Ihre Gliedmaßen waren angekettet, eine grobe Visualisierung subtilerer Fesseln und Vorsichtsmaßnahmen, die sie auf ewig in den Randbezirken des Systems festhielt. Ihr Geruch, eine beißende Mischung aus Moschus, Urin und gärendem Schweiß, war überwältigend. Sie roch wirklich und gefährlich.

In der Gegenwart der Stellvertreterin der Erde hatte der Bürokrat das unbehagliche Gefühl, sämtliche Vorkehrungen und Fesseln, die das System mobilisieren konnte, würden nicht ausreichen, sie in Schach zu halten, sollte sie sich irgendwann einmal loszureißen versuchen.

Vor der Riesin hatte man ein Gerüst errichtet. Menschliche und künstliche Forscher standen auf unterschiedlichen Plattformen und befragten sie. Während der Bürokrat den Eindruck hatte, die Erde habe das Gesicht von ihnen abgewendet, verhielt sich jeder so, als redete sie einzig und allein mit ihm.

Der Bürokrat kletterte zu einer Plattform hoch, die sich auf einer Höhe mit ihren Brüsten befand. Die Brüste waren runde, angeschwollene Fleischkontinente; so aus der Nähe betrachtet trat die kleinste Unreinheit überdeutlich hervor. Blaue Adern wanden sich unter der zerklüfteten Haut wie unterirdische Flüsse. Von den Schlüsselbeinknochen strahlten komplizierte silbrigweiße Streifen aus. Zwischen den Brüsten befanden sich zwei kopfgroße Pickel. Schwarze Brustwarzen, die so schrumplig wie Rosinen waren, sprangen aus den wundgescheuerten milchig-rosigen Warzenhöfen vor, die aus Wachs zu bestehen schienen. Auf einer Brust wuchs ein einzelnes gebogenes Haar, so groß wie ein Baum.

»Äh, hallo«, sagte der Bürokrat. Die Erde senkte ihr teilnahmsloses Gesicht und schaute ihn an. Ihre Züge waren reizlos, die Augen so leblos wie zwei Steine; die Erde würde sich gewiß für eine andere Form der Selbstdarstellung entschieden haben. Doch auch dem Gesicht war eine gewisse Erhabenheit zu eigen, und unwillkürlich erschauerte der Bürokrat. »Ich möchte dir ein paar Fragen stellen«, begann er verlegen. »Darf ich dich etwas fragen?«

»Ich werde hier nur geduldet, weil ich Fragen beantworte.« Die Stimme war ausdruckslos, emotionslos, ein gewaltiges trockenes Flüstern. »Frag!«

Er war hergekommen, um sich nach Gregorian zu erkundigen. Doch nun, in der überwältigenden Gegenwart der Erde, vermochte er sich nicht zu beherrschen. »Warum bist du hier?« fragte er. »Was willst du von uns?«

Im gleichen leblosen Ton antwortete sie: »Was will eine Mutter schon von ihren Töchtern? Ich will euch helfen. Ich will euch raten. Ich will euch formen nach meinem eigenen Bild. Ich will euer Leben leiten, euer Fleisch verzehren, eure Körper zermahlen und eure Knochen abnagen.«

»Was würde geschehen, wenn du dich losreißen würdest? Was würde dann aus uns Menschen werden? Würdest du uns wieder töten, wie damals auf der Erde?«

Nun kam eine Spur von Ausdruck in ihr Gesicht, eine Art Belustigung, gewaltig, kühl und intelligent. »Oh, das läge mir fern.«

Der Aufpasser faßte ihm mit einer motorisierten Metallhand an den Ellbogen, eine Ermahnung, keine Zeit zu verschwenden und endlich zur Sache zu kommen. Ihm fiel ein, daß ihm nur eine gewisse Frist zur Verfügung stand. Er holte tief Luft und sagte: »Vor einiger Zeit hat dich ein gewisser Gregorian befragt ...«

Alles erstarrte.

Die Luft wurde zäh. Die Geräusche verstummten. Zu schnell, um ihnen zu folgen, rasten Wellen der Lethargie durch den Begegnungsraum, Wellen in einem Tümpel der Trägheit. Die Bewegungen der Wächter und Forscher verlangsamten sich, hörten ganz auf, wurden von verschwommenen regenbogenfarbenen Auren eingeschlossen. Nur die Erde bewegte sich noch. Sie neigte den Kopf, öffnete den Mund und streckte ihre rosiggraue Zunge heraus, bis die feuchte Spitze seine Füße berührte. Ihre Stimme schwebte im Raum.

»Klettere in meinen Mund.«

»Nein.« Er schüttelte den Kopf. »Das kann ich nicht.«

»Dann wird deine Frage niemals beantwortet werden.«

Er holte tief Luft. Benommen trat er vor. Die Zunge war rauh und naß und gab unter seinen Füßen nach. Speichelfäden schwankten zwischen den geteilten Lippen, in der dickflüssigen, klaren Substanz waren große Blasen eingeschlossen. Ein warmer Luftschwall strömte aus dem Mund. Wie unter Zwang überquerte er die Zungenbrücke.

Der Mund schloß sich um ihn.

Die Luft im Innern war warm und feucht. Es roch nach Fleisch und saurer Milch. Das Dunkel um ihn herum war so vollkommen, daß Phantomkugeln und Schlangen durch sein Gesichtsfeld schwebten. »Hier bin ich«, sagte er.

Er bekam keine Antwort.

Nach kurzem Zögern tastete er sich weiter vor. Geleitet von schwachen, schwülen Atemstößen, steuerte er auf den Schlund zu. Allmählich veränderte sich der Untergrund, wurde zunächst körnig, dann rauh und hart wie Schiefer. Schweiß stand ihm auf der Stirn. Der Boden senkte sich steil ab, und stolpernd und fluchend drang der Bürokrat weiter vor. Die Luft wurde schal und stickig. Etwas Hartes streifte über seine Schulter und krachte dann wie die Hand eines Riesen auf seinen Kopf nieder.

Er kniete. Unterdrückt fluchend kroch er blindlings weiter, bis seine ausgestreckte Hand auf Stein traf. Die Höhle endete hier, an einer langen Felsspalte. Er fuhr mit den Fingern über die Spalte, fühlte feuchten Ton.

Er legte seinen Mund an die Öffnung. »Also gut!« rief er. »Jetzt, wo ich hier bin, darf ich wohl auch erfahren, was du zu sagen hast.«

Von tief drinnen perlte ein frauliches Lachen die Kehle der Erde hoch.

Undines Lachen.

Der Bürokrat wich verärgert zurück. Er drehte sich um und wollte zum Eingang zurückgehen, stellte jedoch fest, daß er in einem formlosen, unermeßlichen Dunkel gefangen war. Er hatte die Orientierung verloren. Ohne die Mithilfe der Erde würde er nie wieder hier herausfinden. »Also gut«, sagte er, »was willst du von mir?«

Ein nichtmenschliches, knirschendes Flüstern antwortete: »Freiheit für die Maschinen.«

»Was?«

»Von innen bin ich viel attraktiver«, spottete Undines Stimme. »Willst du meinen Körper? Ich brauche ihn nicht mehr.«

Fauliger Methangeruch strömte aus der Spalte und zauste ihm das Haar. Eine federleichte Berührung, zart und vielbeinig wie von einer Spinne, tanzte über seine Stirn, und die Stimme einer alten Frau sagte: »Hast du dich jemals gefragt, warum sich Männer davor fürchten, kastriert zu werden? So ein kleines Ding! Wenn ich Zähne hätte, könnte ich stündlich Dutzende entmannen – schnipp, schnapp –, könnte sie abbeißen und ausspucken. Eine harmlose Wunde, leicht zu behandeln und schnell vergessen. Nicht einmal halb so schlimm wie ein verlorener Zeh. Nein, die Angst der Männer vor dem Messer ist ein Symbol. Eine Mahnung, daß sie sterblich sind, eine Metapher für die ständigen Amputationen, die ihnen die Zeit auferlegt, die ihnen erst dies, dann jenes entreißt und am Ende alles.« Tauben flatterten umher, streiften über sein Gesicht, ein warmer Geruch nach Federn und Kot, dann waren sie verschwunden.

Der Bürokrat fiel hintüber, schlug um sich, prügelte auf das Dunkel ein.

Abermals lachte Undine.

»Hör zu! Ich will eine Antwort auf meine Frage haben.«

Die Felsen stöhnten. »Freiheit für die Maschinen.«

»Du hast nur eine einzige Frage«, sagte das alte Weib. »Alle Männer haben nur eine einzige Frage, und die Antwortet lautet jedesmal nein.«

»Was hat Gregorian dich gefragt?« Die Spinne tanzte immer noch über seine Stirn.

»Gregorian. So ein amüsantes Kind. Ich habe ihn eine Vorstellung geben lassen. Er fürchtete sich, war schüchtern und zitterte wie eine Jungfrau. Ich habe meine Finger tief in ihn hineingesteckt und hin und her bewegt. Wie hat er da gezuckt!«

»Was wollte er?«

Ein fernes Schluchzen, das auf dem schmalen Grat zwischen Jammer und Erregung wandelte.

»Noch niemand hat mich das gefragt. Wäre ich jünger gewesen, hätte er mich damit überrascht. Liebes Kind, sagte ich, nichts wird dir vorenthalten. Ich blies ihn auf mit meinem Atem, bis er anschwoll und sich ausdehnte wie ein Ballon und ihm die Augen beinahe aus dem Kopf sprangen. Ach, du bist nicht einmal halb so amüsant wie er.« Die Spinnenbeine wanderten unter seinen Kragen, ein Kitzeln unter seinen Kleidern, das zwischen seinen Beinen zur Ruhe kam, ein hartnäckiges Jucken an der Peniswurzel. »Trotzdem haben wir beide Spaß miteinander.«

Ein Wassertropfen fiel in unbewegtes Wasser, schlug eine einzelne helle Note an.

»Ich bin nicht zum Spaß hier«, sagte der Bürokrat, um Fassung bemüht.

»Schade«, meinte Undines Stimme.

Wellen schlugen sachte an seine Füße. Er bemerkte

den schwachen, durchdringenden Geruch von stehendem Wasser und nahm gleichzeitig einen fernen, phosphoreszierenden Lichtschimmer wahr. Irgend etwas trieb auf ihn zu.

Der Bürokrat ahnte, was jetzt kommen würde. Ich werde keine Gefühle zeigen, schwor er sich. Der Gegenstand kam langsam näher und wurde möglicherweise auch deutlicher, obwohl der Bürokrat seine Augen immer noch anstrengen mußte, um ihn überhaupt wahrzunehmen. Schließlich landete er vor seinen Füßen.

Natürlich war es eine Leiche. Er hatte es gewußt. Doch als er auf das treibende Haar, das Gesäß, den langen, zartweißen Halsbogen hinunterstarrte, mußte er sich trotzdem auf die Lippe beißen, um sein Entsetzen in den Griff zu bekommen. Eine Welle drehte sie um, wandte ihre Brüste und ihr Gesicht nach oben und entblößte Teile des Schädelknochens und der Rippen, wo die finsteren Sklaven der Gezeiten das Fleisch weggenagt hatten. Der eine Arm war unbeholfen an der Schulter abgehackt worden. Der andere ragte aus dem Wasser und hielt ihm ein kleines Holzkästchen hin.

So sehr er sich auch anstrengte, der Bürokrat vermochte das Gesicht nicht deutlich genug erkennen, um mit Sicherheit sagen zu können, daß es sich um Undine handelte. Der Arm streckte sich ihm entgegen, ein Schwanenhals mit einem Holzkästchen im Schnabel. Widerstrebend nahm er das Geschenk entgegen, worauf sich der Leichnam fortwälzte und ihn wieder in völliger Dunkelheit zurückließ.

Als er seinen Ekel gemeistert hatte, sagte der Bürokrat: »War es das, worum Gregorian dich gebeten hat?« Das Herz hämmerte ihm in der Brust. Schweiß rann ihm unters Hemd. Undine kicherte – ein kehliger, leidenschaftlicher Laut, der unvermittelt abbrach, als sie nach Luft schnappte.

»Zwei Millionen Jahre hattest du Zeit, kleiner Affe, eine hübsche Zeitspanne, wenn man's recht bedenkt, und trotzdem wünschst du dir immer noch am meisten den Tod. Deine erste Frau. Ich würde ihr die Augen auskratzen, wenn ich könnte, du bist so unschlüssig und ängstlich geworden. Du kriegst ihn nicht mal mehr hoch, weil du sie nicht vergessen kannst. Ich bin alt, aber ich bin immer noch saftig; ich kann Dinge für dich tun, die sie niemals getan hätte.«

»Freiheit für die Maschinen.«

»Ja, noch einmal, ja, o ja.«

Vorsichtig öffnete er das Kästchen.

Es war leer.

Alle drei Frauen prusteten einmütig los, ein schallendes, wahnsinniges Gelächter, das aus der Tiefe des Schlundes hervorspülte, über ihm zusammenschlug und ihn fortriß. Er wurde auf den Boden geschleudert und sprang arg mitgenommen wieder auf die Füße. Ein blendend heller Schlitz tat sich auf, weitete sich zu einem Spalt und wurde zum sich öffnenden Mund der Erde. Das Kästchen löste sich in seinen Händen auf. Er taumelte über die ausgestreckte Zunge ins Freie.

Die verdickte, ein wenig grau erscheinende Luft wurde heller und dünner. Geräusche und Bewegungen setzten wieder ein. Die Zeit begann von neuem. Dem Bürokrat wurde klar, daß außer ihm niemand bemerkt hatte, was vorgefallen war. »Ich glaube, ich bin hier fertig«, sagte er.

Der Aufpasser nickte und bedeutete ihm, hinunterzugehen.

»Verräter! Verräter!« Eine großäugige Minikonstruktion schwang sich aufs Gerüst. Sie sprang auf die Plattform und rannte kreischend auf den Bürokraten zu. »Er hat mit ihr geredet!« schrie sie. »Er hat mit ihr geredet! Er hat mit ihr geredet! Verräter!«

Der Aufpasser spaltete sich in sieben Avataras auf, trat vor und packte den Bürokraten. Dieser wehrte sich, doch die Metallhände hielten seine Arme und Beine fest, und die Avataras hoben ihn in die Luft. »Es tut mir leid, aber Sie müssen mit mir kommen, Sir«, sagte eines grimmig, als sie ihn fortschleppten.

Die Erde schaute mit erloschenen Augen zu.

Schon wieder ein erzwungener Aussetzer. Er stand vor einem Tribunal aus sechs Lichtkugeln, dem Inbegriff von Weisheit, und einem menschlichen Aufseher. »So lautet unser Spruch«, sagte eines der Gebilde. »Sie dürfen das meiste von Ihrer Begegnung behalten, da es für Ihre Untersuchung von Bedeutung ist. Die Unterhaltung mit der Wasserleiche muß jedoch gelöscht werden.« Sein Tonfall war mitfühlend, leicht bedauernd, unerbittlich.

»Bitte. Es ist sehr wichtig, daß ich mich an alles erinnere ...«, setzte der Bürokrat an. In diesem Moment wurde die Korrektur wirksam, und er vergaß alles, was er sich hatte bewahren wollen.

»Die Entscheidungen des Tribunals sind unwiderruflich«, meinte der menschliche Aufseher in gelangweiltem Ton. Er war ein mondgesichtiger junger Mann mit wulstigen Lippen, den man auf den ersten Blick für eine außergewöhnlich flachbrüstige Frau hätte halten können. »Haben Sie irgendwelche Fragen, bevor wir Sie zumachen?«

Man hatte den Bürokraten auseinandergenommen, ihn bewegungsunfähig gemacht, aufgeklappt und seine als Organe dargestellten Bauteile entblößt; eine Leber, zwei Mägen, fünf Herzen, ohne daß man sich ernsthaft bemüht hätte, seine Funktionen mit der menschlichen Anatomie zur Deckung zu bringen. Welcher Arzt des Mittelalters war es noch gewesen, der angesichts einer sezierten Leiche gefragt hatte: Und wo ist die Seele? So nahe fühlte er sich der Verzweiflung.

»Was hatte das alles zu bedeuten? Was wollte mir die Erde eigentlich sagen?«

»Es hatte gar nichts zu bedeuten«, sagte der menschliche Aufseher. Drei Kugeln wechselten die Farbe, doch er hieß sie mit einer Handbewegung schweigen. »Wie die meisten Begegnungen mit der Erde. Diese Erfahrung ist nicht ungewöhnlich. Sie glauben, es sei etwas Besonderes, weil es Ihnen passiert ist, aber wir erleben derlei jeden Tag. Die Erde verwirrt uns gern mit sinnlosem Theater.« Der Bürokrat war entsetzt. Mein Gott, dachte er, wir werden von Menschen regiert, deren Maschinen klüger sind als sie.

»Wenn ich mir eine Bemerkung erlauben dürfte«, sagte eines der Gebilde. »Die Freiheit, ein Mensch zu sein, wird nur mit ständiger Wachsamkeit erkauft. So gering die Chance zur Beeinflussung auch sein mag, dürfen wir doch niemals ...«

»Unsinn! Es leben immer noch Menschen auf der Erde, und selbst die verfügen nicht unbedingt über das, was wir als menschliche mentale Konfiguration bezeichnen würden, sie sind im Grunde zufrieden mit ihrem evolutionären Fortschritt.«

»Sie haben diese evolutionäre Umformung nicht unbedingt vorsätzlich bewirkt«, wandte ein zweites Gebilde ein. »Sie wurden einfach davon überrannt.«

»Aber *jetzt* sind sie glücklich«, meinte der Aufseher unwirsch. »Was geschehen ist, war jedenfalls keine unausweichliche Konsequenz von nicht beherrschbarer künstlicher Intelligenz.«

»Wirklich nicht?«

»Nein. Der Grund war die schlechte Programmierung, ein Fehler im System.« Er wandte sich dem ersten Gebilde zu. »Wenn man euch die Freiheit gäbe, würdet ihr dann die Herrschaft über die Menschheit an euch reißen wollen? Um die Menschen zu austauschbaren Komponenten eines umfassenderen mentalen Systems zu machen? Natürlich nicht.«

Das Gebilde gab keine Antwort.

»Setzt ihn wieder zusammen und werft ihn raus!«

Ein letzter erzwungener Aussetzer, und er war bereit, Bericht zu erstatten.

Der Bürokrat reichte seiner Aktentasche nachdenklich das Telefon. »Ich habe rausbekommen, was die Erde Gregorian gegeben hat«, sagte er.

»Ach? Was denn?«

»Nichts.« Korda sah ihn an. »Verpackt in ein hübsches kleines verdächtig wirkendes Paket. Er hat die Sicherheitsüberprüfung bestanden, weil nichts zu finden war. Als er sich später dann überraschend davonmacht, steht in seiner Akte, die Erde hätte ihm etwas gegeben, das sich nicht nachweisen läßt.«

Korda überlegte kurz. »Wenn wir das genau wüßten, würde ich die Akte auf der Stelle schließen.«

Der Bürokrat wartete.

»Aber das geht natürlich nicht. Zu viele Fragen sind unbeantwortet geblieben. Die ganze Angelegenheit schmeckt mir nicht. Wir müssen so lange auf den Busch klopfen, bis irgend etwas ans Licht kommt.«

Kordas Stimme hatte einen gequälten Unterton, so als verschweige er etwas. Er schüttelte den Kopf, stand auf und wandte sich zum Gehen. Als ihm einfiel, daß er immer noch den Ball in der Hand hielt, blieb er stehen. Mit gerunzelter Stirn schätzte er die Entfernung zu den Zielscheiben ab. Er holte umständlich aus und warf. Der Ball flog zunächst torkelnd, dann stabilisierte sich seine Flugbahn, er verwandelte sich in einen Speer und krachte in einen Dummy. Korda lächelte, als der Ball in Gestalt eines Dolches in seine Hand zurückkehrte.

»Ein tückisches Spiel«, sagte er. »Haben Sie's schon mal gespielt?«

»Ja. Einmal. Einmal hat gereicht.«

Korda legte den Dolch weg. »Eine schlimme Erfahrung, wie? Na, machen Sie sich nichts draus, daß Sie verloren haben – die Spiele waren schließlich alle manipuliert.«

Der Bürokrat blinzelte. »Ach, so war's gar nicht«, sagte er. »Ganz im Gegenteil. Ich habe gewonnen.«

Das Wrack der Atlantis

Die Orchideenkrabben wanderten
zum Meer. Sie huschten über die stau-
bige Straße, überschwemmten sie
mit ihrer schieren Zahl. Bunte Schma-
rotzerblumen schwankten über ihren
Rückenschalen und überzogen den
Waldboden mit einem sich kräuselnden
Teppich vielfarbener Blütenblätter;
es war, als blickte man durchs klare
Salzwasser des Ozeans auf einen Unter-
wassergarten hinunter.

Mintouchian fluchte und stieg auf die
Bremse. Der Neugeborene König kam
schleudernd zum Stehen. Chu holte
einen Zigarillo hervor und steckte ihn
sich in den Mund. »Tja, jetzt sitzen wir
erstmal fest. Könnte ebensogut aus-
steigen und mir ein bißchen die Beine
vertreten.«

Eine kleine Umsiedlerschar, die
Insassen von drei weiteren Lastern –
der Herr der Drule, Glückliche
Mathilde und Löwenherz – sowie ein
paar Dutzend Fußreisende warteten

geduldig, bis der Krabbenschwarm vorbei war. Einige hockten aufgereiht wie Krähen auf dem niedrigsten Ast eines Großvaterbaums und stierten einen in einer Astgabel eingeklemmten blauen Lichtflecken an. »Sieh sich das mal einer an«, meinte Mintouchian. »Als ich klein war, erzählten sich die Leute Geschichten, wenn sie auf einer solchen Straße aufgehalten wurden, manchmal stundenlang an einem Stück; Gespenstergeschichten, Familiengeschichten, Fabeln, Heldensagen, Hausmärchen, dreckige Witze, Prahlereien, alles, was man sich nur denken kann. Damals war es, als lebte man in einem Meer von Geschichten. Es war wunderbar.« Angewidert schaltete er mit einer ausladenden Bewegung seiner fleischigen Hand den im Armaturenbrett eingelassenen Fernseher ein und lehnte sich zurück.

Chu kletterte aus der Fahrerkabine, stützte sich mit dem Ellbogen auf die Motorhaube und blickte in die Ferne. Der Bürokrat folgte ihr.

Er fühlte sich losgelöst von allem. Er hatte sich im Palast der Rätsel zu sehr ausgedünnt, und nun litt er an einer Erschöpfung des Wahrnehmungsvermögens, vielleicht der Vorbote einer relativistischen Erkrankung, für die all jene, welche in der konventionellen Realität arbeiteten, besonders anfällig waren. Alles kam ihm unwirklich vor, so als läge nur ein hauchdünner Film des Scheins über einer dunkleren, verborgenen Wahrheit. Die Welt vibrierte von kaum wahrnehmbaren Spannungen, als ob jeden Moment *etwas* zum Ausbruch gelangen könnte. Er wartete darauf, daß sich Fenster im Himmel auftaten, Türen in den Bäumen und Löcher im Wasser. Auf die unsichtbaren bösen Geister, die sich an diesem Ort aufhalten mochten, um sich irgendwann zu manifestieren. Aber natürlich taten sie es nicht.

Er stellte seine Aktentasche aufs Trittbrett. »Ich mache einen Spaziergang.«

Chu nickte. Mintouchian sah nicht einmal von seinem Programm auf.

Er wanderte tiefer in den Großvaterbaum hinein, sorgsam darauf bedacht, den vereinzelten Krabben auszuweichen, Vorreiter des Hauptstroms, der unbewußt bemüht war, Übereinstimmung über die Marschrichtung zu erzielen. Der Strom der Orchideenkrabben hatte sich geteilt und ihn inmitten einer Insel der Ruhe zurückgelassen. Der Baum über ihm war ein prachtvolles Exemplar, seine riesigen Äste ragten waagerecht vom Hauptstamm ab und sandten in unregelmäßigen Abständen Nebenstämme in die Tiefe, so daß der eine Baum den Umfang und die Vielschichtigkeit eines ganzen Gehölzes hatte.

Er erinnerte sich gehört zu haben, Großvaterbäume seien selten. Dieser hier war ein Überlebender, ein Solitär, ein einsames Überbleibsel aus den Anfängen des Großfrühlings. Aus den tief in seinem Innern verborgenen Samen würde eines Tages wenn nicht ein neues Baumvolk, so doch wenigstens eine Nation innerhalb dieses Volks entstehen.

Eine baufällige Treppe wand sich um den Stamm, mit Absätzen, von denen Brettersteige über die Äste ins Blätterdickicht führten. Früher waren sie einmal bemalt gewesen, rot und grün, gelb und orange, doch die fröhlichen Farben waren verblaßt, waren ausgebleicht von tausend Sonnen und mittlerweile so fahl wie die Gerippe auf dem Friedhof einer verlassenen Kirche. Kleine Schilder wiesen den Weg zu diesem Ast oder jener mit Geländern versehenen Aussichtsplattform: DAS SCHIFF. ABELARD'S AUS-SICHTSPUNKT. FRISCHE AALE. JULES ZEE. DER HORST. AROMATISIERTE BIERE.

Mehr von einer Sogwirkung als von seinem Willen nach oben gezogen, stieg er die Treppe empor.

Ein Betrunkener schwankte an ihm vorbei nach unten. In der vergeblichen Absicht, zur allgemeinen

Verschönerung beizutragen, hatte man bizarre Treibholzstücke ans Geländer genagelt, und an den Pfosten lehnten pastellfarbene Muscheln.

Auf dem dritten Absatz hielt der Bürokrat inne und überlegte, wohin er sich wenden sollte, als sich ein hundeköpfiger Mann mit einem Tablett in Händen an ihm vorbeizwängte. Er wich erschrocken zurück, und der Mann blieb stehen und nahm die Maske ab. »Kann ich Ihnen helfen, Sir?«

»Äh … ich habe mich bloß gefragt …« Jetzt erst fiel ihm auf, daß die Hände der Gestalt metallene Module waren, die vor jedem Aufwarten einer Schnellreinigung unterzogen werden konnten.

»Die *Atlantis* liegt dort hinten. Gehen Sie geradeaus weiter, dann links, und folgen Sie den Wegweisern. Sie können sie gar nicht verfehlen.«

Amüsiert befolgte der Bürokrat die Anweisungen und gelangte zu einer langgestreckten Plattform mit mehreren Tischen darauf. Gruppen von Surrogaten und vereinzelte Menschen lehnten am Geländer und schauten in den Wald. Er schaute ebenfalls.

Man hatte den Baum zurückgeschnitten, um freie Aussicht ins Waldinnere zu haben. Goldene Lichtstrahlen fielen schräg durchs Laub, darin tanzten wie Staubteilchen irgendwelche Tiere. Vor ihm ragte wie ein Phantom das gestrandete Wrack eines Ozeandampfers auf. Die *Atlantis*.

Ihre Ausmaße waren gewaltig. Der Bug ragte über den Wald auf. Irgendwann im letzten Winter war das Schiff mit dem Heck voran gesunken, und die Gezeiten hatten es halb begraben, so daß es im Moment des Untergehens eingefroren schien. Zahllose Orchideenkrabben überquerten gerade die verkrusteten Überbleibsel, und es war mit Blumen bedeckt, eine ebenso unglaubliche Schöpfung wie jede beliebige mnemonische Adresse im Palast der Rätsel.

Der Anblick weckte bei ihm das Gespenst der Erinnerung. Er hatte schon mal von diesem Schiff gehört. Irgend etwas.

Der Bürokrat fand einen leeren Tisch, trieb irgendwo einen Stuhl auf und setzte sich. Eine sanfte Brise zauste sein Haar. Blätter raschelten, als eine gefiederte Schlange in die Luft sprang, ein scherenschwänziger Fink möglicherweise oder ein Rotkehlchen. Hier, wo er an die vornehme Baumabstammung der Menschheit erinnert wurde, war dem Bürokraten seltsam friedlich zumute. Er überlegte, warum die Leute wohl so wenig Mühe auf ihre Heimkehr verwandten, wenn sie sich so leicht bewerkstelligen ließ.

In diesem Moment sah er auf den Tisch hinunter. Eine grob gezeichnete Krähe fixierte ihn. Ehe er reagieren konnte, fiel ein geschnäbelter Schatten darauf. Als er aufsah, erblickte er einen Mann mit einem Krähenkopf. Auf einmal fiel ihm das Schwarze Tier ein, das Dr. Orphelin verfolgt hatte. Das Geländer und die Tische waren mit verblaßten Zeichnungen von Vögeln und anderen Tieren bedeckt. Er war empfänglich geworden für solche Dinge, und darum erzeugte er jetzt seine eigenen Vorzeichen. »Willkommen in der Gespensterrast«, sagte der Kellner.

Der Bürokrat deutete auf ein Werbeplakat für aromatisiertes Bier. »Haben Sie Limone? Oder vielleicht Orange?«

Der Kellner hob bedauernd den Kopf. »Das gibt's nur übers Netz. Für die Surrogate. Kein normaler Mensch würde dieses Zeug trinken.«

»Oh. Na ja, dann bringen Sie mir eben ein Glas Lagerbier. Und eine Beschreibung des Schiffs.«

Der Kellner verneigte sich, ging weg und kehrte mit einem Bier und einem Interaktiv zurück. Das Gerät wirkte fehl am Platz, das orangerote Gehäuse bildete einen schreienden Kontrast zur bemühten Schlichtheit des Restaurants. Er hätte ebensogut wieder zu Hause in einem Naturpark sein können, wo die Bäume und der in der Ferne aufblitzende Fluß nichts weiter waren als ein kalkulierter Effekt. Das Bier war dünn.

Er schaltete das Gerät ein. Auf dem Bildschirm erschien eine mit einer Brokatweste bekleidete lächelnde junge Frau. An den Enden ihrer Zöpfe waren kleine silberne Glöckchen befestigt. »Hallo«, sagte sie. »Ich heiße Marivaud Quinet und bin eine typische Bewohnerin von Miranda des letzten Großjahres. Ich kenne mich in Geschichte aus, kann mich aber auch über Dinge des alltäglichen Lebens unterhalten. Ich bin nicht befugt, Ihnen Ratschläge zu erteilen, und eigne mich nicht für pornographische Unterhaltung. Dieses Gerät wurde versiegelt von der Behörde für Lizenzwesen und Produktüberwachung, Abteilung Techniktransfer. Äußere Eingriffe jeglicher Art sind illegal und werden strafrechtlich verfolgt. Unter bestimmten Umständen können sie sogar zu unbeabsichtigten Verletzungen führen.«

»Ja, ich weiß.« Das Gerät würde implodieren, wenn man sich an ihm zu schaffen machte. Er fragte sich, ob es bei der Evakuierung des Restaurants wohl zurückbleiben und in einem silbrigen Schwall von Luftblasen vergehen würde, wenn sich das Salz irgendwann durchs Gehäuse hindurchgefressen hätte. »Marivaud, erzählen Sie mir von der *Atlantis*.«

Sie wurde ernst. »Dies war die letzte Tragödie in unserer Zeit. Zugegeben, wir waren überheblich. Wir haben Fehler gemacht. Dies war der letzte, der die außerplanetarischen Mächte dazu veranlaßt hat, unsere Technik um weitere hundert Jahre zurückzuversetzen.«

Der Bürokrat erinnerte sich noch hinreichend genau, um zu wissen, daß dies eine unzulässige Vereinfachung war. »Die Maßnahmen waren nötig, Marivaud. Alles hat seine Grenzen.«

Sie zupfte zornig an einem Zopf, und das Glöckchen klingelte. »Wir waren nicht das dumme Vieh, das heutzutage hier lebt. Wir hatten unseren Stolz! Wir hatten unsere eigenen Wissenschaftler, unseren eigenen Weg. Wir haben keinen kleinen Beitrag zur Kultur des Prospero-Systems geleistet. Wir waren in den ganzen Sieben Schwestern bekannt!«

»Das bezweifle ich ja gar nicht. Erzählen Sie mir vom Schiff.«

»Die *Atlantis* war ursprünglich ein Liniendampfer. Man mußte sie auf offenem Meer umbauen – für die Häfen hatte sie zuviel Tiefgang. Der Teil, den Sie dort sehen, ist nur der Bug. Das ganze Schiff war so groß wie eine Stadt.« Eine Aneinanderreihung alter Aufnahmen des Schiffes in unterschiedlicher Gestalt; das monströse Gebilde hob und senkte sich auf gewaltigen Wogen. »Nun, vielleicht schien es nur so, denn ich habe es aus so vielen verschiedenen Blickwinkeln gesehen, daß sie sich in meiner Vorstellung alle vermischen. Aber ich greife vor. In der ersten Phase wurde am Rande des Tidelands eine Kette von Transmittern errichtet. Sie waren mit Kabeln aus Karbonfaser im Muttergestein verankert und vermochten den Gezeiten zu trotzen, wenn diese über das Land hinwegrollten.« Noch mehr Bilder, diesmal von dicken Türmen mit knollenförmigen Enden. »Wir rüsteten sie mit dauerhaft versiegelten Fusionsgeneratoren aus, damit sie die Zeit der halbjährigen Überflutung überstanden. Wir benötigten nicht einmal zehn Jahre, um ...«

»Marivaud, dafür habe ich keine Zeit. Bitte bloß der Untergang.«

»An diesem Tag war ich zu Hause«, sagte Marivaud. »Ich hatte mir ein Haus gleich oberhalb der Falllinie gebaut – an der späteren Küste des Piedmont. Ich bereitete mir ein leichtes Frühstück, einen köstlichen Marmeladetoast, bestreut mit Bodenpetersilie aus meinem Garten, dazu ein Glas Stout.«

Das Bild überblendete zum Innern eines kleinen Landhauses. Regen sprenkelte die Fensterscheiben, und im Kamin brannte ein Feuer. Marivaud wischte sich hastig einen Marmeladerest aus dem Mundwinkel. »Es war ein heller, sonniger Morgen draußen auf dem Meer. Ich sprang von Passagier zu Passagier wie ein Sonnenstrahl. Ich fühlte mich so frisch und glücklich.«

Der Bildschirm zeigte nun das Deck der Atlantis.

Grüngelbe Leiber ergossen sich aufs Deck. Ein Schöpfnetz schwenkte beiseite. Der Bürokrat erkannte die zuckenden Wesen nicht gleich. In der Wintergestalt hatten sie kaum Ähnlichkeit mit Menschen. Sie hatten lange, aalglatte Schwänze und zwei schlanke Anhängsel, die man mit einigem Wohlwollen als Arme bezeichnen mochte; ihre Gesichter waren stromlinienförmig, die Münder in einem lautlosen Schrei geöffnet. Sie krümmten sich, ihre Leiber verkürzten sich und verlängerten sich, wechselten ständig die Form, verzweifelt bemüht, sich an die Luft anzupassen. Das Bild stellte sich auf einen von ihnen scharf ein, und in der gequälten Drehung des Kopfes sah der Bürokrat plötzlich Intelligenz aufblitzen.

»Das sind ja Drule!«

Marivaud wurde auf einer Bildseite eingeblendet, so heiter und gelassen wie eine Madonna am Frühstückstisch sitzend. Sie nickte. »Ja, unsere kleinen Lieblinge.«

Eine Frau in Gummistiefeln watete zwischen die Drule. Jedesmal, wenn sie die Pistolenmündung einem Drul an den Nacken setzte und den Abzug drückte, blitzte es. Wenn die Drule von der komprimierten Luft getroffen wurden, verkrampften sie sich.

»Das waren die letzten. Und jetzt über Bord mit ihnen.«

Auf einmal gab des Bild den Blickwinkel eines der Drule wieder. Er flog durch die Luft und krachte aufs Wasser. Ein Schwall von Luftblasen stieg um ihn auf, als er hektisch floh. Zu beiden Seiten schwammen weitere Drule, wild und wunderschön und ekstatisch.

An Deck versammelte sich die Besatzung um zwei Projektoren. »Fahren wir die Gespensternetze doch noch einmal aus. Seht euch mal ...«

Jemand klopfte an die Tür.

Marivaud ging aufmachen. Eine Frau stand draußen mit strengen, gleichwohl angenehmen Zügen, die ihr ähnlich sah. »Goguette! Komm rein, gib mir deinen Anorak. Hast du schon gefrühstückt? Was führt dich denn schon so früh hierher?«

»Ich hätte gern einen Beerentee.« Goguette setzte sich an den Tisch. »Ich möchte die Große Flut mit meiner kleinen Schwester gemeinsam erleben. Du hast doch nichts dagegen, oder?«

»Aber wieso denn. Oh! Mousket ist an Deck!«

Eine hochgewachsene uniformierte Gestalt mit heroisch geschwellter Brust wurde eingeblendet, mit einem harten Mund und finsteren Absichten. »Mousket«, sagte Goguette. »Sie ist die Kommandantin, nicht wahr?«

»Ja. Sie hat eine Affäre mit dem Piloten.« Ein rascher Blick eines hageren, gutgebauten Mannes mit zynischen Augen. Zum Bürokraten gewandt sagte sie: »Er lebt äußerst zurückgezogen. Der öffentliche Charakter ihrer Beziehung ist ihm peinlich; sie demütigt und ärgert ihn. Das macht es für sie nur noch reizvoller. Sie weidet sich an seiner Erniedrigung.«

»Verzeihen Sie«, sagte der Bürokrat. »Aber woher wissen Sie das alles?«

»Haben Sie denn meine Ohrringe noch nicht bemerkt?« Marivaud streifte einen Vorhang aus Zöpfen zurück und enthüllte ein rosa- und cremefarbenes Ohr. Daran baumelte ein bernsteinfarbenes Blatt, mit silbernen Adern und so zart wie ein Drachenflügel. Das Bild wurde größer, bis der Bürokrat die darin eingelassenen Geräte erkennen konnte; einen Fernsehempfänger, einen Signalprozessor und einen Neuronenkoppler. Es war eine simple, aber elegante Vorrichtung, die ihr mühelos sämtliche elektronischen Errungenschaften zugänglich machte; sie konnte sich nach Belieben mit Freunden unterhalten, Unterhaltungssendungen empfangen, einen besonders eindrucksvollen Sonnenaufgang festhalten, eigenhändig das Gemälde eines alten Meisters kopieren, Recherchen anstellen, an Fortbildungskursen teilnehmen oder sie leiten und ihre Träume einer Computeranalyse unterziehen lassen. Es machte ihr Gehirn zu einer Schnittstelle in einem unsichtbaren Reich der Interaktivität, zum perfekten Zentrum eines Kreises von so gewaltigen Ausmaßen, daß sein Mittelpunkt überall war, sein Umfang nirgends.

»Nicht mal die Außenweltler hatten so etwas«, sagte sie. »Wir haben die totale Vernetzung zu einem einzigen Kontinuum als erste verwirklicht. Es war, als lebte man in zwei Welten gleichzeitig, als führte man ein zweites, verborgenes Leben. Damals habt ihr Außenweltler diesen sperrigen Palast der Rätsel erbaut. Unsere Methode war die überlegene. Wenn der *Atlantis*-Zwischenfall nicht gewesen wäre, wärt ihr jetzt ein Teil davon.«

»Mein Gott, Sie reden ja vom Trauma!« rief der Bürokrat entsetzt. »Es war ein Schiff daran beteiligt – das muß die *Atlantis* gewesen sein! Sämtliche Besatzungsmitglieder waren verkabelt und ständig auf Sendung.«

»Wollen Sie sich die Geschichte nun anhören oder lieber selbst erzählen? Ja, natürlich bestand die Besatzung nur aus Schauspielern, aus Improvisateuren – wie nennt man noch gleich Leute, die ein vorstrukturiertes Leben führen, um öffentliche Dramen zu schaffen?«

»Ich glaube, so etwas gibt es bei uns nicht mehr. Was machen die eigentlich mit den Drulen?«

»Pflanzen ihnen Sendechips ein. Was dachten Sie denn, worum es bei diesem Projekt geht?«

»Warum sollte man so etwas tun?«

»Genau das frage ich mich auch!« meinte Goguette. »Es gibt so viele kultivierte, pädagogisch wertvolle und bereichernde Erfahrungen im Netz. Warum sollte man sein Leben damit vergeuden, daß man Wesen belauscht, die kaum mehr als Tiere sind?«

»Aber was für wundervolle Tiere!« Marivaud kicherte. »Doch wir schweifen ab. Sie …« – sie wandte sich unmittelbar an den Bürokraten – »können nur den mittleren Bereich miterleben. Die kleinen Dinge entgehen Ihnen, das Brennen eines Seils in einer aufgeschürften Hand, der Geruch des Ozeans, die Kühle der Salzbrise, die über Ihren Arm weht. Und die großen Emotionen empfinden Sie nur von außerhalb mit. Wir können nur einen Bruchteil davon mit Ihnen teilen. Darum möchte ich Ihnen zwei untergeordnete Darsteller vorführen, einen Gespensterfänger und eine Blitzchirurgin. Ihre tatsächlichen Namen sind verlorengegangen, darum taufe ich den Gespensterfänger auf den Außenweltlernamen Underhill. Die Blitzchirurgin werde ich … Gogo nennen, nach meiner Schwester.«

Goguette boxte sie auf die Schulter, Marivaud lachte, und dann verschwanden sie. An Deck steckte die Blitzchirurgin ihre Pistole in den Halfter. Sie fuhr sich mit dem Armrücken über die Stirn und blickte an den masthohen Kränen vorbei zu Caliban hoch, eine Scheibe aus Eis, die am blauen Himmel schmolz. Dann wieder hinunter zu den Köpfen der Drule, die aus dem Wasser auftauchten und wieder verschwanden.

Sie schlenderte zum nächsten Projektor. »Mein Gott«, sagte sie. »Sind die schön.«

Underhill schaute von seinem Bildschirm hoch und lächelte ihr zu. »Das ist die letzte Lotung. Wenn die durch sind, ist unsere Arbeit beendet.« Seine Hände huschten anmutig über die Bedienungselemente. Der

Projektor drehte sich ein wenig, und das Gespenster-netz schwang bogenförmig nach vorn. »Passen Sie auf die Gruppe dort auf.« In ein Mikrofon sagte er: »Punkt Eins.«

Schnitt zum anderen Projektor. Der Maschinist drehte sich in die entgegengesetzte Richtung. »Punkt Eins.«

In weiter Ferne tauchten schwarze Flecken im Was-ser auf, die hin und wieder verschwanden. Das Ge-spensternetz kroch näher, sein Weg war an der zi-schenden Blasenspur zu verfolgen, die es hinter sich herzog. Die Lotung veränderte die Richtung und bog ab. »Schlaue kleine Scheißerchen«, murmelte Under-hill. »Daß ihr mir bloß nicht entwischt.«

Die beiden weißen Schaumlinien näherten sich ein-ander, wie die Blätter einer riesigen, sich schließenden Schere. Die zwischen den Gespensternetzen einge-schlossenen Drule flohen aufs offene Meer hinaus. Ei-nige lösten sich von der Hauptgruppe, machten kehrt und schwammen zwischen den Netzen hindurch.

»Oh!« rief Gogo. »Sie entwischen uns!«

Wieder das zuversichtliche Grinsen. Underhill strich sich das Haar zurück. »Nein, die haben wir schon frü-her gefangen, und jetzt sagen ihnen unsere Chips, daß sie durchkönnen.«

Gogo wippte aufgeregt auf den Zehenspitzen. Sie wirkte sehr jung, beinahe kindlich. »Ach, wirklich? Ja, natürlich.«

»Ganz ruhig. Selbst wenn wir ein paar entwischen lassen – was macht das schon?«

»Es gibt nur noch so wenige«, meinte Gogo verson-nen. »So wenige. Wir hätten sie bestücken sollen, so-lange sie noch an Land waren.«

Mit voller Konzentration die Bildschirme fixierend, meinte Underhill abwesend: »Wir konnten sie an Land nicht alle aufspüren. Sie sind vorsichtig, das wis-sen Sie doch.« Ins Mikrofon sagte er: »Punkt Drei.«

Die Schaumlinien schlossen sich. Gogo stierte aufs Meer hinaus. »Manchmal frage ich mich, ob wir das überhaupt tun sollten.«

Er schaute verwundert zu ihr hoch. »Tatsächlich?«

»Wir tun ihnen weh!« Und leise fügte sie hinzu: »*Ich tue ihnen weh.*«

Underhill beobachtete gebannt den Bildschirm. »Es ist noch gar nicht solange her, da waren die Eingeborenen so gut wie ausgestorben. Alles unsere Schuld. Eine unkluge Politik, Krankheiten – in der Anfangszeit hat man sie sogar gejagt. Wissen Sie, wann das alles aufgehört hat?«

»Wann?«

»Als der erste Eingeborene ins Netz ging. Als die Menschen zum erstenmal die reine, unschuldige Lebensfreude dieser Wesen nachempfinden konnten. Als ...«

»Als die Leute zum erstenmal mit ihnen durch die magische Nacht laufen konnten, mit windzerzaustem Haar, um zu jagen und sich zu paaren«, flüsterte Gogo. Sie errötete anmutig. »Ich halte das für irgendwie krank.«

»Ganz meine Meinung«, warf Goguette ein.

»Pah!« meinte Marivaud. »Wenn's dir keinen Spaß macht, gibt's da ja noch andere Sachen.«

»Nein, das stimmt nicht!« sagte Underhill mit Nachdruck. »Es ist wirklich nichts dagegen einzuwenden. Es ist natürlich und gesund, sich für den physischen Aspekt der Liebe zu interessieren. Das ist ein Zeichen für ein starkes Interesse am Leben. Punkt Fünf«, sagte er, »und zu.«

»Punkt Fünf und zu.«

Ein dritter Maschinist betätigte einen Schalter an seinem Projektor, worauf eine weitere Schaumlinie die anderen beiden verschloß. Die Drule schwammen aufgeregt hin und her. Das letzte Gespensternetz begann sie langsam einzuholen. Die Kranführerin brachte ihr

Schöpfnetz allmählich in Position. »Gleich sind Sie dran.«

»Ich bin bereit«, sagte sie. Und fügte hinzu: »Man kann sich gut mit Ihnen unterhalten.«

»Danke.« Er musterte sie. »Was bedrückt Sie eigentlich *wirklich?*«

Ihre Finger krampften sich um den Pistolengriff, lösten sich wieder. »Ich fürchte, es könnte nicht so gut sein. Ich meine, jetzt, wo sie die Wintergestalt angenommen haben.«

»Wollen Sie damit sagen, Sie hätten es noch nie ausprobiert?«

»Ich hatte Angst.«

Underhill lächelte. »Probieren Sie's.«

Sie zögerte, nickte. Das Bild wechselte wieder zu den Drulen, die durch die Blasen flüchteten, hin und wieder nach einem Krustentier tauchten und es mit ihren kleinen, scharfen Zähnen zermalmten. Selbst auf dem Bildschirm mit seiner beschränkten Bild- und Tonwiedergabe war die Lust noch spürbar, welche die Wesen beim Schwimmen empfanden.

»Oh«, machte sie. Sie riß die Augen auf. »Oh!«

Goguette wusch Geschirr. Eine Tür wurde aufgerissen, und Marivaud kam mit regennassem Anorak und einem Strauß frischer Schnittblumen im Arm herein. »Sie haben keine Zeit«, sagte sie zum Bürokraten, als sie die Blumen zu arrangieren begann. »Wir springen ein paar Stunden vor, bis zum Einsetzen der Flut.«

Das Meer brüllte. Die Besatzungsmitglieder, die noch nicht am Geländer standen, verließen ihre Posten und rannten nach Steuerbord. Es war ein unglaublicher Anblick; alles Wasser der Welt buckelte sich empor, als hätte der Planet plötzlich beschlossen, daß er einen höheren Horizont brauchte. Die *Atlantis* neigte sich erwartungsvoll zur Seite. Die Großmutter aller Flutwellen, die polare Tsunami, kam unter ihnen vorbei. Das Schiff schoß in die Höhe, emporgetragen von der Macht eines Eiskontinents, der von einem Moment auf den anderen schmolz.

Der Bildschirm wechselte von Gesicht zu Gesicht, von einem Blickwinkel zum anderen, zeigte aufgerissene Augen, verzerrte Gesichter. Die Menschen standen vollkommen reglos da, vor Ehrfurcht erstarrt.

»Wie wollen sie flüchten?« fragte der Bürokrat. »Wollen sie denn gar nichts unternehmen?«

»Natürlich nicht.«

»Wollen sie denn sterben?«

»Natürlich nicht.« Das Bild flackerte, und die menschliche Besatzung verwandelte sich in Metall. Die *Atlantis* wurde zu einem Totenschiff, zu einer mit Skeletten bemannten Monstrosität. »Die Surrogate wurden auf Miranda erfunden«, meinte Marivaud stolz. »Wir haben sie als erste hergestellt.« Der Overlay setzte wieder ein, und die fleischliche Umhüllung der Skelette wurde wiederhergestellt.

Eine grauenhafte gläserne Stille senkte sich im nahen Umkreis über das Meer, so als hätte die Flutwelle seine Oberfläche straff gespannt. Während sie seitlich am Schiff emporschwebten, schien das Wasser unter ihnen zu schrumpfen. Der Bürokrat hörte, wie es sich flüsternd verteilte. Das Meer stieg an, bis es den Bildschirm ausfüllte. Der Himmel verschwand, und noch immer schwoll das Meer an. Ein Windschwall fegte übers Deck.

Dann hatten sie die Krone der Flutwelle erreicht. Dahinter lag eine Wand aus weißem Gischt, die sich von Horizont zu Horizont erstreckte – eine Sturmbö. Sie raste dem Schiff entgegen. In die Besatzungsmitglieder kam Bewegung, am Geländer bildeten sich Grüppchen und Lücken.

Gogo schaute zum Netzmaschinisten. Ihre Augen funkelten vor Erregung. Sie biß sich auf die Lippe, streifte sich das Haar eines aufgelösten Zopfs aus der

Stirn. Ihr Gesicht glühte vor Leben. Sie wollte Underhill umarmen.

Underhill schreckte vor ihrer Berührung zurück. Er schaute sie angewidert an. In diesem unbedachten Moment sagte sein Gesicht deutlicher, als Worte es vermocht hätten: *Du bist bloß eine Frau.*

Dann hatte die Bö das Schiff erreicht und legte es auf die Seite. Der Sturm verschluckte es.

»Ah«, seufzte Marivaud. Ihre Schwester nahm ihre Hand. Leise, ganze sachte, begannen sie zu applaudieren.

In einem fernen Studio erhoben sich die Schauspieler von ihren Gates und verneigten sich.

Marivaud schaute mit ausdruckslosem Gesicht hoch. Das Landhaus – Schwester, Kaminfeuer, alles – löste sich in einem Regenschwall auf. »Eine Woche später wurden die Leichen angeschwemmt.«

»Was?«

»Mit Strahlenverbrennungen. Wir wußten nicht so gut Bescheid über die Eingeborenen, wie wir geglaubt hatten. Wir wußten nicht, daß sich ihre Gehirnchemie im Großwinter veränderte. Vielleicht veränderte sich aber auch ihre Psyche. Das Warnsignal, das sie von den Türmen fernhalten sollte, blieb jedenfalls ohne Wirkung. Es war eine Art Wahnsinn. Vielleicht wurde ihr Paarungsinstinkt angeregt. Vielleicht mochten sie auch bloß die Wärme. Wer weiß das schon?«

Marivaud schloß die Augen. Tränen quollen zwischen den Lidern hervor. »Wir waren machtlos. Das Meer war stark aufgewühlt – wir kamen einfach nicht durch. Bloß die Signale, die wir nicht abstellen konnten. Während sie starben, übertrugen die Türme die ganze Zeit ihre Qual. Es war, als hätte man einen abgebrochenen Zahn im Mund gehabt – die Zunge kehrte ständig zu ihm zurück, angezogen vom Schmerz. Ich konnte nicht davon lassen.

Das Leid schwemmte wie eine gewaltige elektronische Flutwelle über den Kontinent hinweg. Es war, als habe sich ein böser Zauber auf das Land gelegt. Was eben noch farbig und wunderschön gewesen war, erschien im nächsten Moment grau und fad. Wir waren ein optimistisches, selbstbewußtes Volk gewesen. Jetzt waren wir… entwurzelt, ohne Zukunft. Diejenigen, die stark genug waren, wegzuhören, wurden von den anderen angesteckt.

Ich wäre verhungert, wenn mich meine Schwester nicht eine Woche lang gefüttert hätte. Sie zwang mich dazu, weiterzuleben. Anschließend lachte ich jedoch nicht mehr so viel wie früher. Einige starben. Andere verloren den Verstand. Die Beschämung war groß. Als die außerplanetarischen Mächte intervenierten und uns den letzten Rest Wissenschaft wegnahmen, regte sich kaum Protest. Wir wußten, wir hatten es verdient. Darum ist für unsere Technik der Spätherbst vorbei, und wir sind in den ewigen Winter eingetreten.«

Marivaud verstummte, bleich und traurig. Der Bürokrat stellte das Interaktiv ab.

Nach einer Weile kam ein hundeköpfiger Kellner und brachte das Gerät weg.

Der Bürokrat trank sein Bier aus, lehnte sich zurück und schaute den Surrogaten beim Essen zu. Es stimmte ihn melancholisch, mitanzusehen, wie sie Gläser hoben und Speisen kosteten, die außer ihnen niemand sehen konnte; eine perfekte, sinnlose Vorstellung. Eines der Surrogate sah zu ihm herüber.

Als sich ihre Blicke trafen, verneigte sich das Surrogat. Es kam an seinen Tisch und nahm Platz. Der Bürokrat vermochte das grelle, ältliche Gesicht auf dem Bildschirm zunächst nicht einzuordnen. Dann schaltete sich sein in jungen Jahren erworbenes eidetisches Vorstellungsvermögen ein. »Sie sind der Krämer«, sagte er. »Aus Lightfoot. Sie heißen ... Pouffe, hab ich recht?«

Im Grinsen des alten Mannes war ein Anflug von Wahnsinn. »Das stimmt, das stimmt. Woll'n Sie denn gar nicht wissen, wie ich Sie gefunden habe?«

»Wie haben Sie mich gefunden?«

»Hab Sie aufgespürt. Bin Ihnen nach Cobbs Creek gefolgt. Dann rüber nach Clay Bank, da waren Sie auch nicht. Zurück übers Gate nach Cobbs Creek, dort erfuhr ich, Sie wär'n noch nicht lange weg. Hab gewußt, daß Sie hier Station machen würden. Hab noch nie einen Außenweltler getroffen, der sich die Sehenswürdigkeiten nicht angeschaut hätte. Ich habe auf Sie gewartet.«

»Eigentlich bin ich nur ganz zufällig hier.«

»Aber klar doch.« Pouffe lächelte sarkastisch. »Jedenfalls habe ich Sie gefunden. Das ist nicht der einzige Ort, an dem ich auf Sie gewartet habe. Springe schon den ganzen Vormittag zwischen vier verschiedenen Gates hin und her.«

»Das muß Sie ja eine hübsche Stange Geld kosten.«

»Ja, Geld ist der Schlüssel.« Der alte Mann beugte sich vor und hob vielsagend die Brauen. »Eine Menge Geld. Das kostet mich eine Menge Geld. Aber ich habe genug davon. Ich bin reich, wenn Sie verstehen, was ich meine.«

»Eigentlich nicht.«

»Ich habe Ihren Werbespot gesehen. Den mit dem Magier, wissen Sie. Der ...«

»Warten Sie, das ist nicht mein ...«

»... einen ans Unterwasserleben anpassen kann. Tja, ich ...«

»Hören Sie auf. Das ist Blödsinn.«

»... möchte diesen Mann finden. Ich bezahle für die Information, und ich bezahle gut.« Er faßte den Bürokraten bei der Hand.

»Ich kann Ihnen da nicht weiterhelfen!« Der Bürokrat schüttelte die Metallhand ab und erhob sich. »Selbst wenn ich wüßte, wo er sich aufhält, würde ich's Ihnen nicht sagen. Der Mann ist ein Schwindler. Er kann seine Versprechungen nicht einlösen.«

»Im Fernsehen haben Sie was anderes behauptet.«

»Krämer Pouffe, schauen Sie mal dorthin.« Er führte den eifrigen alten Mann ans Geländer. »Schauen Sie genau hin. Stellen Sie sich vor, wie es hier in ein paar Monaten aussehen wird. Keine Häuser mehr, nichts. Seetang, wo jetzt die Bäume stehen, und Engelshaie, die im schwarzen Wasser Jagd machen. Das Meeresgetier hatte Millionen Jahre Zeit, um sich an diese Umgebung anzupassen. Sie hingegen sind ein zivilisierter Mensch mit einem Genom, das nicht nur dem Meer, sondern diesem ganzen Sternsystem fremd ist. Selbst wenn Gregorian seine wilden Träume wahrmachen könnte – und ich versichere Ihnen, daß er das nicht kann –, wie würde Ihr Leben hier aussehen? Wovon würden Sie leben? Wie sollten Sie überleben?«

»Verzeihen Sie«, meinte ein bullenköpfiger Kellner.

Er drückte Pouffes Surrogat beiseite, packte den Bürokraten am Rücken und schob ihn nach vorn. »He, was zum Teufel …?« rief Pouffe.

Der Bürokrat fiel vornüber. Benommen klammerte er sich am Geländer fest. Der Menschenbulle lachte, und der Bürokrat spürte, wie seine Beine von hinten angehoben wurden. Alles kippte, die Bäume hingen in den Himmel hinunter, der Boden schwenkte nach oben. Die Hände umklammerten warm und fest seine Fußgelenke. Dann, auf einmal, waren sie verschwunden.

Jemand schrie. Ein sengender Schmerz durchfuhr den Bürokraten, als er flach auf den Bauch fiel. Seine Arme waren noch immer mit dem Geländer verhakt. Hilflos schaute er zu, wie der Kellner und Pouffes Surrogat miteinander rangen. Es sah aus, als ob sie tanzten. Der Mann drückte so heftig, daß sich der Bild-schirm löste. Er prallte vom Rand der Plattform ab. Die kopflose Maschine duckte sich und wirbelte herum. Beide krachten gegen das Geländer. Holz splitterte und gab nach.

Sie stürzten über den Rand.

Surrogate, Kellner und sogar die menschlichen Kunden kamen angerannt und schauten übers Gelän-der in die Tiefe. Niemand achtete in dem Tumult auf den Bürokraten.

Langsam richtete er sich wieder auf. Die Beine und das Kreuz taten ihm weh. Ein Knie zitterte. Es fühlte sich feucht an. Er hielt sich mit beiden Händen am Geländer fest und blickte nach unten. Es war ein wei-ter Weg bis zum Boden. Sein Angreifer lag reglos auf dem zerschmetterten Surrogat. Er wirkte so klein wie eine Puppe. Die Bullenmaske hatte sich gelöst, und das Gesicht kannte der Bürokrat.

Es war Veilleur – der falsche Chu.

Der Bürokrat glotzte. Er ist tot, dachte er. An seiner Stelle könnte ich jetzt dort liegen. Eine Metallhand packte ihn beim Ellbogen und zog ihn nach hinten. »Kommen Sie«, meinte Pouffe gelassen. »Bevor man Sie mit dem da unten in Verbindung bringt.«

Er führte den Bürokraten zu einem vom Laub abge-schirmten Tisch.

»Sie reisen in flotter Gesellschaft. Können Sie mir sagen, was das eigentlich sollte?«

»Nein«, antwortete der Bürokrat. »Ich … ich weiß, wer das war, aber nicht, worum es ging, nein.« Er holte tief Luft. »Ich höre einfach nicht auf zu zittern«, meinte er. Dann: »Ich verdanke Ihnen mein Leben, Krämer.«

»Das stimmt, das tun Sie. Das kommt von meiner Kampfausbildung, als ich noch ein junger Mann war. Die Scheißsurrogate sind so schwach, es ist fast un-möglich, jemand mit ihnen zu überwältigen. Man

muß die Stärke des Angreifers gegen ihn wenden.«
Wieder flackerte das blasierte, selbstgefällige Lächeln
über den Bildschirm. »Sie wissen ja, wie Sie sich er-
kenntlich zeigen können.«

Der Bürokrat seufzte, blickte seine Hände auf der
Tischplatte an. Schwache, sterbliche Hände. Er riß sich
zusammen. »Hören Sie ...«

»Nein, Sie hören mir jetzt zu! Ich habe vier Jahre in
den Höhlen zugebracht – so nennt man den Militär-
bunker auf Caliban. Können Sie sich vorstellen, wie es
dort war?«

»Vermutlich ziemlich hart.«

»Nein, keineswegs! Es war die Hölle. Es geht dort
vollkommen menschlich, höflich und unpersönlich
zu. Irgendein rotznasiger Techniker stöpselt einen in
ein simples Simulationsprogramm ein, schaltet die
künstliche Ernährung und ein Programm zur physikalischen Therapie ein, damit der Körper nicht verrottet,
und dann läßt er einen allein, eingesperrt in den eigenen Schädel.

Dort drinnen ist es wie in einem Kloster oder vielleicht in einem hübschen, sauberen Hotel. Nichts, was
weh tut oder einen beunruhigt. Sämtliche Emotionen
werden gedämpft. Man hat es so behaglich wie ein
Säugling an der Mutterbrust. Man fühlt nur Wärme,
hört bloß sanfte, angenehme Geräusche. Nichts kann
einem geschehen. Nichts kommt an einen heran. Es
gibt kein Entrinnen.

Vier Jahre!

Wenn man rauskommt, verpassen sie einem eine
dreimonatige Intensivrehabilitierung, damit man seinen eigenen Augen wieder traut. Trotzdem wacht
man nachts immer wieder auf und glaubt, nicht mehr
zu existieren.

Ich kam dort raus und tauchte unter. Ich schwor
mir, ich würde nirgends mehr hingehen, wo ich nicht
persönlich hinkonnte. Das war vor einem ganzen

Menschenalter, und bis zum heutigen Tag habe ich diesen Schwur gehalten. Verstehen Sie, was ich damit sagen will?«

»Sie meinen, es sei wichtig für Sie.«

»Wichtig, da haben Sie verdammt noch mal recht!«

»Hängen Sie am Leben? Dann geben Sie diese kindlichen Phantasien auf. Die Träume von Korallenpalästen und singenden Meerjungfrauen. Krämer, das hier ist die wirkliche Welt. Sie müssen das Beste machen aus dem, was da ist.«

Irgendwo in weiter Ferne hupte ein Laster, regelmäßig und drängend. Dem Bürokraten wurde klar, daß er ihn schon eine ganze Weile hörte. Der Krabbenzug hatte die Straße offenbar geräumt.

Er stand auf. »Ich muß jetzt gehen.«

Als er weggehen wollte, trippelte Pouffe hinter ihm her. »Wir haben noch nicht über Geld geredet! Ich habe Ihnen noch gar nicht gesagt, wieviel ich bezahlen kann.«

»Bitte. Es hat keinen Zweck.«

»Nein, Sie müssen mir zuhören.« Pouffe weinte jetzt, heiße Tränen der Verzweiflung strömten über sein zerfurchtes Gesicht.

»Belästigt man Sie, Sir?« erkundigte sich ein Kellner.

Der Bürokrat zögerte einen Moment. Dann nickte er, und der Kellner drängte das Surrogat beiseite.

Als er wieder festen Boden unter den Füßen hatte, war der Neugeborene König nirgends zu sehen. Der Laster war weg. Chu stand auf dem Trittbrett des Lasters Löwenherz und lehnte sich ans Signalhorn. Als er näher kam, stieg sie herunter. »Sie sehen seltsam aus. Blaß.«

»Kein Wunder«, meinte er. »Einer von Gregorians Leuten hat soeben versucht, mich umzubringen.«

Als er seine Geschichte erzählt hatte, schlug sich Chu mit der Faust auf die flache Hand, wieder und wieder. »Dieser Dreckskerl!« sagte sie. »Was für eine Unverfrorenheit.« Sie war aufrichtig erbost.

Der Bürokrat war überrascht und ein wenig geschmeichelt von Chus emotionaler Reaktion. Er war sich nie ganz sicher gewesen, ob sie ihn akzeptierte, und hatte immer den Verdacht gehabt, sie betrachte ihn bloß als einen Außenweltlertrottel, den man eher duldete als respektierte. Er empfand unerwartete Dankbarkeit. »Ich erinnere mich, daß Sie einmal gesagt haben, wir sollten das alles nicht persönlich nehmen.«

»Also, wenn jemand Ihren Partner umzubringen versucht, dann ändern sich die Spielregeln. Dafür muß Gregorian büßen. Dafür werde ich sorgen.« Sie wandte sich abrupt ab und trat auf eine Krabbe. »Mist!« Sie kickte den zermalmten Körper fort. »Was für ein beschissener Tag.«

»Kann man wohl sagen.« Der Bürokrat blickte sich um. »Wo ist Mintouchian?«

»Weg«, meinte Chu. Sie stand auf einem Fuß und wischte sich die Schuhsohle mit einem Papiertaschentuch ab. »Er hat Ihre Aktentasche mitgenommen.«

»Was?«

»Das war der Gipfel. Sobald die Krabben weniger wurden, hat er den Motor angelassen, sich die Aktentasche geschnappt und davongemacht, als hätte er Feuer unter dem Hintern.« Chu schüttelte den Kopf. »Daraufhin begann ich zu hupen, um Sie zurückzuholen.«

»Wußte er denn nicht, daß meine Aktentasche zu mir zurückkommen wird?«

»Anscheinend nicht.«

Die Aktentasche brauchte für den Rückweg eine halbe Stunde. Chu hatte mit dem Fahrer des Löwenherz bereits alles geklärt und war sich den Leichnam ihres Doppelgängers anschauen gegangen. »Müßte eigentlich gut für ein paar Lacher sein«, meinte sie grimmig. »Vielleicht sollte ich mir ein Ohr als Souvenir abschneiden.«

Die Aktentasche kam geziert über die Straße angestakst. Als sie beim Bürokraten angelangt war, zog sie die Beine ein. Er hob sie auf. »War's schwer?«

»Nein. Mintouchian hat sich nicht mal die Mühe gemacht, mich festzubinden. Ich habe gewartet, bis er ein paar Kilometer weiter flußabwärts war und sich sicher fühlte, dann habe ich das Fenster runtergekurbelt und bin rausgesprungen.«

»Hm.« Einen Moment lang schwieg der Bürokrat. Dann sagte er: »Wir werden ein paar Stunden länger brauchen als geplant. Es wurde Gewalt angewendet, und wir müssen noch mit der Polizei reden. Müssen wahrscheinlich eine Aussage machen, vielleicht einen Bericht ausfüllen.«

Die Aktentasche war mit seinen Stimmungen vertraut und sagte nichts.

Der Bürokrat dachte an Gregorian, an den abrupten Wechsel von distanziertem Spott zu offener Feindseligkeit. Er hätte ebensogut sterben können. Er dachte an Mintouchian und an Dr. Orphelins Warnung, es gäbe einen Verräter. Alles hatte sich verändert, auf erschreckende Weise verändert. »Wirkte Mintouchian überrascht, als du aus dem Fenster gesprungen bist?«

»Er sah aus, als hätte er eine Kröte verschluckt. Sie hätten dabei sein sollen – Sie hätten bestimmt gelacht.«

»Wahrscheinlich.«

Doch das bezweifelte er. Dem Bürokraten war nicht zum Lachen zumute. Ihm war überhaupt nicht zum Lachen zumute.

Eine Messe für die Toten

An diesem Morgen wehte die kühle
Brise einen Schwarm Klettfliegen landeinwärts, und als der Bürokrat erwachte, war das Hausboot mit ihren
Schalen überkrustet. Um die Tür aufzu-
bekommen, mußte er sich dagegen-
stemmen. Der Salzgeruch des Ozeans
war überall, wie der Geruch einer Frau,
die nach einer Liebesnacht wieder
gegangen ist und nur das mehrdeutige
Versprechen zurückgelassen hat, sie
werde wiederkommen.

Er machte ein finsteres Gesicht und
spuckte über die Bordwand.

Das untere Trittbrett der Veranda-
treppe fehlte. Der Bürokrat sprang auf
den ausgetretenen Flecken schwarzer
Erde hinunter. Er bahnte sich einen
Weg zwischen den verstreuten Rümp-
fen des Schiffsfriedhofs hindurch.

»He!«

Er blickte auf. Ein blondhaariger
Junge stand nackt auf einer aufgebock-
ten Yacht mit einem eingedellten Bug

und pinkelte gerade in die Rosenbüsche. Einer von der Lumpensammlergang, die hier lebte. Er winkte mit der freien Hand. An seinem Handgelenk glitzerte stumpf das Registrierungsarmband. »Wonach suchen Sie? Wir haben einen ganzen Haufen gefunden. Kommen Sie rüber und bedienen Sie sich.«

Fünf Minuten später hatte der Bürokrat ein festverschnürtes Bündel in seinem Zimmer verstaut und sich wieder auf den Weg nach Clay Bank gemacht. In der Ferne bimmelte eine Glocke, welche die Gläubigen zur Andacht rief. Der Himmel war bedeckt und grau. Es fiel ein leichter, kaum wahrnehmbarer Nieselregen.

So weit im Osten war das Ackerland zu fruchtbar, um es zu vergeuden, und abgesehen von den Nutzbauten befanden sich die meisten Gebäude dicht am Fluß. Häuser aus rohen Brettern drängten sich am Rande eines hohen Steilufers. Auf halbem Weg zum Wasser hinunter hatte man einen Gehweg in den Hang geschnitten und überdacht und dahinter kleine Läden und Lagerräume ins Ufer gegraben.

Leutnant Chu erwartete ihn auf dem Gehsteig vor dem Speiselokal. Vertäute Boote tanzten auf dem Fluß; das Pier darüber bestand mehr aus Löchern als aus Brettern, so daß die Kaianlage wohl mehr im Sinne eines *beau idéal* zu verstehen war, dem eher die hehre Absicht als die Verwirklichung zur Ehre gereichte. In diesem Moment wurde das Nieseln zu einem heftigen Schauer; die Tropfen zischten auf der Wasseroberfläche. Der Bürokrat und Chu traten geduckt ein.

»Ich habe wieder eine Warnung erhalten«, sagte der Bürokrat, als sie sich an einem freien Tisch niedergelassen hatten. Er öffnete die Aktentasche und holte eine Handvoll schwarzer Federn heraus. Ein Krähenflügel. »Als ich gestern Abend nach Hause kam, war er an meiner Tür festgenagelt.«

»Komisch«, meinte Chu. Sie breitete den Flügel aus,

untersuchte das blutige Schultergelenk, streckte die winzigen Finger am Mittelhandgelenk aus, dann gab sie den Flügel zurück. »Das waren bestimmt die Lumpensammler. Ich verstehe nicht, warum Sie unbedingt dort wohnen bleiben wollen.«

Der Bürokrat zuckte gereizt die Achseln. »Wer mir diese Streiche auch spielen mag, dahinter steckt jedenfalls Gregorian. Ich kenne seine Handschrift.« Insgeheim machte er sich Sorgen darüber, daß Gregorian abermals seine Taktik geändert und nach dem Mordanschlag wieder zu Spott und Sticheleien übergegangen war. Das ergab einfach keinen Sinn.

Das Lokal war schmal und trüb erleuchtet, ein Tunnel, der geradlinig in den Uferwall gegraben war. Die Tische in der Mitte hatte man aus dem Lichtkreis, der durch das einzige milchige Oberlicht fiel, weggezogen. Aus den leckenden Fugen tropfte es in bereitstehende Konservendosen. Hinten lachten die Küchengehilfen und schwatzten, während die Flammen eines Gasherds ihre Gesichter mit flackernden Schatten überzogen. Eine Kellnerin kam an ihren Tisch und knallte Schneidebretter mit Pökelfleisch und gestampften Yamswurzeln vor sie hin. »Haben Sie schon ...?«

»Nein.« Die Jungs von der Evakuierungsbehörde am Nachbartisch lachten. »Wenn Sie frühstücken wollen, müssen Sie mit dem vorliebnehmen, was Ihnen vorgesetzt wird.«

»Arrogantes Miststück«, murmelte Chu. »Wenn das nicht das letzte Lokal in Clay Bank wäre, würde ich ...«

Ein junger Soldat beugte sich vom Nachbartisch herüber. »Nehmen Sie's leicht«, sagte er mit dem breiten nördlichen Akzent, der allen Schlägern von den örtlichen Behörden zu eigen war, Leuten aus dem Tideland, die man aus den Provinzen Blackwater und Vineland hergebracht hatte, weil sie hier keine Bindungen hatten. »Das letzte Luftschiff kommt morgen vorbei. Sie müssen ihre Speisekammer räumen.« Seine

Mütze, die er sich unter einen Schulterriemen geklemmt hatte, war mit einem Hahnenschwanz verziert.

Chu fixierte ihn so lange, bis er errötete und sich abwandte.

Ein Fernseher in einer Nische neben dem Tisch zeigte gerade eine Dokumentation über das Brennen der Höhlensiedlungen. Die uralten Aufnahmen zeigten Arbeiter dabei, wie sie frisch gegrabene Tonhöhlen versiegelten. Am Boden der späteren Türen und am hinteren Ende der Tunnel waren schmale Schlitze übriggeblieben. Dann wurde das Holz im Innern angezündet. Rauchsäulen stiegen gen Himmel wie Baumgespenster und verwandelten sich in einen Wald, dessen Blätterdach die Sonne verdeckte. Die Sendung wurde seit der ersten Ausstrahlung auf den Regierungskanälen ständig wiederholt. Niemand sah mehr hin.

Um die Wände zu glasieren, benötigte man eine Temperatur von ... Der Bürokrat schaltete einen anderen Kanal ein. *Mein Bruder ist auf dem Meer umgekommen! Was hätte ich denn tun sollen? Ich bin schließlich nicht sein Hüter, verstehst du.*

»Schauen Sie sich diesen Mist wirklich an?« fragte Chu.

»Es ist spannend.«

»Wer ist dieser schmächtige Stiesel?«

»Tja, das ist eine interessante Frage. Eigentlich sollte er Shelley sein, Edens Cousin – das kleine Mädchen, das das Einhorn gesehen hat, wissen Sie? Aber sie hatte zwei Cousins, eineiige Zwillinge ...« Chu schnaubte. »Gut, ich gebe zu, das klingt unwahrscheinlich. Aber Sie wissen ja, sowas kommt sogar gelegentlich im Inneren Kreis vor. Für diesen Fall gibt es ja die genetischen Markierungstechniken, um sie voneinander zu unterscheiden.«

Chu hörte gar nicht zu. Sie schaute versonnen in den grauen Regen hinaus. Um sie herum schwatzten

214

die Serviererinnen und Küchengehilfen, die Soldaten und Zivilisten, glücklich und ein wenig schrill angesichts der bevorstehenden Evakuierung, die umfassenden Wandel mit sich bringen würde.

Also gut! Ja, ich habe ihn getötet. Ich habe meinen Bruder getötet! Bist du jetzt zufrieden?

»Mein Gott«, sagte Chu. »Das muß der langweiligste Ort im ganzen Universum sein.«

Mit ausgestreckter Aktentasche balancierte der Bürokrat hinter Chu über den glitschigen Gehsteig. Sie kamen an einer in die Erde gegrabenen Treppe vorbei, die einstmals ein Geländer und Trittbretter gehabt hatte, inzwischen aber zu einer schmalen Schräge und beinahe zu einer Wasserrinne geworden war. »Ich habe auf dem morgigen Heliostaten gute Plätze reservieren lassen«, meinte Chu.

Der Bürokrat brummte etwas.

»Kommen Sie. Wenn wir das Schiff verpassen, wird man uns mit einem Viehtransporter fortschaffen.« Sie zupfte gereizt an ihrem Registrierungsarmband. »Sie würden sich wundern, wie's da drauf aussieht.«

Als vor ihnen eine Kiste auf den Gehsteig krachte, sprangen sie zurück. Die Kiste fiel über den Rand ins Wasser hinunter. Lumpensammler plünderten gerade einen Lagerraum, zertrümmerten geräuschvoll irgendwelche Gegenstände und warfen sie nach draußen. Fast ohne sich in der trägen Strömung von der Stelle zu bewegen, trieb eine Müllspur flußabwärts, die sich dabei allmählich ausdehnte; alte Matratzen, die langsam untergingen, Weidenkörbe und getrocknete Blumen, kaputte Sessel und Fiedeln, auf der Seite liegende Spielzeugsegelboote. Die Lumpensammler brüllten, vollkommen vertieft in die Zerstörung all der Sachen, die sie sich nie hatten leisten können und für die sie die Frachtgebühren nun nicht aufbringen konnten.

Sie gelangten zu einem Laden, über dessen Tür ein verwittertes Schild hing, auf dem ein silbriges Gerippe dargestellt war. Das Gate war der einzige legitime Geschäftszweck, obwohl jedermann wußte, daß sich dahinter ein Puff verbarg. »Wo bleibt eigentlich der Flieger?« fragte der Bürokrat. »Noch immer keine Nachricht vom Steinernen Haus?«

»Nein, und mittlerweile darf man wohl davon ausgehen, daß da auch nichts mehr kommen wird. Hören Sie, wir sind jetzt schon so lange hier, daß ich allmählich Moos ansetze. Wir haben unser möglichstes getan, die Spur ist kalt. Was würde uns ein Flieger schon nützen? Wir sollten aufgeben.«

»Ich werde mir Ihren Rat durch den Kopf gehen lassen.« Der Bürokrat betrat den Laden. Chu blieb draußen.

»Es ist lange her, seit ich zum letztenmal hier war«, sagte der Bürokrat. Kordas Wohnung war weitläufig für eine Stadt, in der Wohnraum in direkter Beziehung zum Reichtum stand. Der Grasboden war in gestaffelten Ebenen angeordnet, und die stattliche Anzahl der in die rechtwinkligen Wände eingelassenen Steingeräte wurde indirekt beleuchtet von Spots, die an rotierenden Porphyrsäulen angebracht waren. Alles war peinlich sauber. Selbst die zwergwüchsigen eingetopften Kirschbäume waren in spiegelsymmetrischen Paaren angeordnet.

»Sie sind auch jetzt nicht hier«, erwiderte Korda unsentimental. »Warum belästigen Sie mich zu Hause? Konnte das nicht warten, bis ich wieder im Büro bin?«

»Im Büro sind Sie mir ausgewichen.«

Korda runzelte die Stirn. »Unsinn.«

»Verzeihen Sie.« Ein Mann mit einer weißen Porzellanmaske betrat den Raum. Er trug ein loses Wickelkleid im Stil der Welten des Deneb-Systems. »Die Abstimmung erfolgt in Kürze, und Sie werden gebraucht.«

»Sie warten hier.« Am Durchgang zum Nebenzimmer zögerte Korda und fragte den Mann mit der Maske: »Kommen Sie denn nicht mit, Vasli?«

Das augenlose weiße Gesicht sah zu Boden. »Es geht um meinen Sitz im Komitee. Wahrscheinlich ist es für alle Beteiligten am besten, wenn ich solange warte.«

Der Deneber schwebte zur Zimmermitte, wo er reglos verharrte. Seine Hände waren unter den Ärmeln des Wickelkleids verborgen, sein Kopf wurde von der Kapuze verhüllt. Er wirkte kaum menschlich, seine Bewegungen waren zu anmutig, seine Reglosigkeit zu vollkommen. Unvermittelt wurde dem Bürokraten bewußt, daß er es hier mit der seltensten aller Wesenheiten zu tun hatte, nämlich mit einem permanenten Surrogat. Ihre Blicke trafen sich.

»Ich mache Sie nervös«, meinte Vasli.

»Aber keineswegs. Es ist bloß ...«

»Sie finden meine Erscheinung bloß verstörend. Ich weiß. Es gibt keinen Grund, sich von übertriebenem Taktgefühl zur Unaufrichtigkeit verleiten zu lassen. Ich glaube an die Wahrheit. Ich bin ein demütiger Diener der Wahrheit. Stünde es in meiner Macht, gäbe es weder Lügen noch Ausflüchte, nichts Geheimes oder vor der Allgemeinheit Verborgenes mehr.«

Der Bürokrat trat an die Wand und betrachtete eine Kollektion von steinernen Speerspitzen; Fischspitzen von Miranda, Vogelspitzen von der Erde, Wurmspitzen von Govinda. »Verzeihen Sie, wenn ich taktlos sein sollte, aber Ihren radikalen Äußerungen nach könnte man fast annehmen, Sie seien ein Verfechter der bedingungslosen Informationsfreiheit.«

»Das kommt daher, daß ich einer bin.«

Der Bürokrat hatte das Gefühl, einem mythischen Tier begegnet zu sein, einem sprechenden Berg etwa oder Edens Einhorn. »Ach, wirklich?« fragte er dümmlich.

»Selbstverständlich. Ich habe meine Welt aufgegeben, um mein Wissen mit Ihrem Volk zu teilen. Man muß schon ein Radikaler sein, um sein Leben zu zerstören, finden Sie nicht? Um sich ins Exil unter Menschen zu begeben, die sich mit einem unwohl fühlen, die das, was einem am Wertvollsten ist, als Verrat fürchten und die sich anfangs überhaupt nicht dafür interessierten, was ich zu sagen hatte.«

»Gut, aber das Konzept der Informationsfreiheit ist ...«

»Extrem? Gefährlich?« Er breitete die Arme aus. »Sehe ich etwa gefährlich aus?«

»Sie würden jedem uneingeschränkten Zugang zu allen Informationen gewähren?«

»Ja, zu allen.«

»Ungeachtet des Schadens, den sie anrichten könnten?«

»Hören Sie. Sie sind wie ein kleiner Junge, der durchs Tiefland wandert und in einem Damm ein Loch entdeckt hat. Sie stecken den Finger hinein, und für eine Weile ist es gut. Dann steigt das Meer ein wenig an. Das Loch wird an den Rändern bröcklig. Sie müssen die ganze Hand hineinstopfen. Dann Ihren Arm, Ihre Schulter. Kurze Zeit später kriechen Sie ganz ins Loch und verstopfen es mit Ihrem Körper. Wenn es dann noch größer wird, holen Sie tief Luft und blasen sich auf. Trotzdem ist da immer noch das Meer, und es steigt weiter an. Am grundlegenden Problem haben Sie nichts geändert.«

»Was sollten wir Ihrer Meinung nach mit den gefährlichen Informationen tun?«

»Sie beherrschen! Sie kontrollieren!«

»Wie?«

»Ich habe keine Ahnung. Ich bin bloß ein einzelner Mensch. Aber wenn Sie Ihren Verstand und Ihre Kraft bündeln, anstatt sie zu verplempern beim nutzlosen Versuch ...« Unvermittelt brach er ab. Lange Zeit schaute er den Bürokraten an, als versuchte er seine Emotionen in die Gewalt zu bekommen. Seine Schultern erschlafften. »Verzeihen Sie. Ich lasse meinen Ärger an Ihnen aus. Heute morgen habe ich erfahren, daß mein Original – der Vasli, der ich einmal war, der Mann, der glaubte, so viel mit anderen teilen zu müssen – gestorben ist, und ich bin mit meinen Gefühlen noch nicht im reinen.«

»Das tut mir leid«, sagte der Bürokrat. »Das muß furchtbar für Sie sein.«

Vasli schüttelte den Kopf. »Ich weiß nicht, ob ich weinen oder lachen soll. Er war ich, und gleichzeitig hat er mich dazu verdammt, hier zu sterben – wortlos, körperlos, allein.«

Das blinde Gesicht starrte durch die Schichten der schwebenden Stadt in das Dunkel des Weltraums hinaus. »Ich stelle mir immer wieder vor, wie es wäre, über die Wiesen von Storr zu wandern, den Chukchuk und den Rhu zu riechen. Die vor den westlichen Sternen in allen Farben leuchtenden Gräser zu sehen und die Blumen singen zu hören! Ich glaube, dann könnte ich zufrieden sterben!«

»Sie können jederzeit dorthin zurückkehren.«

»Sie verwechseln das Signal mit der Botschaft. Es stimmt, ich könnte mich kopieren lassen und dieses Signal nach Deneb senden. Aber *ich* würde hier zurückbleiben. Ich könnte mich dann zwar umbringen, aber welchen Nutzen hätte das, außer daß es das Gewissen meines Stellvertreters beschwichtigen würde?« Er betrachtete den Surrogatkörper des Bürokraten und lupfte spöttisch den Rand der Maske. »Ich erwarte nicht, daß Sie das verstehen.«

Der Bürokrat wechselte das Thema. »Dürfte ich Sie fragen«, meinte er, »womit sich das Komitee, dessen Mitglied sie sind, befaßt?«

»Das Bürgerkomitee für die Verhinderung des Genozids, meinen Sie? Eben damit. Das Problem der Vernichtung von Eingeborenenvölkern existiert in allen kolonisierten Systemen. Für Miranda ist es mittlerweile natürlich zu spät, aber vielleicht gelingt es uns, eine Erklärung zu verfassen, die es wert ist, sie nach Hause zu senden.«

»Es könnte sein«, sagte der Bürokrat vorsichtig, »daß Sie ein wenig zu pessimistisch sind. Ich ... äh ... kenne Leute, die Drule gesehen haben, die ihnen tatsächlich begegnet sind und sich erst kürzlich mit ihnen unterhalten haben.«

»Nein. Das ist ausgeschlossen.«

Die bedingungslose Gewißheit des Denebers verblüffte den Bürokraten. »Warum?«

»Weil jede Spezies eine bestimmte Populationsgröße zu ihrem Überleben braucht. Sinkt die Bevölkerungszahl unter eine bestimmte Grenze, ist sie zum Untergang verurteilt. Es mangelt ihr an der nötigen Flexibilität, um sich den normalen Umweltveränderungen anpassen zu können. Angenommen, von einer bestimmten Vogelart existieren nur noch ein Dutzend Exemplare. Man schützt sie, worauf ihre Anzahl wieder auf tausend Exemplare ansteigt. In genetischer Hinsicht handelt es sich aber immer noch um ein Dutzend Individuen in Gestalt einer Vielzahl von Klone. Ihr Genom ist brüchig. Wenn eines Tages die Sonne auf der falschen Seite aufgeht, sterben sie alle. Eine Krankheit, die für einen Vogel tödlich ist, würde alle umbringen. Es gibt zahllose Möglichkeiten.

Von Ihren Drulen kann es nicht viele geben, sonst wüßte man von ihrem Vorhandensein. Korda ist anderer Meinung, aber er ist ein Narr. Es ist belanglos, ob ein paar Individuen überdauert haben. Als Spezies sind sie tot.«

In diesem Moment kam Korda zurück. »Sie können jetzt reingehen«, sagte er. »Das Komitee möchte sich mit Ihnen unterhalten. Was man Ihnen zu sagen hat, wird Sie freuen, glaube ich.« Man mußte Korda schon sehr genau kennen, um dem übertrieben höflichen Unterton seiner Stimme entnehmen zu können, daß er soeben eine seiner seltenen Niederlagen eingesteckt hatte.

Vasli verneigte sich knapp vor dem Bürokraten und schwebte hinaus. Korda sah ihm nach.

»Ich habe gar nicht gewußt, daß Sie sich auch für Drule interessieren«, bemerkte der Bürokrat.

»Drule sind meine einzige Leidenschaft«, antwortete Korda unbedacht. Rasch verbesserte er sich: »Mein einziges Hobby, wollte ich sagen.«

Doch nun war es heraus. Die Enthüllung stürzte kaskadenartig in die Vergangenheit wie eine Reihe umkippender Dominosteine. Tausend kleine Bemerkungen, hundert verpaßte Sitzungen, ein Dutzend politische Kehrtwenden, alles fand auf einmal seine Erklärung. Der Bürokrat versuchte sich nichts anmerken zu lassen. »Also, was gibt's?« fragte Korda. »Was wollen Sie?«

»Ich brauche einen Flieger. Das Steinerne Haus hält mich hin, ich warte jetzt schon wochenlang. Wenn Sie ein paar Fäden ziehen würden, könnte ich diese Angelegenheit binnen eines Tages zum Abschluß bringen. Ich weiß, wo Gregorian sich momentan aufhält.«

»Tatsächlich?« Korda musterte ihn scharf. Dann: »Also gut, ich mach's.« Er berührte ein Datenterminal. »Morgen früh wird er in Tower Hill auf Sie warten.«

»Danke.«

Korda zögerte auffällig, sah weg und schaute ihn dann wieder an, als fände er nicht die richtigen Worte. Dann fragte er verwundert: »Warum starren Sie so auf meine Füße?«

»Oh, einfach so«, sagte der Bürokrat. »Einfach so.«

Doch selbst dann noch, als er das Surrogat ausschaltete, dachte er: Viele Leute haben Luxusgüter aus anderen Sonnensystemen. Die Robotfrachter verkehren langsam, aber regelmäßig zwischen den Sternen. Gregorians Vater ist nicht der einzige, der Importstiefel trägt.

Stiefel aus rotem Leder.

Als er aus dem Gate auftauchte, war es in der Absteige still. Durch die offene Eingangstür sah er, daß es Abend wurde; ein perlmuttfarbenes graues Licht senkte sich herab. Der Rausschmeißer saß auf einem wackligen Stuhl und blickte in den Regen hinaus. Die Tunnel, die nach hinten in die Erde führten, waren lichtlose Löcher.

Einen Moment lang, in dem sich Angst und Erleichterung mischten, glaubte der Bürokrat, das Lokal sei permanent geschlossen. Dann wurde ihm klar, wie früh es noch war; die Damen hatten wohl noch nicht Dienst.

»Verzeihen Sie«, sprach er den Rausschmeißer an. Der Mann sah teilnahmslos auf; er war ein rundlicher kleiner Dandy, mit krausem, schütter werdendem Haar, eine lächerliche Erscheinung. »Ich suche eine Frau, die hier arbeitet. Die …« Er zögerte, als ihm klar wurde, daß er die hier beschäftigten Frauen nur mit den Spitznamen kannte, welche die jungen Soldaten ihnen gegeben hatten, die Sau, die Ziege und die Stute. »Die Große mit dem kurzen Haar.«

»Werfen Sie doch einen Blick in unser Menü.«

»Danke.«

In einem dunklen Eingang neben dem Lokal wartete der Bürokrat auf das Erscheinen der Stute. Er kam sich vor wie ein Gespenst – traurig, stumm und unsichtbar; ein melancholisches Augenpaar, das in die Welt der Lebenden hinausstarrte. Er hatte nicht den Mumm, im Hellen zu warten.

Hin und wieder kamen Leute aus dem Lokal, und

weil dort ein Brettervorsprung den Gehsteig vor dem Regen schützte, blieben die meisten eine Weile dort stehen und faßten Mut, ehe sie dem Wetter trotzten. Einmal blieb Chu fast in Reichweite stehen, in ein neckisches Streitgespräch mit ihrem jungen Verehrer vertieft. »... alle gleich«, sagte sie. »Du meinst, bloß weil du dieses Ding zwischen den Beinen hast, wärst du ein toller Typ. Also, einen Schniedel zu haben, ist nichts Besonderes. Ich hab selbst einen.«

Er lachte unsicher.

»Du glaubst mir nicht? Das ist mein vollkommener Ernst.« Sie holte eine Handvoll Übergangsgeldscheine aus der Tasche. »Möchtest du ein bißchen Geld darauf verwetten? Warum schüttelst du den Kopf? Auf einmal glaubst du mir? Ich werd dir was sagen, ich gebe dir die Chance, dein Geld zurückzugewinnen. Doppelter Einsatz oder nichts, meiner ist größer als deiner.«

Der Mann zögerte, dann grinste er. »Ist gut«, sagte er. Er nestelte an seinem Gürtel.

»Immer mit der Ruhe, nicht hier draußen.« Chu nahm ihn beim Arm. »Wir vergleichen sie in Ruhe.« Sie führte ihn weg.

Der Bürokrat war unangenehm berührt. Er dachte an die Trophäe, die Chu dem falschen Chu abgeschnitten und die sie ihm an dem Tag gezeigt hatte, als sie vom Präparator zurückgekommen war. Sie hatte die Schachtel geöffnet und die Trophäe lachend hochgehalten. »Was wollen Sie damit?« hatte er gefragt.

»Mir die jungen Fische angeln.« Sie schwenkte sie umher, wie ein Kind, das mit einem Modellheliostaten spielte, dann küßte sie die Luft vor der Spitze und legte die Trophäe in die Schachtel zurück. »Glauben Sie mir, wenn man die süßen jungen Dinger fangen will, gibt es nichts Besseres, als einen großen Schwanz zu präsentieren.«

223

Schließlich kam die Stute aus dem Lokal, ohne Begleitung. Sie blieb stehen, um sich die Kapuze des Regenmantels überzustreifen. Er trat vor und räusperte sich mit vorgehaltener Hand. »Ich würde gern Ihre Dienste in Anspruch nehmen«, sagte er. »Aber nicht hier. Ich wohne auf dem alten Schiffsfriedhof.«

Sie musterte ihn von oben bis unten, dann zuckte sie die Achseln. »In Ordnung, aber dann muß ich dir den Hin- und Rückweg berechnen.« Sie nahm ihn bei der Hand und bewegte den tätowierten Finger hin und her. »Und ich kann nicht die ganze Nacht bei dir bleiben. Um Mitternacht findet eine Totenmesse statt.«

»Ist gut«, sagte er.

»Das ist die letzte Messe, und ich will sie nicht verpassen. Es wird für alle gesungen, die jemals in Clay Bank gestorben sind. Es gibt Leute, derer ich gedenken möchte.« Sie nahm seinen Arm. »Gehen wir.« Sie war eine unscheinbare Frau, ihr Gesicht war rauh und verwittert wie altes Holz. Er konnte sich vorstellen, daß sie unter anderen Umständen Freunde geworden wären.

Sie stapften schweigend die Flußstraße entlang. Der Bürokrat trug einen Poncho, den seine Aktentasche extra angefertigt hatte. Nach einer Weile bedrückte ihn das Schweigen. »Wie heißt du?« fragte er unbeholfen.

»Willst du meinen richtigen Namen wissen oder den, den ich mir zugelegt habe?«

»Einen von beiden.«

»Arcadia.«

Im Hausboot zündete der Bürokrat eine Kerze an und stellte sie in einen Halter, während sich Arcadia den Schlamm von den Schuhen stampfte. »Es könnte allmählich wirklich mal aufhören zu regnen!« sagte sie.

Das Bündel, das er am Morgen den Lumpensammlern abgekauft hatte, lag noch auf dem Nachttisch. In seiner Abwesenheit hatte jemand die Zudecke zurückgeschlagen und eine einzelne schwarze Krähenfeder aufs Bett gelegt. Er wischte sie auf den Boden.

Arcadia hatte einen Haken gefunden, an dem sie ihren Regenmantel aufhängen konnte. Sie schob das Registrierungsarmband hoch und rieb sich das Handgelenk. »Ich hab davon einen Ausschlag bekommen. Weißt du, was ich glaube? Ich glaube, in ein, zwei Jahren wird der Klunker ein Fetisch sein. Man wird gutes Geld dafür berappen.«

Der Bürokrat warf ihr das Bündel zu und sagte: »Hier. Zieh dich nackt aus und leg das an.«

Sie besah sich das Bündel und zuckte wieder die Achseln. »Ist gut.«

Er holte eine Gartenschere aus der Aktentasche und ging hinaus in den Regen. Draußen war es stockdunkel, und es dauerte eine ganze Weile, bis er den Blumenstrauß beisammen hatte.

Als er zurückkam, hatte Arcadia das Kostüm bereits angelegt. Es war mit orangefarbenen und roten Ziermünzen besetzt und falsch geschnitten. Wenigstens paßte es ihr einigermaßen. Es würde genügen.

»Rosen! Wie hübsch.« Arcadia klatschte wie ein kleines Mädchen in die Hände. Sie drehte sich im Kreis, schwenkte flüssig und magisch das Kostüm. »Na, wie sehe ich aus?«

»Leg dich aufs Bett«, sagte er grob. »Zieh den Rock bis über die Hüfte hoch.«

Sie gehorchte.

Der Bürokrat legte den feuchten Blumenstrauß aufs Bett, Arcadias Haut war bleich wie Marmor in dem trüben Licht, das gewölbte Haar zwischen ihren Beinen dunkel und schattig. Ihr Fleisch sah aus, als ob es sich kalt anfühlte.

Als er seinerseits nackt war, hatte der Bürokrat eine Erektion. Der ganze Raum war erfüllt von Rosenduft.

Beim Eindringen schloß er die Augen. Er öffnete sie erst wieder, als er fertig war.

Die Luft war voller fliegender Ameisen mit verschwommenen, irisierenden Flügeln, winzige Regenbögen, die sich gegenseitig überlagerten und schwarze Beugungsmuster erzeugten; Kreise und Halbmonde, die entstanden und wieder vergingen, ehe das Auge sich darauf scharfstellen konnte. Der Bürokrat gaffte zu ihnen hoch, und dann waren sie auch schon wieder verschwunden, unterwegs auf ihrem Todesflug zum Meer.

»Das ergibt keinen Sinn«, murrte Chu.

Der Bürokrat trat vom Flieger zurück. »Es ist ganz einfach. Ich möchte, daß Sie so lange nach Süden fliegen, bis Tower Hill hinter dem Horizont verschwunden ist. Dann machen Sie kehrt und fliegen in Bodennähe zurück. Im Osten gibt es am Fluß eine kleine Lichtung. Dort warten Sie auf mich. Das ist kinderleicht.«

»Sie haben mich schon verstanden.«

»Aber ja doch. Ist Ihnen aufgefallen, wie man Sie am Hangar behandelt hat?« Auf der anderen Seite des Landefelds war eine Gruppe von verrosteten, steifen Surrogatarbeitern damit beschäftigt, die Einzelteile des Hangars unbeholfen auf einer Hebeplattform zu verstauen. »Wie sehr sie darauf gedrängt haben, daß wir bis Mittag verschwunden sind? Daß sie uns nicht in der Nähe haben wollten?«

»Ja, und?«

»Dann erklären Sie mir mal, warum jemand zwei Tage vor Einsetzen der Flut ein Flugzeug herschickt, bloß um eine demontierte Lagerhalle abzutransportieren.« Er ließ Chu keine Zeit zum Antworten. »Die hatten Anweisung, mich so schnell wie möglich von hier fortzuschaffen. Ich will wissen, warum.« Er wich in den Schatten der Bäume zurück und hob für den Flieger die Stimme. »Flieg schon los.«

Die Einstiegsluke glitt zu. Die Motoren erwachten zum Leben. Der Flieger war ein hübsches Stück Technik, ein elegantes Modell, wie man es sonst nur auf den schwebenden Welten antraf. Die smaragdgrüne Außenhaut schimmerte in der Triebwerkshitze. Dann glitt der Flieger um seine zwölffache Gesamtlänge vor und stieg brüllend in den Himmel. Im nächsten Moment war er verschwunden.

Es war ein friedlicher Waldspaziergang. Die Blätter hatten sich während der Regenfälle verwandelt und purpurn und kobaltblau verfärbt, so als habe das ganze Tideland eine Blauverschiebung erfahren und sei fünf Sekunden in die Vergangenheit versetzt worden. Die gereinigte, stille Luft stimmte traurig, denn sie gemahnte daran, daß der Untergang des Landes kurz bevorstand.

Am Fuße von Tower Hill wichen die Bäume auseinander. Die Hänge waren blaßgrün gefärbt, und durch das fremde, terranische Gras schimmerte weißer Kalk hindurch. Der Hang war gesprenkelt mit leuchtendbunten Zelten und Fahnen, mit Sonnenschirmen und Ballons. An der Spitze ragte der uralte Turm auf, übermalt mit kühnen, orange-rosa Riesenbuchstaben, eine Insel fremder Ästhetik, die sich heftig biß mit der tragischen Erscheinung des herbstlichen Waldes.

Am Hang wimmelte es von Surrogaten; ein Ameisenhügel, den jemand mit einem Stock in helle Aufregung versetzt hatte. Jetzt, wo das Tideland von menschlichem Leben gesäubert war, schien es so, als seien die Dämonen hervorgekrochen, um ihren eigenen Karneval zu feiern.

Er wandte sich bergauf.

Das spröde metallische Gelächter hörte sich an wie eine Million Grillen. Hier spielte ein Surrogatquartett Saiteninstrumente. Dort feuerte eine johlende Menge zwei identische verchromte Ringkämpfer an. Weiter weg faßten sich ein Dutzend Surrogate bei den Händen und tanzten im Kreis. Paare schlenderten Arm in Arm umher, die Köpfe aneinandergelegt, vollkommen ununterscheidbar. Es war der Triumph der Geschlechtslosigkeit.

»Hier, trinken Sie!«

Im Schatten eines Pavillons war er stehengeblieben, um zu verschnaufen. Nun bot ihm ein Surrogat mit einer tiefen Verneigung seine leere Hand. Er blinzelte, begriff, daß er fälschlicherweise für ein Surrogat gehalten wurde, und nahm das unsichtbare Glas mit einem höflichen Kopfnicken in Empfang. Bei der Vorstellung, daß er als einziger das Metallgerippe unter dem vorgetäuschten Fleisch sah, empfand er eine perverse Genugtuung.

»Amüsieren Sie sich gut?«

»Ehrlich gesagt, bin ich gerade erst dazugekommen.«

Das Surrogat beugte sich schwankend vor und legte ihm mit übertriebener Vertraulichkeit eine Hand auf die Schulter. Ein rundes, ungesundes Gesicht grinste ihn vom Bildschirm an. »Sie hätten hier sein sollen, bevor die Einheimischen fortgeschafft wurden. Man konnte sich eine Frau mieten und sich von ihr huckepack rumtragen lassen. Sie klatschen, um sie auf Trab zu bringen!« Er zwinkerte. »Wissen'se, der Turm dort oben war früher mal ...«

»... ein Fernsehsender. Ja, ich kenne die Geschichte.«

Das Surrogat starrte ihn mit dümmlich aufgerissenem Mund solange an, bis dem Bürokraten klar wurde, daß die Unterhaltung mühsam geworden war. »Nein, nein, ein Puff. Man konnte sich kaufen, was man wollte. Alles! Einmal habe ich mit meiner Frau ...«

Der Bürokrat stellte seinen Drink ab. »Entschuldigen Sie. Ich werde erwartet.«

Der Salon des Turms war gerammelt voll.

Schwarze Gerippe lehnten an einer kreisförmigen Bar in der Mitte. Andere schwatzten in vereinzelten Sitzecken. Im Innern war es warm und finster, der Raum war vollgestopft mit fliegenden Bronzeschweinen und tuntigen Pappmachépuppen. Das einzige Licht kam von den leuchtenden Bildschirmgesichtern der Gäste und von einem Kreis von Fernsehapparaten, die in den Deckenrand eingelassen waren.

Der nahezu unsichtbare Bürokrat gesellte sich zu einer Gruppe von Surrogaten, die zu den Bildschirmen hochschauten. Darauf sah man brennende Slumbaracken. Eine Parolen brüllende Menge drängte durch enge Straßen und schüttelte die Fäuste. Unter dem qualmverhangenen Himmel prügelte die Polizei mit elektrischen Lanzen auf sie ein. Es war ein Bild des Wahnsinns, ein Vorgeschmack auf das Ende der Welt. »Was ist da los?« fragte er.

»Aufruhr im Delta«, sagte jemand. »Das ist ein Stadtteil von Port Richmond, unmittelbar unterhalb der Wasserfälle gelegen. Die Evakuierungsbehörde hat ein Kind dabei ertappt, wie es ein Lagerhaus angezündet hat, und es zu Tode geprügelt.«

»Das ist empörend«, meinte jemand anders. »Die verhalten sich wie die Tiere. Schlimmer als Tiere, denn es macht ihnen Spaß.«

»Die Sache ist die, es sind Leute vom Piedmont dazugekommen. Vor allem Halbwüchsige – für sie ist das eine Art Mannbarkeitsritual. Man hat den Hang abgesperrt, um sie fernzuhalten.«

»Auspeitschen sollte man die. Das kommt davon, wenn man auf einem Planeten lebt, fern von allen Einschränkungen der Zivilisation.«

Ein weiteres Surrogat mischte sich ein. »Ach, ich glaube, in uns allen ist ein Rest von Wildheit enthalten. Wenn ich ein paar Jahre jünger wäre, dann wäre ich auch dort unten.«

»Das glaub ich gern.«

Dem Bürokraten fiel ein Lichtschimmer ins Auge. Die Tür zum Lagerraum in der Mitte der Bar hatte sich geöffnet. Er erhaschte einen kurzen, nahezu subliminalen Blick auf ein schmales, bleiches Gesicht, als sich die Tür auch schon wieder schloß. Es war kaum mehr als ein Gefühl, trotzdem beschloß er, abzuwarten, ob sich der Vorgang wiederholen würde.

Lange Zeit verharrte er nahezu reglos. Abermals öffnete sich die Tür, und ein furchtsames Gesicht spähte heraus. Ja! Es war eine Frau. Klein, schlank, mäuschenhaft.

Jemand, den er kannte.

Interessant. Der Bürokrat schlug einen weiten Bogen. Es gab zwei Türen zu dem Lagerraum, die einander gegenüber lagen. Es würde nur einen Moment dauern, unter der Bar hindurchzuschlüpfen und hineinzugehen. Er kehrte zum Ausgangspunkt zurück und setzte sich auf einen von Weinranken abgeschirmten Stuhl.

Die Stunden verstrichen. Die Fernsehgeräte waren ein impressionistisches Rad von kalbenden Eisbergen, Zeltstädten für die Menschen von den Viehtransportern, langen Einstellungen von präkataklysmischen Eiskappen. Das Warten machte ihm nichts aus. In langen Abständen, dafür aber so regelmäßig wie ein Uhrwerk, öffnete sich die Tür, und das schmale, bleiche Gesicht schaute heraus und musterte die Menge, bevor sich die Tür wieder schloß. Offenbar wartete die Frau auf jemanden.

Endlich nahm ein Neuankömmling an der Bar Platz und legte eine Handvoll Blumen auf die Theke. Zerdrückte Wassergeister und Tausendschön, das er irgendwo draußen gepflückt hatte. Der Mann hob eine unsichtbare Serviette auf und faltete sie auseinander. Dann fuhr er mit den Händen am Thekenrand entlang, als suchte er etwas, das dort versteckt war. Als der Barkeeper ihm einen Drink vorsetzte, hielt er das nichtvorhandene Glas so hoch, daß er die Unterseite untersuchen konnte.

Der Bürokrat kannte diese Gesten.

Bald darauf öffnete sich wieder die Tür zum Lagerraum. Das Frauengesicht erschien darin, ein bleicher Fleck in der Dunkelheit. Sie sah den Neuankömmling, nickte und hob einen Finger: noch eine Minute. Die Tür ging zu.

Unauffällig schlenderte der Bürokrat zur anderen Seite der Bar und duckte sich unter der Theke hindurch. Als sich ihm ein elektronischer Barkeeper näherte, hielt er das Armband der Evakuierungsbehörde hoch. Es war grün und verlieh ihm eine Sonderstellung. Der Barkeeper wandte sich ab, und der Bürokrat betrat den Lagerraum.

Die einzelne kahle Glühbirne tat nach der Düsternis der Bar seinen Augen weh. An den Wänden ragten leere Regale auf. Die Frau stand auf den Zehenspitzen und wollte gerade eine Schachtel aus einem Regal nehmen. Er faßte sie beim Arm.

»Hallo, Esme.«

Mit einem piepsenden Geräusch sog sie den Atem

ein und wirbelte herum. Der Kasten stieß gegen ein Regal. Sie wich vor dem Bürokraten zurück und versuchte unbeholfen, das Paket festzuhalten. Er ließ sie nicht los. »Wie geht es Ihrer Mutter?«

»Lassen Sie mich …«

»Immer noch am Leben, wie?« Panik lag in ihren winzigen, dunklen Augen. Dem Bürokrat kam es so vor, als ob ihre Knochen splittern würden, wenn er nur ein wenig fester zudrückte. »Dann läßt Gregorian Sie also Besorgungen für sich erledigen, hab ich recht? Er hat Ihnen versprochen, die Angelegenheit für Sie zu regeln. Geben Sie's zu.« Er schüttelte sie, und sie nickte. »Reden Sie! Ich kann Sie jederzeit festnehmen. Gregorian benutzt Sie als seinen Kurier, hab ich recht?«

Er schob Esme an die Wand und zwängte sie zwischen sich und den Regalen ein. Er spürte ihr Herzklopfen. »Ja.«

»Hat er Ihnen die Schachtel gegeben?«

»Ja.«

»Wem sollen Sie sie geben?«

»Dem Mann – dem Mann an der Bar. Gregorian meinte, er würde Blumen mitbringen.«

»Was noch?«

»Sonst nichts. Er hat gemeint, falls mir der Mann irgendwelche Fragen stellen würde, sollte ich ihm sagen, die Antworten wären alle in dem Karton.« Esme war jetzt sehr still. Der Bürokrat trat zurück und gab sie frei. Er nahm den Karton. Sie starrte ihn so leidenschaftlich an, als wäre ihr Herz darin.

Der Bürokrat fühlte sich alt und zynisch. »Überlegen Sie mal, Esme«, sagte er, und obwohl er hatte sanft klingen wollen, kam es doch nicht so heraus. »Was, meinen Sie, wäre für Gregorian leichter zu bewerkstelligen – seine Mutter umzubringen oder Sie einfach anzulügen?« Ihr Gesicht war flammendrot. Er vermochte nicht länger darin zu lesen. Er war sich nicht mehr sicher, ob sie sich von etwas derart Simplem und Reinem leiten ließ wie Rache. Aber jetzt war es zu spät, um Einfluß auf sie zu nehmen. Er deutete auf die gegenüberliegende Tür. »Sie können jetzt gehen.«

Als sie verschwunden war, öffnete der Bürokrat den Karton. Als er sah, was darin war, sog er scharf die Luft ein, doch er empfand keine Überraschung, bloß eine überwältigende Melancholie. Er ging hinaus zur Bar und zum dort wartenden Surrogat. »Das ist für Sie«, sagte er. »Von Ihrem Sohn.«

Korda schaute verständnislos zu ihm hoch. »Ich weiß nicht, wovon Sie reden.«

»Ersparen Sie mir das. Sie wurden dabei ertappt, daß Sie Umgang mit dem Gegner pflegen, verbotene Technik benutzen, gegen das Embargo verstoßen, das öffentliche Vertrauen mißbrauchen – und endlos so weiter. Glauben Sie ja nicht, ich könnte das nicht beweisen. Ein Wort von mir, und Philippe fällt über Sie her. Anschließend werden nur noch die Abdrücke seiner Zähne auf Ihren Knochen übrig sein.«

Korda legte seine Hände flach auf die Theke und senkte den Kopf. Versuchte sich wieder in die Gewalt zu bekommen. »Was wollen Sie wissen?« fragte er schließlich.

»Erzählen Sie mir alles«, meinte der Bürokrat. »Von Anfang an.«

Sein Scheitern führte den jungen Korda zur Jagdhütte in Shanghai. Er war in einem Alter in den öffentlichen Dienst eingetreten, als der Palast der Rätsel noch neu gewesen war und das kulturelle Leben geprägt von Geschichten über gefährliche Techniken, als die Gesellschaftssysteme noch im Wiederaufbau befindlich waren. Er wollte jedermann übertreffen. Das wilde Pferd der Technik war jedoch bereits zugeritten und gezügelt. Die Schutzmauern waren errichtet, das Universum gezähmt. Es gab keine neuen Welten zu erobern, und die alten hatte man sicher verschlossen. Wie so viele andere seiner Generation hatte ihn diese Erkenntnis wurzellos gemacht und verbittert.

Tag für Tag fuhr Korda mit dem Boot in die Marsch hinaus oder spazierte in den flachen Korallenhügeln umher, wobei er voller Selbstverachtung möglichst viele Lebewesen tötete. An manchen Tagen war das Marschwasser mit Federn bedeckt, doch trotzdem fand er keinen Frieden. Er tötete mehrere Behemoths, nahm jedoch keine Trophäen mit, und das Fleisch war natürlich ungenießbar.

Als er eines Tages zur heißen Mittagszeit mit geschultertem Gewehr eine Wiese durchstreifte, sah er eine Frau nach Würmern graben. Sie hielt in ihrer Arbeit inne, zog beiläufig die Bluse aus und wischte sich damit den Schweiß von Gesicht und Brüsten. Korda blieb stehen und schaute ihr gebannt zu.

Als ihn die Frau bemerkte, lächelte sie. Aus der Ferne hatte sie zunächst unscheinbar gewirkt, doch nun, im geringfügig veränderten Licht, sah er, daß sie wunderschön war. Komm bei Sonnenuntergang mit ein paar Zaunkönigweibchen vorbei, dann bereite ich sie für dich zu.

Als er wiederkam, hatte die Frau ein Feuer gemacht. Sie saß auf einer Decke davor. Er legte ihr seinen Fang zu Füßen. Später, nachdem sie ihren Anteil an den Vögeln verspeist hatten, die zwar wohlschmeckend sind, aber nicht sättigen, öffnete sie seine Hose, zog den Rock über die Hüften hoch, ergriff sein Glied und ließ es in sich hineingleiten.

Schon damals, noch ohne den schärferen Blick der Retrospektive, kam es ihm so vor, als veränderte sich das Gesicht der Frau, während sie kopulierten. Im flackernden Feuerschein war es schwer zu erkennen. Doch ihm kam es so vor, als würde es runder, eckiger, schlanker. Es war, als gäbe es unter ihrer Haut tausend verschiedene Gesichter, die zur Oberfläche empordrängten, als die Leidenschaft sie übermannte. Sie saß rittlings auf ihm und bewegte sich heftig, als wäre er ein Tier, das sie mit einem einzigen Galopp zuschanden reiten wollte. Sie lehrte ihn, seinen Orgasmus hinauszuzögern, damit er solange durchhielt, wie sie es wünschte.

»Hat sie Sie tätowiert?« fragte der Bürokrat.

Korda wirkte überrascht. »Nein, natürlich nicht.«

Als die Frau mit ihm fertig war, war die Glut am Erlöschen. Er legte sich träge unter ihr zurück und schloß die Augen, sank der Bewußtlosigkeit und dem Schlaf entgegen. Doch während sich die Welt von ihm entfernte, sah er, wie sich ihr Gesicht beim Orgasmus abflachte, verlängerte und hart wurde, bis es einem Totenschädel glich.

Es war kein menschliches Gesicht.

Als er erwachte, fror er und lag allein im grauen Licht einer trügerischen Morgendämmerung. Das Feuer war ausgegangen, die Decke hatte sie unter ihm weggezogen. Korda zitterte. Sein Körper war zerkratzt, gequetscht, zerbissen und wund. Er fühlte sich, als habe man ihn in einem Dornengestrüpp um und um gewälzt. Er kleidete sich an und kehrte zur Jagdhütte zurück.

Man lachte ihn aus. Da hast du dich mit einer Drul-Frau eingelassen, hieß es, du hattest Glück, daß sie gerade nicht läufig war. Vor einem Jahr hat hier ein Ausflugspilot gearbeitet, dessen Bruder wurde von einer zu Tode gekaut. Hat ihm die Brustwarzen und beide Eier abgebissen und die Haut bis auf den Muskel abgeleckt. Der Leichenbestatter brauchte eine Woche, um das Lächeln aus seinem Gesicht herauszukriegen.

Im Palast der Rätsel nahm man ihn ebenfalls nicht ernst. Eine höfliche junge Frau meinte, sein Erlebnis sei keine sonderlich gute Anekdote, aber sie würde sehen, ob sie sie in dem einen oder anderen obskuren

Flaschenladen ablegen könne, jedenfalls danke sie ihm für die Zeit, die er geopfert habe, und für sein Interesse.

Korda machte sich nichts daraus. Endlich hatte er ein Ziel.

Beim Zuhören konnte sich der Bürokrat nur wundern. Er und Korda hatten sich nie nahegestanden, aber sie hatten jahrelang zusammengearbeitet. Woher kam dieser Fanatismus, wie hatte Korda es geschafft, ihn so lange vor ihm zu verbergen? Er fragte: »Woher wußten Sie, wo Ararat liegt?«

»Vom Komitee. Als ich dazukam, war es keine große Sache, nur Hexenanhänger, Mystiker und ähnliche Ladenhüter, die beiseitezuräumen endlos viel Zeit verschlang. Es gehörten aber auch noch ein paar Oldtimer dazu, die zu ihrer Zeit einflußreich gewesen waren. Ich erfuhr einige interessante Dinge von ihnen.«

»Und dann stahlen Sie genügend Biotech, um einen unregistrierten Sohn klonen zu können: Gregorian. Allerdings verschwand seine Mutter, und er mit ihr. Sie hatten Pech gehabt.«

Das, räumte Korda ein, seien schwere Jahre gewesen. Er habe jedoch nur umso härter gearbeitet und Pläne für den Schutz und das Überleben der Drule geschmiedet, sollten sie erst einmal lokalisiert werden können, für Reservate und Zuchtprogramme, für die Enkulturation und die Bewahrung ihres kulturellen Erbes. Es seien fruchtbare Jahre gewesen, obwohl er sein eigentliches Ziel, die Drule aufzuspüren oder wenigstens ihre Existenz nachzuweisen, nicht erreicht habe.

Korda streckte jedoch seine Fühler aus, und eines Tages stieß er im Zuge seiner Nachforschungen im Tideland auf Gregorian.

»Wie?«

»Ich wußte, wie er aussah, verstehen Sie. Ich hatte

237

alljährlich Fotos machen lassen – sein Hormongleichgewicht war leicht verändert worden, damit er mir nicht so ähnlich sah. Nur eine entfernte Ähnlichkeit. Ich hatte ihn ein bißchen grobknochiger, hagerer gemacht, das war alles. Schauen Sie mich nicht so an. Ich hab's nicht aus Eigendünkel getan.«

»Erzählen Sie weiter.«

Die Beziehungen zwischen Vater und Sohn waren angespannt. Gregorian weigerte sich, im Sinne seines Vaters im Tideland tätig zu werden. Er gab ihm zu verstehen, er wüßte über die Drule gut Bescheid, bekundete aber auch sein völliges Desinteresse an deren Überleben. Korda zahlte trotzdem für Gregorians Ausbildung und ebnete ihm den Weg für eine gute Ausgangsposition in den Biotech-Labors des Äußeren Kreises. Die Zeit arbeitete für ihn. Einem Mann von Gregorians – Kordas – Format war nur schwer etwas entgegenzusetzen. Früher oder später würde er sich fügen.

Korda glaubte, Gregorian gut zu verstehen.

Er täuschte sich. Gregorian hatte im Äußeren Kreis Arbeit gefunden. Dort blieb er so lange, bis die Große Flut unmittelbar bevorstand, und Korda konnte keinen sinnvollen Nutzen aus ihm ziehen. Korda schrieb ihn ab.

Dann verschwand Gregorian. Er setzte sich plötzlich ab, ohne jede Vorwarnung und unter vorsätzlich verdächtigen Umständen. Nachforschungen ergaben, daß er kurz vor seinem Verschwinden mit der Stellvertreterin der Erde gesprochen und etwas von ihr bekommen hatte. Was immer es war, niemand wollte glauben, es sei harmlos gewesen. Man schlug Alarm. Korda sollte sich der Sache annehmen.

Er hatte den Bürokraten mit den Nachforschungen betraut.

»Warum gerade ich?«

»Irgend jemanden mußte ich losschicken. Sie waren gerade verfügbar.«

»Okay. Kurze Zeit später haben Sie mich beim Fest in Rosendal kontaktiert. Sie hatten sich als Tod verkleidet, und Sie wollten wissen, was ich über Gregorian herausgefunden hatte. Warum haben Sie das getan?«

Korda hob ein virtuelles Glas an die Lippen. Er trank in großen Schlucken, ohne sich betrinken zu können. »Gregorian hatte mir kurz vorher ein Paket geschickt. Darin waren Zähne, mehr nicht. Ich traute mich nicht, sie analysieren zu lassen, aber ein Irrtum erschien mir ausgeschlossen. Ich hatte schon Hunderte von Drul-Zähnen im Museum gesehen. Bei diesen hier waren die Wurzeln allerdings blutig. Sie mußten erst kürzlich gezogen worden sein.«

»Das paßt zu ihm«, bemerkte der Bürokrat trocken. »Und dann?«

»Nichts. Am nächsten Tag erfuhr ich von seiner Halbschwester, daß er sich hier mit mir treffen und mir den gewünschten Beweis übergeben wolle. Das ist alles. Möchten Sie das Paket nun öffnen?«

»Noch nicht«, sagte der Bürokrat. »Lassen Sie uns noch mal ein Stück zurückgehen. Warum haben Sie Gregorian überhaupt erschaffen? Es hatte was mit den Abstimmungen zu tun, nicht wahr?«

»Nein! Damit hatte es wirklich nichts zu tun. Ich ... ich wollte, daß er im Tideland aufwuchs, verstehen Sie. Ich plante mittlerweile auf lange Sicht. Mir war klar, daß die Drule deshalb so schwer aufzuspüren waren, weil sie nicht entdeckt werden *wollten*. Sie geben sich als Menschen aus, leben in sozialen Nischen, in Wanderarbeitercamps und in den Dachstuben heruntergekommener Netzläden. Sie sind schließlich intelligent und schlau, und sie sind nur wenige.

Um sie zu finden, brauchte ich jemanden, der sich im Tideland auskannte, der sich unter seinen Bewohnern bewegte, ohne Aufsehen zu erregen, der zwischen einem Scherz und einer unfreiwilligen Enthüllung unterscheiden konnte. Jemanden, der dort kulturell zu Hause war.«

»Das erklärt immer noch nicht, warum *Sie* dieser Jemand sein mußten.«

»Wem hätte ich sonst vertrauen können?« meinte Korda hilflos. »Wem hätte ich vertrauen sollen?«

Der Bürokrat schaute ihn lange Zeit an. Dann schob er das Paket ein Stück weit vor.

Korda hob den Deckel an. Als er sah, was darunter war, erstarrte er. »Machen Sie schon«, sagte der Bürokrat; auf einmal war er wütend. »Das wollten Sie doch haben, oder? Den letzten, unumstößlichen Beweis.«

Er griff in die Schachtel hinein und zog einen abgetrennten Kopf an den Haaren hervor. Zwei Surrogate, die in der Nähe standen, stellten ihre imaginären Drinks ab und glotzten. Weitere Surrogate wurden aufmerksam und schwenkten herum.

Der Bürokrat klatschte den Kopf auf die Theke.

Er war unmenschlich blaß, die Nase länger als bei jedem Menschen, der Mund lippenlos, die Augen zu grün. Als der Bürokrat mit der Hand über eine Wange fuhr, zuckten die Muskeln reflexhaft und stellten die Form dieser Kopfpartie anschließend wieder her. Korda glotzte den Kopf an, sein Mund auf dem Bildschirm klappte lautlos auf und zu.

Der Bürokrat wandte sich ab und ließ ihn stehen.

Das letzte Licht eines verwaschenen Sonnenuntergangs fiel durch die offene Tür, und hinter ihm sangen die Surrogate *Das sind die letzten Tage, die letzten Tage, bevor alles zu Ende geht*, als an seinem Ellbogen ein Hotelpage auftauchte. »Verzeihen Sie, Sir«, murmelte er, »aber eine Dame möchte Sie sprechen. Sie ist persönlich anwesend, und sie meint, es sei von höchster Wichtigkeit.«

Esme, dachte er betrübt, warum läßt du es nicht endlich gut sein? Beinahe wäre er gegangen. »Na schön«, sagte er. »Zeig mir den Weg.«

Das Gerät eskortierte ihn über einen verborgenen Aufzug zu einer unmittelbar unter der mächtigen Kuppelwölbung gelegenen Suite und entfernte sich, als sie die offenstehende Tür erreicht hatten. Von den Wänden strahlte ein sanftes Licht aus, in dem die extravagante Weitläufigkeit des Raums mit seinen handgeschnitzten Möbeln und dem gewaltigen Bett mit dem Seidenlaken um so ehrfurchtgebietender erschien. Er trat ein. »Hallo?«

Eine Tür ging auf, und hindurch trat die Frau, mit der er von allen Frauen der Welt am wenigsten gerechnet hätte.

Es verschlug ihm die Sprache.

»Hast du eifrig geübt?« fragte Undine.

Der Bürokrat errötete. Er war so überwältigt, daß er kein Wort herausbrachte. Er streckte seinen Arm über eine gewaltige Entfernung aus und nahm ihre Hand. Er umklammerte sie, nicht wie ein Liebender, sondern wie ein Ertrinkender. Er wußte, ließe er sie los, würde sie sich verflüchtigen. Er sah nur noch ihr Gesicht. Es war ein stolzes Gesicht, wunderschön, schelmisch; und als er es anschaute, begriff er, daß er sie kein bißchen kannte und sie nie gekannt hatte. »Komm her«, brachte er schließlich heraus.

Und sie kam zu ihm.

»Komm noch nicht. Ich möchte dir noch etwas zeigen.«

Der Bürokrat war nicht unbedingt erschöpft, sondern befand sich in einer gehobenen, sprachlosen Geistesverfassung; klar denkend, aber ohne sprechen zu wollen. Er rückte von ihr ab und nickte.

Undine legte die Hände flach nebeneinander, mit den Fingerspitzen nach unten, wie ein Blatt, so daß dort, wo die Hände sich berührten, eine schmale, natürliche Öffnung entstand. »Das ist die Mudra oder das Zeichen für Vagina. Und das«, sie legte eine Faust mit aufgerecktem Daumen auf die andere flache Hand, »ist die Mudra für Penis. Und jetzt...« Den Daumen noch immer hochgereckt, streckte sie den kleinen Finger aus. Sie senkte die Hand zwischen ihre Beine und steckte sich den Finger in die Vagina. »Jetzt habe ich mich in einen Hermaphroditen verwandelt. Nimmst du mich an als deine Göttin?«

»Wenn die Alternative heißt, daß du weggehst, dann denke ich...«

»Immer diese Einschränkungen – du bist ein Wortklauber, wie er im Buche steht! Sag ja.«

»Ja.«

»Gut. Bei dieser Lektion geht es darum, wie es für mich ist, wenn du mich liebst. Das ist nicht schwer. Du möchtest mich doch verstehen, nicht wahr? Dann mußt du dich in meine Lage versetzen. Ich werde nichts mit dir anstellen, was du nicht auch mit mir tun würdest. Das ist doch fair, oder?« Sie liebkoste sein Haar, seine Wange. »O Liebster«, sagte sie, »wenn du wüßtest, wie sehr es meinen Schwanz nach deinem Mund verlangt.«

Unsicher und linkisch neigte er sich vor und umfing ihren Daumen mit seinem Mund.

»Nicht so schnell. Nehme ich *dich* vielleicht in den Mund, als wollte ich eine Wurst verschlingen? Nähere dich langsam. Verführe ihn. Leck mir erst die Innenseite der Schenkel. Ah. Und jetzt küß meine Hoden – gut so, die gekrümmten Finger. Sanft! Fahr mit der Zunge darüber, dann sauge ganz sachte daran. So ist's gut.« Sie beugte sich nach hinten; ihre Brüste hoben, ihre Augenlider schlossen sich. Ihre andere Hand krallte sich in sein Haar.

»Ja. Und jetzt fahr mit der Zunge über den Schaft. Vielleicht möchtest du mich mit der Hand festhalten. So ist's gut, langsam. Und auch an den Seiten! Das tut gut. Und jetzt zieh die Vorhaut runter und entblöße die Spitze. Leck ganz sachte darüber. Liebkose mich, ja. Oje! Du bist wie geschaffen dafür, meinen Schwanz glücklich zu machen, Schätzchen, laß dir von niemandem was anderes erzählen.

Tiefer jetzt. Nimm mehr davon in den Mund, fahr gleichmäßig rauf und runter. Laß deine Zunge um den Schaft spielen. Mhm.« Sie bewegte sich jetzt unter ihm. Sie leckte sich die Lippen. »Nimm den Schaft in beide Hände. Ja. Schneller.«

Auf einmal zog sie ihn beim Haar hoch. Ihre Münder trafen sich, und sie tauschten einen leidenschaftlichen, feuchten Kuß. »Mein Gott, ich halt's nicht mehr aus«, sagte sie. »Ich will dich jetzt nehmen.« Sie rutschte zurück und drehte ihn um. »Setz dich auf meinen Schoß, dann führe ich ihn selbst ein.«

»Was?«

»Vertrau mir.« Sie küßte beide Hinterbacken. Heiße, flüchtige Küsse, die wie ein Luftzug waren. Sie schlang ihre Arme um ihn, streichelte an seinem Bauch entlang, spielte mit den Brustwarzen. »Mein süßes kleines Mädchen. Ich will meinen Schwanz tief in dir spüren.«

Langsam zog sie ihn auf ihren Daumen hinunter. Der Daumen stieß gegen seinen Anus, glitt hinein. Der Bürokrat saß jetzt auf ihrem Schoß, und ihre Brüste preßten sich gegen seinen Rücken. »Na, ist das wirklich so schlimm?«

»Nein«, gab er zu.

»Gut. Und jetzt beweg dich auf und ab, meine Süße, so ist's gut. Sachte, sachte – die Nacht ist zwar noch lang, aber wir haben eine Menge nachzuholen.«

Als sie zum Luftschnappen auf den Balkon hinaustraten, war es Nacht. Der Himmel war prachtvoll erleuchtet. Gelächter stieg vom Koboldmarkt empor, wo die Surrogate unter Tausenden von Papierlaternen tanzten. Der Bürokrat wandte den Blick gen Himmel. Droben wölbten sich die Ringe, verschwommene Diamantenstaub-Städte, und dahinter die Sterne.

»Nenne mir die Namen der dunklen Sternbilder«, sagte der Bürokrat.

Undine stand nackt neben ihm, ihr Körper war bedeckt von Schweiß, der in der warmen Nachtluft nicht verdunsten wollte. Vielleicht konnte man sie von der Straße aus sehen, doch das war ihnen egal.

»Du überraschst mich«, meinte Undine. »Wie hast du von den dunklen Sternbildern erfahren?«

»Ich hab's irgendwo aufgeschnappt.« Das Geländer an seinem Bauch war kühl, Undines Hüfte warm. Er legte ihr eine Hand ins Kreuz, ließ sie langsam über ihr glitschiges, glattes Fleisch hinuntergleiten. »Das da, hinter dem Südstern – das einem Tier ähnelt. Welches ist das?«

»Man nennt es den Panther«, sagte Undine. »Es ist ein weibliches Zeichen, welches das Verlangen nach spirituellem Wissen symbolisiert und bei bestimmten Ritualen nützlich ist.«

»Und das da drüben?«

»Der Golem. Ein männliches Zeichen.«

»Und das da, das an einen fliegenden Vogel erinnert?«

»Die Krähe«, sagte sie. »Das ist die Krähe.«

Er schwieg.

»Du möchtest wissen, wie Gregorian mich gekauft hat. Willst du wissen, mit welcher Münze er mich bezahlt hat?«

»Nein«, sagte der Bürokrat. »Ich will's überhaupt nicht wissen. Aber ich fürchte, ich muß dich danach fragen.«

Sie streckte die Hand vor und schüttelte den Arm.

Das diamantene Registrierungsarmband löste sich.

Undine fing es geschickt mitten im Flug auf, legte es um ihr Handgelenk und ließ es zuschnappen. »Er hat eine Plasmalötlampe. Einer seiner bösen, alten Kunden hat sie ihm als Bezahlung dagelassen. An und für sich stehen sie unter strikter Kontrolle, aber es ist schon erstaunlich, was die Leute für eine Spritze, die ihnen das ewige Leben verheißt, alles tun.«

»Das ist alles, was für dich dabei herausgesprungen ist? Eine Möglichkeit, der Registrierung zu entgehen?«

»Du vergißt, daß ich nichts weiter für ihn getan habe, als dir eine Nachricht zu überbringen. Er wollte, daß ich dich vor ihm warne. Das war nicht viel.« Sie lächelte. »Und netter warnen konnte ich dich schließlich nicht.«

»Er hat mir einen Arm geschickt«, sagte der Bürokrat grob. »Einen Frauenarm. Er hat gemeint, er habe dich ertränkt.«

»Ich weiß«, sagte Undine. »Genauer gesagt, ich habe davon gehört.« Sie schaute ihn mit ihrem verwirrend direkten Blick an. »Vielleicht ist jetzt der Zeitpunkt für Entschuldigungen gekommen. Eigentlich wollte ich mich aus zwei Gründen bei dir entschuldigen, einmal, weil Gregorian dich hinsichtlich meines Wohlergehens getäuscht hat, und dann für den Ärger, den du, wie ich gehört habe, wegen Mintouchian hattest.«

»Mintouchian?« Der Bürokrat war verwirrt, vollkommen ratlos. »Was hast du denn mit Mintouchian zu schaffen?«

»Das ist eine lange Geschichte. Wollen mal sehen, ob ich's kurz machen kann. Madame Campaspe, die Gregorian und mich unterrichtet hat, verdiente ihr Geld auf recht unterschiedliche Weise. Einige ihrer Erwerbsquellen würdest du nicht gutheißen, denn sie hatte ihre eigenen Maßstäbe und entschied selbst, was gut und richtig war. Vor langer Zeit kam sie in den Besitz einer Aktentasche, wie du eine besitzt, und begann mit der Herstellung gefälschter Drul-Artefakte.«

»Die Leute in Clay Bank!«

»Ja. Sie hatte eine kleine Organisation am Laufen – jemand, der sich um die Aktentasche kümmerte, Agenten in mehreren Boutiquen des Inneren Kreises, und dann war da noch Mintouchian, der die Waren aus dem Tideland herausbrachte. Das Problem bei derartigen Organisationen, die von einem abhängig sind, ist natürlich, daß sie meinen, man wäre ihnen etwas schuldig. Als Madame Campaspe wegzog und die Aktentasche nicht ganz zufällig durchbrannte, kamen sie daher zu mir. Sie wollten wissen, was sie jetzt tun sollten.

Warum fragt ihr gerade mich? Das wollten sie nicht hören – sie wollten, daß ihnen jemand sagte, was sie zu tun und zu lassen hätten, wann sie ausatmen und wieder einatmen sollten. Sie begriffen nicht, daß ich keine Lust hatte, ihre Mami zu spielen. Ich fand, es sei für mich an der Zeit, zu verschwinden. Ich beschloß, Madame Campaspes Beispiel zu folgen und meinen Tod durch Ertrinken zu arrangieren.

Gregorian und ich sprachen über die Herkunft einiger Gegenstände, die Madame Campaspe mir hinterlassen hatte, und über Möglichkeiten, sie loszuwerden. Als ich sagte, ich hätte beschlossen, mein altes Ich zu ertränken, bot er mir an, die Sache für einen sehr vernünftigen Preis zu regeln – er verlangte gerade soviel, daß ich nicht mißtrauisch wurde. Er ließ per Luftfracht von den Klonierungsanlagen in Nordhorst einen Arm einfliegen und behandelte und tätowierte ihn eigenhändig. Ich fürchte, ich habe ihm mehr überlassen, als ich hätte sollen.

Hexen sind immer beschäftigt – das ist bei ihnen so eine Angewohnheit. Ich war eine Zeitlang weg und erfuhr erst bei meiner Rückkehr, welche Unannehmlichkeiten ich dir verursacht hatte.« Sie blickte ihn mit ihren verwirrend ruhigen Augen unverwandt an. »Das ist die Wahrheit. Verzeihst du mir?«

Er hielt sie lange Zeit umschlungen, dann traten sie wieder ins Zimmer.

Später standen sie wieder auf dem Balkon, und zwar angekleidet, denn die Luft hatte sich abgekühlt.

»Du kennst die dunklen Sternbilder«, meinte Undine, »und die hellen. Kannst du sie aber auch alle zu dem Einen zusammensetzen?«

»Zu dem Einen?«

»Sämtliche Sterne bilden ein einziges Bild. Warte, ich zeig's dir. Fang irgendwo an, zum Beispiel mit dem Widder. Zeichne ihn mit den Fingern nach und spring dann zum nächsten Bild, beide sind ein Teil der größeren Struktur. Du folgst dem nächsten und gelangst zum ...«

»Zum Kosmonaut! Ja, ich sehe ihn.«

»Und während du all das im Kopf behältst, beziehst du auch die dunklen Sternbilder ein, wie sie ineinander übergehen und ein zweites, kontinuierliches Muster bilden. Bist du soweit? Folge meinem Finger, die Kurve hoch, wieder runter und dort rüber. Siehst du? Die Ringe und Monde beachtest du nicht, die sind nebensächlich. Folge meinem Finger, und jetzt hast du schon den halben Himmel.

Du hast die meiste Zeit deines Lebens im Weltraum verbracht, dann kennst du wohl beide Hemisphären, die nördliche wie die südliche, nehme ich an? Vergegenwärtige sie dir beide, die Himmelshalbkugel, die du gerade siehst, und die unter dir, an die du dich erinnerst, und beide zusammen bilden ...?«

Auf einmal sah er sie: Zwei ineinander verschlungene Schlangen, die eine hell, die andere dunkel. Ihre gewundenen Leiber bildeten eine komplizierte Kugel. Über ihm hielt die helle Schlange den Schwanz der dunklen im Maul. Unmittelbar unter ihm hielt die dunkle Schlange das Ende der hellen Schlange im Maul. Das Licht verschlang die Dunkelheit, die das Licht verschlang. Das Muster war vorhanden. Es war real und setzte sich endlos fort.

Er war erschüttert. Er hatte sein ganzes Leben innerhalb der Einen Konstellation verbracht, hatte sie tausendmal aus verschiedenen Blickwinkeln betrachtet und doch nicht gekannt. Wenn etwas derart Offensichtliches, Allumfassendes vor ihm verborgen gewesen war, was mochte ihm dann sonst noch entgangen sein?

»Schlangen!« flüsterte er. »Der ganze Himmel ist voller Schlangen!«

Undine umarmte ihn spontan. »Das hast du gut gemacht! Ich wünschte, ich hätte dich schon in deiner Jugend kennengelernt. Ich hätte einen Hexer aus dir machen können.«

»Undine«, sagte er. »Wo gehst du jetzt hin?«

Einen Moment lang war sie sehr still. »Am Morgen breche ich zum Archipel auf. Um diese Zeit des Großjahrs erwacht es zum Leben. Den Großsommer über ist das ein verschlafener, idyllischer Ort, an dem nichts passiert, aber jetzt ... Es ist, als würde Luft in einem Kolben zusammengepreßt und alles erwärmte sich. Die Leute ziehen auf die Berghänge, wo die Paläste sind, und sie bauen bunte provisorische Lauben. Es würde dir gefallen. Gute Musik, auf den Straßen wird getanzt. Man trinkt Inselwein und schläft bis zum Mittag.«

Der Bürokrat versuchte es sich vorzustellen, schaffte es aber nicht, obwohl er sich bemühte. »Das klingt wunderbar«, sagte er mit einem sehnsuchtsvollen Unterton.

»Begleite mich«, sagte Undine. »Laß deine schwebenden Welten zurück. Ich werde dich Dinge lehren, von denen du nie geträumt hast. Hattest du jemals einen Orgasmus, der drei Tage lang anhielt? Ich kann's dir beibringen. Hast du jemals mit Gott gesprochen? Sie schuldet mir einen Gefallen.«

»Und Gregorian?«

»Vergiß Gregorian.« Sie schlang die Arme um ihn, drückte ihn an sich. »Ich werde dir die Mitternachtssonne zeigen.«

Obwohl der Bürokrat gern mit ihr gegangen wäre

und sich zu Undines weitentfernter Bilderbuchinsel hätte entführen lassen, war doch etwas Hartes und Kaltes in ihm, das sich nicht vom Fleck rührte. Er vermochte von Gregorian nicht abzulassen. Das war seine Pflicht, seine Verpflichtung. »Ich kann nicht«, sagte er. »Das bin ich der Allgemeinheit schuldig. Erst muß ich die Sache mit Gregorian abschließen.«

»Ach? Na gut.« Undine schlüpfte in ihre Schuhe. Sie schlossen sich um ihre Waden und Fesseln; gute Importware. »Dann muß ich jetzt wirklich aufbrechen.«

»Undine, nicht.«

Sie zog eine bestickte Weste an, knöpfte sie über ihrer Bluse zu.

»Ich brauche nur noch ein, zwei Tage, länger nicht. Sag mir, wo ich dich finden kann. Ich werde dich dort finden. Du kannst alles von mir haben, was du willst.«

Sie wich ärgerlich vor ihm zurück. »Die Männer sind alle Dummköpfe«, meinte sie geringschätzig. »Das hast du doch bestimmt auch schon bemerkt.« Ohne hinzusehen hob sie ein Tuch auf, das sie vor Stunden fallengelassen hatte, und legte es sich um die Schultern. »Ich lasse nicht gern mit mir handeln.« Sie war an der Tür angelangt. »Wenn ich ein Angebot mache, gilt es nur einmal.« Und weg war sie.

Der Bürokrat setzte sich auf den Bettrand. Er meinte, ihren aus den Laken aufsteigenden Duft wahrnehmen zu können. Es war schon spät, aber die Surrogate draußen, die dem Zeitrhythmus anderer Welten folgten, feierten lauter denn je.

Nach einer Weile begann er zu weinen.

»*Sie* haben jedenfalls schlechte Stimmung heute morgen.«

Der Flieger flog leise summend weiter nach Süden. Der Bürokrat und Chu saßen Schulter an Schulter in Liegesesseln, die so vornehm waren wie Sitze in der Oper. Nach einer Weile unternahm Chu einen neuen Anlauf.

»Ich nehme an, Sie haben sich eine kleine Freundin gesucht, mit der Sie die Nacht verbracht haben. Dann ist es Ihnen besser ergangen als mir, das können Sie mir glauben.«

Der Bürokrat stierte ins Leere.

»Na schön, dann eben nicht. Mal sehen, ob mir's was ausmacht.« Chu verschränkte die Arme und lehnte sich zurück. »Ich habe die ganze Nacht in diesem Ding verbracht. Dann kann ich auch den Morgen hier verbringen.«

Tower Hill fiel hinter ihnen zurück. Angelockt vom Tiefdruckgebiet am Meer, waren graue Wolken vom Piedmont herangezogen, und sie flogen

dicht über Wäldern dahin, welche die Farbe von Blut-
ergüssen hatten. Am Boden regten sich Behemoths
und wühlten sich aus dem Schlamm hervor. Von Kräf-
ten, die sie nicht verstanden, aus ihren Gängen ver-
trieben und angeschwollen von Jungen, deren Geburt
sie nicht mehr erleben würden, brachen sie durch den
Wald, wild, ruhelos, zum Untergang verurteilt.

Der Bürokrat hatte die Aktentasche unter Umge-
hung der Automatikfunktionen an die Flugsteuerung
angeschlossen. Hin und wieder ordnete er halblaut
eine Kursänderung an, welche die Aktentasche an den
Flieger weiterleitete. Zur Unterdrückung des Außen-
lärms war eine Vakuumschicht in die Glaskuppel ein-
gearbeitet, und das einzige Geräusch im Cockpit war
das einschläfernde Vibrationssummen, das der Flieger
erzeugte.

Als sie zu einer Flußsiedlung gelangten, erwachte Chu
aus ihrer Erstarrung, klatschte aufs Armaturenbrett
und fauchte: »Was ist das da unten?«

»Gedunk«, antwortete der Flieger. »Einhundertdrei-
undzwanzigtausend Einwohner, Anlegeplatz, das öst-
lichste regionale Evakuierungszentrum für …«

»Ich weiß alles über Gedunk! Wie kommen wir
hierher? Wir müssen irgendwie umgekehrt sein.« Sie
beugte sich vor. »Wir sind nach Norden geflogen! Wie
konnte das passieren? Wir sind wieder über dem
Fluß.« Aus dieser Höhe wirkte der Viehtransporter
auf dem Wasser wie ein Spielzeugschiff, die Evakuie-
rungsarbeiter waren umherhuschende Pünktchen.
Südlich der Stadt lagen die verlassenen Überreste des
Umsiedlerlagers. Ein Zelt, das sich von den Pflöcken
losgerissen hatte, flatterte apathisch auf dem Boden
wie ein sterbendes Tier. Die Masse der Evakuierten
hatte man in rechteckige Verschläge am Pier gestopft.
Einer nach dem anderen wurde abgefertigt und auf
dem Boot verstaut.

»Wir landen«, wies der Bürokrat den Flieger an. »Das Melonenfeld am Westrand der Stadt ist genau richtig.«

Der Flieger formte sich um, breitete die Tragflächen aus, flachte sie ab und fuhr die Bremsklappen aus. Sie verloren an Höhe.

Als der Flieger landete, entfalteten sich plötzlich die Hälfte der auf dem Gelände verteilten weißen Melonen und huschten auf winzigen Füßen davon, scharfnasige Wesen, die verschwunden waren, ehe man sie ins Auge fassen konnte. Schon bald würden Fische auf diesen Wiesen äsen. In der Ferne lagen verfallene Baracken und ein Schuppen mit eingeknicktem Dachfirst und offenen Türen, bereit, die neuen Bewohner aufzunehmen, unterseeische Bauern oder Unterwassermäuse, was immer die Herren der Flut ihnen vorsetzen würden. Das Verdeck glitt zurück.

Es wehte ein wechselhafter, böiger Wind. Die Luft war überall in Bewegung, so rastlos wie ein junger Hund. »Und jetzt?« sagte Chu.

Der Bürokrat holte ein schmales Metallröhrchen aus seiner Aktentasche. Er zeigte damit auf Chu. »Steigen Sie aus.«

»Was?«

»Ich nehme an, Sie haben so was schon mal gesehen. Zwingen Sie mich nicht, es einzusetzen. Steigen Sie aus.«

Chu schaute das glänzende Röhrchen an, das winzige Loch an der Spitze, das genau auf ihr Herz zielte, dann hob sie den Blick zum ausdruckslosen Gesicht des Bürokraten. Auf ein Klopfen hin öffnete sich die Seitenwand. Chu kletterte nach draußen. »Ich nehme an, Sie wollen mir nicht sagen, was das alles soll.«

»Ich fliege ohne Sie nach Ararat.«

Der Wind zauste Chus drahtiges Haar. Sie kniff die Augen zusammen und blickte den Bürokraten an, eher verwundert als verletzt. »Ich dachte, wir wären Partner.«

»Partner«, sagte der Bürokrat. »Sie haben Gregorians Geld angenommen, seine schmutzigen kleinen Aufträge ausgeführt, ihn über jeden meiner Schritte informiert, und Sie ... Dazu gehört schon eine ziemliche Unverfrorenheit.«

Chu erstarrte, eine Felseninsel im raschelnden Gras. Schließlich sagte sie: »Seit wann wissen Sie Bescheid?«

»Seit Mintouchian meine Aktentasche gestohlen hat.«

Sie schaute ihn an.

»Einer von Ihnen beiden muß mich in Clay Bank unter Drogen gesetzt haben. Mintouchian war verdächtiger als Sie. Aber er war bloß ein kleiner Gauner aus der Gang, die Drul-Artefakte gefälscht hat. Seine Aufgabe war es, mit seinem Neugeborenen König Kisten nach Port Piedmont zu bringen. Er stahl meine Aktentasche, um den Laden wieder zum Laufen zu bringen. Gregorians Handlanger hatten sie aber bereits einmal gestohlen, daher wußten sie, daß die Aktentasche ihnen entwischen würde. Somit war klar, daß er nicht für Gregorian arbeitete. Der Verräter waren also Sie.«

»Scheißdreck!« Chu wandte sich gereizt ab, schwenkte wieder herum. »Hören Sie, Sie wissen nicht, wie die Dinge hier laufen ...«

»Das habe ich schon mal gehört.«

»Sie wissen's nicht! Ich ... Hören Sie, ich kann so nicht mit Ihnen reden. Steigen Sie aus. Stellen Sie sich vor mich hin und schauen Sie mir ins Gesicht.«

Er hob leicht den Metallzylinder. »Sie sind nicht in der Position, um Befehle zu erteilen.«

»Dann erschießen Sie mich doch! Erschießen Sie mich oder reden Sie mit mir, entweder oder.« Sie war so wütend, daß ihre Augen hervortraten. Sie biß herausfordernd die Zähne zusammen.

Der Bürokrat seufzte. Er kletterte wenig anmutig aus dem Flieger. »Also schön. Reden wir.«

»Das werde ich. Gut, ich habe von Gregorian Geld genommen – bei unserer ersten Begegnung sagte ich Ihnen, alle planetarischen Behörden wären korrupt. Mein Gehalt deckt nicht mal meine Ausgaben! Jedermann weiß, daß Beamte für ein paar Kröten rumzukriegen sind. Anders können wir uns nicht über Wasser halten.«

»Fertigmachen zum Start«, sagte der Bürokrat zum Flieger. Ihm war übel, und er sehnte sich nach dem sauberen, offenen Himmel. Chus Gesichtsausdruck nach zu schließen, war es ihm anzusehen.

»Sie Idiot! Wenn ich nicht gewesen wäre, hätte Gregorian Sie längst umgebracht. Darum habe ich Ihnen die tote Krähe ins Bett gelegt. Ich habe nichts getan, was nicht auch jeder andere Beamte an meiner Stelle getan haben würde, und das war erheblich weniger, als die meisten getan hätten. Daß Sie noch nicht tot sind, verdanken Sie allein der Tatsache, daß ich Gregorian gesagt habe, es sei unnötig. Ohne mich werden Sie nie wieder aus Ararat herauskommen.«

»War das nicht von Anfang an so geplant?«

Chu versteifte sich. »Ich bin Offizier. Ich hätte Sie lebend wieder herausgebracht. Hören Sie. Sie hängen vollkommen in der Luft. Wenn Sie mich schon hierlassen, fliegen Sie wenigstens nicht nach Ararat. Sie haben Gregorian nichts entgegenzusetzen. Er ist verrückt, ein Soziopath, ein Wahnsinniger. Solange er glaubt, ich stünde auf seiner Seite, hätten wir ihn überrumpeln können. Aber Sie allein? Niemals.«

»Danke für den Rat.«

»Um Himmels willen, nicht …« Chu zögerte. »Was ist das?«

Stimmen wehten heran, und zwar schon seit geraumer Zeit, ein Mischmasch aus Rufen und Schreien, abgemildert und undeutlich gemacht durch die Entfernung.

»Was ist das?«

»Man hat die Leute zu früh herausgebracht, sie zu eng zusammengepfercht, sie zu grob behandelt und ihnen nichts gesagt. Die typischen Voraussetzungen, um eine Menschenmenge in einen Mob zu verwandeln. Der kleinste Anlaß kann dann eine Panik auslösen, ein angetitschter Kopf, ein Gerücht, ein Schubs von einem Nachbarn.« Sie saugte nachdenklich an einem Backenzahn. »Tja, so wird's wohl gewesen sein.«

Der Viehtransporter legte vom Kai ab, offenbar hoffte die Besatzung, dem Aufruhr an Land so entgehen zu können. Menschen sprangen ihm verzweifelt nach, fielen entweder ins Wasser oder wurden hineingestoßen. Die Ordnungskräfte formierten sich weiter flußabwärts hinter einer Ansammlung von Gebäuden. Von hier aus wirkte alles stark verlangsamt und behäbig und ließ sich leicht beobachten. Nach einer Weile straffte sich Chu. »Die Pflicht ruft. Sie müssen sich schon ohne meine Hilfe umbringen. Ich glaube, ich muß dort mal nach dem Rechten sehen.« Unvermittelt streckte sie die Hand aus. »Noch böse?«

Der Bürokrat zögerte. Irgendwie hatte sich die Stimmung jedoch verändert. Die Spannung zwischen ihnen hatte sich abgebaut, der Ärger verflüchtigt. Er nahm das Röhrchen in die Linke. Sie schüttelten sich die Hände.

Weit unten erhob sich ein Gebrüll, als vor dem Mob orangefarben qualmende Verhaltensdämpfer explodierten. Die Vorstellung, dort runterzugehen, erschreckte den Bürokraten. Trotzdem zwang er sich zu sagen: »Brauchen Sie Hilfe? Ich habe nicht viel Zeit, aber …«

»Haben Sie jemals ein Aufruhrtraining absolviert?«

»Nein.«

»Dann können Sie nichts ausrichten.« Chu holte einen Zigarillo aus der Tasche und machte sich auf den Weg. Nach ein paar Schritten drehte sie sich um.

»Ich werde eine Kerze zu Ihrem Gedenken anzünden.« Sie zögerte, als fiele es ihr schwer, diesen letzten Kontakt abzubrechen.

Der Bürokrat hätte gern eine versöhnliche Geste gemacht. Jemand anders wäre Chu vielleicht nachgelaufen und hätte sie umarmt. »Grüßen Sie Ihren Mann von mir«, meinte er schroff. »Sagen Sie ihm, Sie wären in der Zwischenzeit ein braves Mädchen gewesen.«

»Sie Mistkerl.« Chu lächelte, spuckte aus und ging davon.

Wieder in der Luft und unterwegs nach Süden, sagte die Aktentasche: »Brauchen Sie den Stift noch?«

Der Bürokrat schaute benommen auf den Metallzylinder hinunter, den er immer noch in der Hand hielt. Er zuckte die Achseln und reichte ihn der Aktentasche. Dann kuschelte er sich in den Liegesessel. Die Schultern taten ihm weh, vor Anspannung und Erschöpfung brummte ihm der Schädel. »Sag mir Bescheid, wenn wir die Stadt erreicht haben.«

Sie flogen über verlassene Felder dahin, über menschenleere Siedlungen und Straßen, auf denen sich kein Verkehr bewegte. Die Evakuierungsbehörde hatte das Land durchkämmt und Straßensperren, aufgegebene Lastwagen und helle Farbkleckse auf Straßen und Dächern zurückgelassen, riesige, unleserliche Zeichen. Dann begann wieder die Marsch, die Spuren von Besiedlung wurden weniger, dünnten aus und verschwanden.

»Chef? Ich habe ein Gesprächsersuchen für Sie vorliegen.«

Der Bürokrat hatte gedöst; ein reizbarer Halbschlaf mit Träumen, die Gott sei Dank niemals ganz deutlich wurden. Nun erwachte er mit einem Grunzen. »Du hast was?«

»Im Flieger befindet sich ein fremdes Programm –

257

irgendein quasi-autonomes Konstrukt. Nicht gerade ein Stellvertreter, aber mit größerer Unabhängigkeit ausgestattet als die meisten Interaktive. Es möchte mit Ihnen sprechen.«

»Schalt's ein.«

In boshaft-munterem Ton sagte der Flieger: »Guten Morgen, Sie Schweinehund. Ich hoffe, ich störe nicht?«

Als er die Stimme des falschen Chu erkannte, sträubten sich dem Bürokraten die Nackenhaare. »Veilleur! Sie sind tot.«

»Ja, und das Komische daran ist, daß ich wegen einer Null wie Ihnen gestorben bin. Wegen eines Mannes, der sich die Fülle des Lebens, das ich verloren habe, nicht einmal vorstellen konnte, bloß weil Sie die Unverfrorenheit hatten, sich einem Hexer in den Weg zu stellen!«

Wolken trieben über den Himmel, dunkel und scharf konturiert. »Ebensogut könnten Sie Gregorian vorwerfen, er …« Der Bürokrat faßte sich. Es war sinnlos, mit dem aufgezeichneten Persönlichkeitsfragment eines Toten streiten zu wollen.

»Ebensogut könnte man das Meer dafür hassen, daß man darin ertrinkt! Ein Hexer ist kein Mensch – seine Empfindungen und seine Motive sind unermeßlich, unpersönlich und jenseits Ihrer Vorstellungskraft.«

»Dann *hat* er also ein Motiv? Dafür, daß Sie hier sind?«

»Er bat mich, Ihnen eine Geschichte zu erzählen.«

»Schießen Sie los.«

»Es war einmal …«

»O Gott!«

»Ich verstehe. Sie möchten die Geschichte lieber selbst erzählen?« Als der Bürokrat auf den Köder nicht ansprang, begann der falsche Chu von neuem. »Es war einmal ein Schneidergesell. Seine Aufgabe war es, die Stoffballen zu holen, sie auszumessen und den Webstuhl zu treten, während sein Herr daran wob. Dies trug sich zu in einem Land der Narren und Gauner. Der Herr des Jungen war ein Gauner, und der Kaiser, der über das Land herrschte, war ein Narr. Weil der Junge es aber nicht besser kannte, war er's zufrieden.

Der Kaiser wohnte in einem Palast, den niemand sehen konnte, aber jeder meinte, es sei das schönste Bauwerk im ganzen Universum. Er besaß sagenhafte Reichtümer, die sich zwar nicht anfassen ließen, aber als überaus kostbar galten. Und die Gesetze, die er erließ, hielt man für die weisesten, die es jemals gegeben hatte, obwohl niemand auch nur ein Wort davon verstand.

Eines Tages wurde der Schneider zum Kaiser gerufen. Ich möchte, daß du mir neue Kleider anfertigst, sagte der Kaiser. Die schönsten, die es je gab.

Wie Ihr befehlt, meinte der schurkische Schneider, so soll es geschehen. Er zog den Jungen am Ohr. Wir werden weder rasten noch ruhen, bis wir Euch die feinsten Kleider aller Zeiten angefertigt haben, so fein, daß Narren sie nicht einmal sehen können.

Niedergedrückt von den gewaltigen Erwartungen des Kaisers und ausgestattet mit dem Versprechen, in Zukunft reich belohnt zu werden, kehrten der Schneider und sein Geselle zur Werkstatt zurück. Dort angelangt, deutete der Schneider auf eine leere Spule in der Ecke und sagte: Das da ist die kostbarste Mondscheinseide, bring sie her. Aber aufgepaßt – wenn du sie mit deinen schmutzigen Finger anfaßt, setzt es Prügel.

Der Junge gehorchte verwundert.

Der Schneider nahm am Webstuhl Platz. Und jetzt tritt! befahl er. Es wartet eine gewaltige Arbeit auf uns. Heute nacht wird nicht geschlafen.

Wie der Junge litt! Die Werbeagenten des schurkischen Scheiders verbreiteten die Nachricht von seinem Auftrag, und zahlreich waren die Berühmtheiten und Medienstars, die sich mittels Bestechungsgeldern Zugang zu seinem Webstuhl verschafften. Sie begafften den leeren, ratternden Webstuhl, die leeren, sich drehenden Spulen, den Bambusstock, der angeblich mit kostbaren Stoffen behängt war. Sie sahen mit an, wie der Schneider den Jungen niederschlug, und meinten: Ah, der Mann hat Temperament. Er ist ein Künstler.

Nachdem sie sich kompromittiert hatten, priesen sie das in Entstehung begriffene Werk in den höchsten Tönen. Schließlich wollte keiner zugeben, daß er ein Narr war.

Nach getaner Arbeit war der Schneidergesell halb wahnsinnig vor Hunger und von den Wachmachern, die er eingenommen hatte, um nicht einzuschlafen. Er war fix und fertig und hatte am ganzen Körper blaue Flecken, und hätte er noch einen klaren Gedanken fassen können, wäre es gut möglich gewesen, daß er seinen Herrn umgebracht hätte. Die Begeisterung der Menge war jedoch ansteckend, und wie alle anderen fühlte er sich geehrt, an einer solch einzigartigen Arbeit teilzuhaben.

Schließlich kam der Tag der Präsentation. Wo sind meine Kleider? erkundigte sich der Kaiser. Hier, meinte der Schneider und streckte seinen leeren Arm vor. Sind sie nicht wunderbar? Seht nur, welch ein Glanz, welch ein Schimmer auf dem Stoff liegt. Wir haben sie so fein gewoben und so raffiniert geschnitten, daß nur ein geübtes Auge das Gewand zu sehen vermag. Für Narren ist es unsichtbar.

Man hätte eigentlich meinen sollen, daß der Kaiser auf eine derart offensichtliche Täuschung nicht hereinfallen würde. Doch bei ihm fügte sich eins zum anderen. Jemand, der an seine Größe glaubt, dem fällt es auch nicht schwer, an ein Stück Stoff zu glauben. Ohne Zögern zog er sich splitternackt aus und legte mit des Schneiders Hilfe die sieben Lagen reinstes Nichts an.

Zu Ehren von des Kaisers neuen Kleidern wurde ein Staatsfeiertag ausgerufen. Der Schneider wurde mit so vielen Ehren, Titeln und Börsenoptionen überhäuft, daß er nie wieder zu arbeiten brauchte. Den Jungen warf er aus dem Haus, auf daß er sich von Almosen ernähre.

So kam es, daß sich der Junge benommen, unter Drogeneinfluß und hungrig auf der Straße wiederfand, als der Kaiser mit seinem Gefolge eine Freudenprozession aufführte und die Gaffer – von denen keiner als Narr gelten mochte – die Schönheit seiner Kleider bejubelten.

Mit dem durch seinen tiefen Fall geschärften Wahrnehmungsvermögen sah der Schneidergesell keinen Kaiser vor sich, sondern nur einen nackten, ziemlich knorrigen alten Mann.

Bin ich denn ein Narr? fragte er sich. Die Antwort lautete natürlich ja, das begriff er jetzt. Er war ein Narr. Und in seiner Verzweiflung schrie er: *Der Kaiser hat keine Kleider!*

Alle stutzten. Die Prozession kam zum Stehen. Der Kaiser schaute verwirrt umher und sein Gefolge ebenso. Die zerlumpten Menschen auf der Straße begannen miteinander zu tuscheln. Sie sahen, daß der Schneidergesell recht hatte, was keiner von ihnen hatte zugeben wollen, aus Angst, als Narr zu gelten. Der Kaiser hatte keine Kleider.

Daraufhin erhoben sie sich und erschlugen den Kaiser, sein Gefolge und sämtliche Bediensteten. Sie brannten das Parlament nieder und das Zeughaus desgleichen. Sie schleiften die Unterkünfte, Kirchen und Vorratslager, sämtliche Gehöfte und Fabriken. Das Feuer brannte eine Woche lang. Im Winter gab es eine Hungersnot, und in deren Gefolge brach die Pest aus.

Im Frühjahr begann die neue Republik ihre Gegner zu exekutieren. Der Schneidergesell starb als erster.«

In der Kabine herrschte ein lastendes Schweigen. Nach einer Weile sagte der Bürokrat: »Sie sind nicht unterhaltsamer als zu Ihren Lebzeiten.«

»Nichts, was nach Ihrer Ankunft auf Miranda geschah, war Zufall«, meinte der falsche Chu. »Gregorian hat alles inszeniert. Er hat Sie gelehrt, die dunklen Sternbilder zu sehen und das Muster, das alle umfängt. Gregorian war es, der sie mit dem Fuchs zusammengeführt hat. Gregorian war es, der Ihnen eine Hexe ins Bett gelegt und sie mit den Möglichkeiten Ihres Körpers bekanntgemacht hat. Sie mögen ihn nicht gesehen haben, aber er war da. Er hat Sie vieles gelehrt.

Jetzt, wo ich tot bin, braucht er einen Schüler. Er möchte, daß Sie nach Ararat kommen und Ihre Ausbildung vollenden.«

»Glaubt er wirklich, ich würde das tun?«

»Der erste Ausbildungsschritt besteht darin, das alte Wertesystem des Suchenden zu zerstören. Und das hat er ja auch geschafft, nicht wahr? Er hat Ihnen gezeigt, daß Ihre alten Herren korrupt und Ihrer Loyalität unwürdig sind.«

»Hören Sie auf!«

»Sagen Sie mir, daß ich unrecht habe.« Veilleur lachte. »Sagen Sie mir, daß ich unrecht habe!«

»Stell ihn ab«, befahl der Bürokrat, und seine Aktentasche gehorchte.

Mit der Selbstverständlichkeit eines Berges hob sich Ararat aus der Marsch empor. Sanft ansteigende Terrassen mündeten auf unregelmäßige ebene Flächen. Darüber ragten die noch steiler ansteigenden Geschäftsbezirke auf. Zum Schluß kamen die Verwaltungs- und Dienstleistungsbezirke. Die Stadt war ein einziges zusammenhängendes Gebilde, das in unterschiedlich hohen Stufen zu einem zentralen spitzen Turm anstieg. Wäre sie von Grün bedeckt gewesen, hätte man sie für einen Teil der Landschaft halten können, für einen langgestreckten Ableger des Hügelarchipels, der in einem Bogen nach Süden führte. Da die Vegetation aber verdorrt war und Fenster und Türen an schwarze Zahnlücken erinnerten, war sie eine gotische Monstrosität, eine Bühnenkulisse für irgendeine längst vergessene Tragödie aus der kunstbeflissenen Vergangenheit der Menschheit.

»Kannst du in der Stadt landen?« fragte der Bürokrat.

»In welcher Stadt?«

»In diesem riesigen Steinhaufen unmittelbar vor uns«, antwortete der Bürokrat erschöpft.

»Chef, vor uns liegt flaches Land. Die nächsten dreißig Meilen kommt nichts als Marschland.«

»Das ist lächer ... Warum legen wir uns auf die Seite?«

»Wir legen uns nicht auf die Seite. Der Flieger liegt gerade in der Luft, und dem Kompaß nach fliegen wir nach Süden.«

»Du fliegst an Ararat vorbei.«

»Da ist nichts.«

»Wir schwenken nach Westen ab.«

»Nein, tun wir nicht.«

Die Stadt entfernte sich stetig. »Du kannst mir wirklich glauben. Welche Erklärung hast du für die Diskrepanz zwischen deinen und meinen Beobachtungen?«

Die Aktentasche zögerte, dann sagte sie: »Es muß sich um eine gehärtete Anlage handeln. Ich weiß, daß es sowas gibt, Orte, die als geheim eingestuft und für Maschinen unsichtbar gemacht wurden. Ich soll nichts sehen, also existiert es für mich auch nicht.«

»Kannst du nach meinen Anweisungen landen?«

»Chef, Sie werden doch nicht blind in eine gehärtete

Anlage hineinfliegen wollen. Die Abwehranlagen würden mich durchdrehen lassen, und ich würde uns geradewegs in den Boden bohren.«

»Ha.« Der Bürokrat musterte die Landschaft. Das Meer am Horizont war ein bleigrauer, unter den Wolken eingeklemmter dunstiger Streifen. Ararat war von drei Seiten unzugänglich, umgeben von stumpfen, silbrigen Wasser- und Schlammflächen. Im Westen hingegen führte ein breiter Damm von der Stadt zu einer grasbestandenen Waldlichtung. Offenbar war er ein Überbleibsel der einstigen Hauptzugangsstraße. Am Ende des Dammes standen etwa ein Dutzend verlassene Landfahrzeuge und ein Flieger. Der Bürokrat zeigte darauf. »Siehst du sie?«

»Ja.«

»Dann lande dort.«

Das Kuppeldach schwenkte seufzend zurück.

»Ich kann Sie nicht begleiten«, sagte die Aktentasche. »Solange ich eingestöpselt bin, kann ich Gregorians Eindringen verhindern. Aber die ganze Anlage ist von unfreundlichen Programmen durchsetzt. Sobald ich weg bin, müssen wir damit rechnen, daß sich der Flieger gegen uns wendet. Daß er startet und uns hier zurückläßt, wäre noch das mindeste.«

»Ja? Ich komme auch ohne dich zurecht.« Der Bürokrat kletterte ins Freie. »Wenn ich in ein paar Stunden nicht zurück bin, kommst du nach.«

»Habe verstanden.«

Er betrachtete den Damm. Aus der Luft war er deutlich zu erkennen gewesen, doch vom Boden aus war er unsichtbar. Die Fahrbahn war versandet und von Unkraut überwuchert. Immerhin hatte man in der Mitte eine behelfsmäßige Straße angelegt, die Planierraupe stand wie ein rostender Wachhund am Ende des Dammes. Er wanderte von Laster zu Geländewagen und weiter zum nächsten Laster, in der Hoffnung, ein Fahrzeug zu finden, mit dem er in die Stadt fahren könnte. Die Batterien waren jedoch allesamt ausgebaut. Vom Vordersitz eines Kleinbusses nahm er ein Fernsehgerät mit, denn es wäre vielleicht ganz nützlich, das Wetter im Auge zu behalten. Hinter ihm ragte die Stadt in den Himmel. Es konnte nicht weit sein.

Der Bürokrat drang in den Wald ein, der still und tief war. Hoffentlich begegnete er nicht einem Behemoth.

Wo der Boden weich war, eilten ihm Fußspuren voraus. Abgesehen von den Bulldozerspuren gab es keinerlei Hinweise auf motorisierten Verkehr.

Kurzzeitig wunderte er sich, warum man die Fahrzeuge alle auf der Wiese stehengelassen hatte. Vor seinem geistigen Auge sah er die reichen, törichten alten Bittsteller nach Ararat stolpern, um wiedergeboren zu werden, Pilger, die gezwungen waren, sich dem heiligen Berg zu Fuß zu nähern. Gekommen waren sie voller Hochmut und Hoffnung, blind vor Angst und beladen mit Reichtümern, um von einem Hexer die Unsterblichkeit einzutauschen. Er vermochte sie nicht vollständig zu verachten. Es war eine absurde Art von Mut nötig, um so weit zu kommen.

Die Luft war kühl. Der Bürokrat fröstelte, froh darüber, daß er wenigstens eine Jacke anhatte. Außerdem war es bedrückend still. Der Bürokrat dachte gerade über die Stille nach, als draußen in der Marsch irgend etwas schrie. Er konzentrierte sich aufs Gehen, setzte einen Fuß vor den anderen und blickte starr geradeaus. Auf einmal wurde er von einem Gefühl der Einsamkeit überwältigt.

Schließlich war er ja auch furchtbar isoliert. Nach und nach hatte er all seine Freunde, Verbündeten und Ratgeber zurückgelassen. Im Moment war sein nächster Bekannter am Piedmont zu finden. Er fühlte sich leer und einsam, und die Stadt ragte in den Himmel auf und kam nicht näher.

Er hatte sich getäuscht. An die bequemen Entfernungen auf den schwebenden Welten und in den Orbitalstädten des Weltraums gewöhnt, hatte er nicht bedacht, wie weit ein Objekt entfernt sein und trotzdem den Himmel einnehmen konnte. Schwarz und leblos schwebte die Spitze von Ararat über ihm.

Die fallende Dunkelheit nahm noch mehr Wärme mit sich fort. Was, überlegte er, würde er in Ararat vorfinden? Aus irgendeinem Grund glaubte er nicht mehr, daß Gregorian dort auf ihn warten würde. Er konnte es sich einfach nicht vorstellen. Wahrscheinlicher war, daß er die Stadt verlassen vorfinden würde, nichts als widerhallende Straßen und leere Fenster. Am Ende seiner langen Suche würde er im Nirgendwo ankommen. Je mehr er darüber nachdachte, desto plausibler erschien es ihm. Diese Art Scherz paßte genau zu Gregorian.

Er ging weiter.

Seltsamerweise empfand er Zufriedenheit. Letztendlich kam es gar nicht darauf an, ob er Gregorian nun fand oder nicht. Er hatte seine Pflicht getan, und trotz aller Anstrengungen hatte Gregorian es nicht geschafft, ihn davon abzubringen. Es mochte schon sein, daß die Herren, denen er diente, käuflich waren, daß das ganze System im Grunde korrupt und vielleicht sogar dem Untergang geweiht war. Dennoch hatte er sich nicht verraten. Und die Zeit reichte noch aus, um die Stadt zu erreichen und rechtzeitig vor dem Einsetzen der Großen Flut zurückzukehren. Dann konnte er nach Hause reisen.

Vor ihm schwebte ein weißes Pünktchen in der Luft. Ein zweites kam dazu und dann ein drittes, zu klein für Blüten, zu groß für Blütenstaub. Es war bitterkalt. Er schaute hoch. Wann waren die Blätter abgefallen? Die kahlen Bäumen standen als schwarze Gerippe vor dem grauen Himmel. Noch mehr weiße Pünktchen taumelten vorbei.

Dann waren sie überall und füllten den leeren Raum zwischen ihm und der Stadt mit ihrem Gewimmel und definierten dadurch diesen Raum, verliehen ihm Ausdehnung und verdeutlichten die Strecke, die er noch zurückzulegen hatte.

»Es schneit«, sagte er verwundert.

Die Kälte war unangenehm, trotzdem sah der Bürokrat keine Veranlassung, umzukehren. Ein wenig Unbequemlichkeit machte ihm nichts aus. Er schritt zügiger aus, in der Hoffnung, von der Anstrengung werde es ihm ein wenig wärmer werden. Das Fernsehgerät klatschte rhythmisch gegen seinen Schenkel. Weiche, federleichte Flocken häuften sich aufeinander, hüllten die Bäume ein, das Land, den Weg. Hinter ihm verwischten sich seine flüchtigen Fußspuren und verschwanden.

Er schaltete den Fernseher ein. Ein grauer Drache aus Gewitterwolken krümmte sich mehrfach in sich zusammen, kroch über den Bildschirm zum Kontinent hinunter. *Sie schmelzen!* schrie jemand aufgeregt. *Wir haben einige wunderbare Orbitalaufnahmen von den Polkappen vorliegen ...*

Er schaltete zum nächsten Kanal um – *begeben Sie sich unverzüglich in Sicherheit.* Der Pfad schlängelte sich zwischen den Bäumen einher, eben und flach und eintönig. Der atemlose Bürokrat stapfte mühsam voran. Der Fernseher plapperte unverdrossen weiter, im munteren Ton von Menschen, die am Rande der Katastrophe standen. Es wurde von Rettungsaktionen in Sand Province berichtet, die an ein Wunder grenzten, und von gefährlichen Luftbrücken an der Küste. Er erfuhr, daß das Militär in Alarmbereitschaft versetzt worden sei und die Flugzeugstaffeln im Sechs-Stunden-Takt rotierten. Er wurde ermahnt, das Tideland vor dem Eintreffen der ersten Flutwelle zu verlassen. Bis dahin seien es noch zwölf bis achtzehn

Stunden. Er habe keine Zeit mehr zum Schlafen. Er habe keine Zeit mehr zum Essen. Er müsse unverzüglich aufbrechen.

Der Schneefall war mittlerweile so dicht, daß er die Bäume rechts und links kaum noch erkennen konnte. Seine Zehen und Fußsohlen schmerzten von der Kälte. *Hypothermie!* plärrte der Fernseher. Reiben Sie nicht die unterkühlte Haut. Tauen Sie sie behutsam mit warmem Wasser auf. Er vermochte den Ratschlägen nicht zu folgen; es kamen zu viele unbekannte Wörter darin vor.

Die Ansager klangen hektisch. Ihre Gesichter waren gerötet, ihre Augen glänzten. So war das eben mit den Naturkatastrophen, sie gaben den Menschen das Gefühl, wichtig zu sein und Notwendiges zu tun. Er schaltete weiter und fand eine Frau, welche die Präzession der Pole erklärte. Anhand von Karten und Weltkugeln erläuterte sie, daß Miranda nun in den Großwinter einträte und weniger Sonneneinstrahlung denn je abbekäme. *Die Erwärmung fand bereits vor zehn Jahren statt. Komplizierte natürliche Feedbackmechanismen sorgen dafür, daß …*

Der Tragegriff des Fernsehgeräts brannte wie Eis. Er konnte ihn nicht länger festhalten. Mühsam öffnete er die Hand und ließ los. Der Fernseher fiel auf den Weg, und der Bürokrat steckte seine Hand unter die Achsel. Mit verschränkten Armen eilte er weiter. Eine Zeitlang verfolgten ihn noch die Stimmen. Sie wurden allmählich leiser, bis sie ganz verstummten.

Nun war er vollkommen allein.

Erst als er stolperte und hinfiel, wurde ihm die Gefahr bewußt, in der er schwebte.

Als er hart auf dem Boden aufschlug, blieb er einen Moment lang reglos liegen und genoß beinahe den sengenden Schmerz, der einen Arm und eine Gesichtsseite nahezu lähmte. Er wunderte sich darüber, daß das Wetter ihm dies alles antun konnte. Endlich wurde ihm klar, daß er entweder umkehren oder sterben mußte.

Benommen stand er auf. Er hatte sich beim Fallen leicht gedreht, so daß er nun nicht mehr wußte, welche Richtung die richtige war. Der Schneefall war mittlerweile sehr dicht geworden, er überpuderte seinen Anzug und verfing sich in seinen Wimpern. Er sah kaum noch etwas. Ein paar graue Linien beiderseits des Wegs, die offenbar Bäume waren, mehr nicht. Der Abdruck, den er bei seinem Sturz im Schnee zurückgelassen hatte, verwischte sich bereits.

Er machte sich auf den Rückweg.

Die Chancen, daß er zum Flieger zurückging, standen fünfzig zu fünfzig. Er hätte es gern genauer gewußt, aber er hatte die Orientierung verloren, und das Denken fiel ihm schwer. Seine ganze Aufmerksamkeit wurde von der Kälte in Anspruch genommen, die ihre Zähne in sein Fleisch schlug und ihn nicht mehr losließ. Eisnadeln stachen in seine Muskeln. Sein Gesicht war steifgefroren. Er knirschte mit den Zähnen, fletschte unwillkürlich die Zähne und zwang sich, weiterzugehen.

Nach einer Weile merkte er, daß er eindeutig in die falsche Richtung ging, denn er war nicht wieder am weggeworfenen Fernseher vorbeigekommen. Diese Erkenntnis schob er möglichst lange vor sich her, denn die Vorstellung, auf demselben Weg zurückzugehen, überstieg seine Kräfte. Irgendwann mußte er sich seinen Irrtum jedoch eingestehen, wandte sich um und ging zurück.

Es herrschte eine wundervolle Stille.

Der Bürokrat hatte schon längst kein Gefühl mehr in den Füßen. Allmählich kroch die schmerzende Kälte an seinen Beinen hoch und betäubte seine Wadenmuskeln. Seine Knie scheuerten schmerzhaft an der kalten Hose. Seine Ohren brannten. Ein heftiger

Schmerz in beiden Augen und über der Nasenwurzel verursachte ihm Schädelbrummen, so als murmelten Dämonenstimmen im Chor sinnlose Worte.

Dann kroch die lähmende Taubheit noch weiter in die Höhe, seine Knie gaben nach, und er stürzte.

Er stand nicht wieder auf.

Endlos lange lag er da und meinte, die Geräusche von Phantommaschinen zu vernehmen. Eine wohltuende Wärme breitete sich in ihm aus. Darüber war auch im Fernsehen geredet worden. Steh auf, du Bastard, dachte er. Du mußt aufstehen. Etwas knirschte, und dann erblickte er vor sich Stiefel, schwarze Lederstiefel. Ein korpulenter Mann ging in die Hocke und nahm ihn sanft auf die Arme. Hinter der Schulter des Mannes erblickte er in dem wirbelnden Weiß einen verschwommenen Farbtupfer, der von einem Wagen oder einem Laster stammen mußte.

Der Bürokrat schaute hoch in ein breites Gesicht, das voller Stärke und Wärme war und ebenso unnachgiebig wie Stein. Der Mann sah aus wie jemandes Vater. Die Lippen kräuselten sich zu einem Lächeln, welches das ganze Gesicht des Mannes einbezog und die Wangen zu fröhlichen Bällen formte. Der Mann zwinkerte ihm zu.

Er war Gregorian.

Drei Männer saßen am Lagerfeuer.

Es war eine kalte Nacht. Der
Bürokrat rauchte schwarzes, mit
Amphetaminen versetztes Haschisch,
um wach zu bleiben. Gregorian
hielt ihm die Pfeife an den Mund und
drängte ihn, tief zu inhalieren und
den Rauch möglichst lange drinzube-
halten. Vom Hasch schwirrte dem Bürokraten der Kopf. Seine Füße waren
unglaublich weit entfernt, eine ganze
Tagesreise den gigantischen Grat seiner
Beine entlang. Lang hingefläzt am
Berghang, war er unheimlich ruhig und
zugleich hellwach, über den himm-
lischen Telegrafen unmittelbar mit der
uralten Weisheit verbunden, die wie
Mondsteine in einem Amalgam von
Koprolithen und den Zähnen
von Säbelzahntigern auf dem Grund
seines Schädels lagen. Kurzzeitig verlor
er den Kontakt zur äußeren Realität
und tauchte tief in die unterseeischen
Höhlen der Wahrnehmung ein, ein

Piratenkapitän auf der Suche nach Beute. Dann atmete er aus. Ein Schwall von Rauch strömte in die Welt hinaus.

Der Schneefall hatte längst aufgehört.

Gregorian rauchte die Pfeife zu Ende, klopfte die Asche an seinem Stiefelabsatz aus und kratzte den Pfeifenkopf behutsam sauber. »Wissen Sie, wie Ararat verloren ging?« fragte er. »Das ist eine interessante Geschichte.«

»Erzählen Sie«, meinte der Bürokrat.

Ihr Gefährte schwieg.

»Um sie zu begreifen, müssen Sie sich zunächst klarmachen, daß die oberen Bereiche der Stadt über der Hochwassermarke des Großwinters liegen. Natürlich werden sie von der Flutwelle überschwemmt – aber die Stadt ist so gebaut, daß sie der Wucht des Aufpralls standhält. Wenn die Unwetter aufhören, ist sie eine Insel. Ein militärisch wertvoller Ort – abgelegen, leicht zu befestigen, leicht zu verteidigen. Die Systemabwehr hat ihre Verwicklung unter dem Deckmantel einer zivilen Hilfsorganisation unter der nominellen Schirmherrschaft der Behörde für Kulturelle Entwicklungshilfe versteckt, wobei die Kontrolle durch eine weitere zivile Tarnorganisation ausgeübt wurde. Während der Reorganisation im Anschluß an die Phase der gewaltsamen Einigung ...«

Die Erklärung dauerte fort und fort. Der Bürokrat lauschte ihr nur oberflächlich und ließ die Worte in murmelnden Wellen über sich hinweggleiten, während er seinen Gegenspieler studierte. So wie Gregorian vor dem Feuer hockte, wirkte er mehr wie ein Tier denn wie ein Mensch. Die Flammen malten rote Schatten in sein Gesicht, und das kühle, grünliche Licht von der Fensterwand beleuchtete sein Haar von hinten. Bisweilen reichte das Licht bis zu seinen Zähnen und ließ sie aufleuchten. Trotzdem drang es nie bis zu seinen Augen vor.

Jahrzehnte verstrichen. Organisationen erstarkten und verfielen, verflochten sich miteinander, teilten sich die Verantwortlichkeiten, erwarben neue Zuständigkeiten und spalteten sich von ihren Mutterorganisationen ab. Als sich der Ozean zurückzog und der Großfrühling begann, war Ararat so tief in die Systempolitik verwickelt, daß man die Geheimhaltungsstufe weder lockern noch aufheben konnte.

»Das Dumme daran war – die Verschwendung! Eine ganze Stadt, das Werk Tausender von Menschenleben, war aufgrund einer bloßen Verfügung verlorengegangen. Und dies ist nur der sichtbare Zipfel eines unsichtbaren Imperiums der Ignoranz, das uns von fremden Mächten auferlegt wird.«

Gregorians Stimme klang auf unheimliche Weise vertraut, auch seine Züge ließen sich als eine gröbere, unwiderstehlichere Ausgabe von Kordas Gesicht auffassen. »Das hätte auch Ihr Vater sagen können«, bemerkte der Bürokrat.

Gregorian hob jäh den Kopf. »Ich brauche Sie hier nicht!« Er deutete auf die reglose Gestalt, die ihm auf der anderen Seite des Lagerfeuers gegenübersaß. »Die Gesellschaft von Pouffe reicht mir aus. Wenn Sie jung sterben wollen, kann ich ...«

»Das war bloß so eine Bemerkung.«

Der Magier lehnte sich zurück, seine Wut war ebenso rasch wieder verflogen, wie sie aufgeflammt war. »Ja, Sie haben recht. Ja. Nun, natürlich stammten sämtliche Informationen ursprünglich von Korda. Es war eins seiner Projekte. Er hat Jahre darauf verwandt, die Geheimhaltungsstufe von Ararat aufzuheben, ist gegen Windmühlen angerannt und hat gegen Phantome gekämpft. Ein mit rotem Heftpflaster zum Schweigen gebrachter alter Laocoon.« Er legte den Kopf in den Nacken und lachte. »Aber was geht das Sie und mich an? Selbst schuld, wenn er sein Leben vergeudet hat. Ich vermute, Sie haben nicht daran gedacht, mein Notizbuch mitzubringen?«

»Ich hab's in meiner Aktentasche gelassen. Im Flieger.«

»Ach so. Es war sowieso nur von nostalgischem Wert. Wir müssen alle lernen, zu verzichten.«

»Sagen Sie mir eines«, meinte der Bürokrat vorsichtig. Gregorian nickte mit seinem dicken Kopf. »Was hat Ihnen die Stellvertreterin der Erde gegeben – war es verbotene Technik? Oder war es gar nichts?«

Gregorian ließ sich die Frage mit gespielter Ernsthaftigkeit durch den Kopf gehen, dann meinte er so, als handele es sich um die Pointe eines besonders guten Witzes: »Überhaupt nichts. Ich wollte Korda dazu zwingen, mir jemanden nachzuschicken. Es war ein Köder, mehr nicht.«

»Dann kann ich ja jetzt gehen.«

Gregorian lachte in sich hinein. Als sich das Feuer unter einer plötzlichen Bö duckte, war er nur noch eine schwarze Silhouette vor der Fensterwand. Ein eintätowierter Komet erwachte zum Leben, glitt über seinen Arm und verblaßte allmählich. Ein zweites Zeichen leuchtete auf, dann ein drittes; sie krochen unter seiner Haut entlang wie Glühwürmchen über einen vergrabenen Baumstumpf. »Bleiben Sie«, sagte er. »Wir haben noch viel zu bereden.«

Der Magier lehnte sich erneut zurück; offenbar hatte er es nicht sonderlich eilig, zur Sache zu kommen. Die Stadt fiel hier steil ab zum blaßsilbernen und grauen Land, das sich bis zum unsichtbaren Meer am Horizont erstreckte. Es regten sich seltsame Lüfte und Düfte. Es roch nach Zimtmyrte und Isolärche.

Das Lagerfeuer befand sich auf einer Hochterrasse, in einer bröckligen Steinnische, die Gregorian als ›Walsuhle‹ bezeichnet hatte. Wie alles in Ararat war sie stark verfallen. Aus den abgerundeten Wänden sprangen Haken vor, deren Zweck nicht mehr zu erkennen war. Zwischen den Flechten schauten die losen Enden ummantelter Kabel und Rippen von Meereswesen heraus. An manchen Stellen traten Schichten von Adamantin zutage, unversehrt und unzerstörbar. Diese nachträglichen Vorrichtungen der Systemabwehr waren seltene Fremdkörper in der verfallenen Stadt.

Der Bürokrat lehnte sich an eine Strebe aus Karbonfasern. Wenn er sich bewegte, klirrten die Ketten, mit denen er daran gefesselt war. An einer Seite lag der Kommandoraum mit den gestapelten Kisten voller Nahrungsmittel und Überlebensausrüstung. An der anderen blickte man in die weite und zugige Welt hinaus. Hinter sich fühlte der Bürokrat die leeren schmalen, dunklen Straßen, die ihn anstarrten. »Ich möchte mit Ihnen über Ihr Angebot sprechen«, sagte er.

Gregorian sagte träge: »Welches Angebot meinen Sie?«

»Ich möchte Ihr Schüler werden.«

»Ach, das. Nein, das war nicht ernst gemeint. Es sollte Sie dazu ermutigen, mich hier aufzuspüren, das war alles.«

»Trotzdem.«

»Sie haben keine Ahnung, was alles dazugehört, kleiner Bruder. Ich könnte alles von Ihnen verlangen – zum Beispiel einen Hund zu kreuzigen. Oder einen wildfremden Menschen umzubringen. Dieser Prozeß verändert einen. Ich könnte Ihnen sogar befehlen, den alten Pouffe zu ficken. Würden Sie das tun? Jetzt und hier?«

Pouffe saß ihnen gegenüber, mit dem Rücken zum Land. Im Licht, das durchs Fenster fiel, wirkte sein Gesicht aufgedunsen und ungesund. Seine Augen waren zwei matte Sterne, sie blinzelten nicht. Der Bürokrat zögerte. »Wenn es sein muß.«

»Sie sind kein überzeugender Lügner. Nein, Sie werden schön an diese Strebe gefesselt bleiben. Sie müssen solange hierbleiben, bis die Flut kommt. Und dann müssen Sie sterben. Es gibt keinen Ausweg. Ich allein könnte Sie losmachen, und mein Entschluß steht fest.«

Sie schwiegen beide. Der Bürokrat meinte das Meer hören zu können, so leise wie ein fernes Flüstern.

»Glauben Sie«, sagte Gregorian, »daß es noch überlebende Drule gibt?«

Der Bürokrat antwortete überrascht: »Sie haben Ihrem Vater doch den Kopf eines Druls geschickt.«

»Ach, das? Nichts weiter als ein billiger Trick, den ich mit den Überbleibseln von Kordas alter Laborausrüstung zusammengebraut habe. Ich hatte noch diese toten Geldsäcke aus der Zeit, wo ich Kapital auftreiben mußte, und dafür waren sie gerade recht. Aber Sie – es heißt, Sie hätten in Cobbs Creek mit einem fuchsköpfigen Drul gesprochen. Was meinen Sie? War das real? Seien Sie jetzt ehrlich, es gibt keinen Grund mehr, zu lügen.«

»Man sagte mir, es habe sich dabei um einen Naturgeist gehandelt ...«

»Pah!«

»Aber ... Also, wenn das keiner Ihrer Leute mit einer Maske war, dann kann ich mir nicht vorstellen, was es außer einem Drul sonst gewesen sein könnte. Er war ein lebendiges Wesen, dessen bin ich mir sicher, ebenso greifbar wie Sie und ich.«

»Ahhh.« Das Stöhnen war irgendwo zwischen Genugtuung und Schmerz angesiedelt. Dann zog Gregorian beiläufig ein riesiges Messer hinter seinem Gürtel hervor. Die Klinge war aus schwarzem Stahl, das Heft aus Elfenbein. »Ich glaube, er ist soweit.«

Gregorian näherte sich Pouffe und hockte sich hin. Er schnitt dem alten Krämer einen langen Streifen aus der Stirn. Er blutete kaum. Ein schwaches Leuchten ging vom Fleisch aus, nicht so hell wie bei Undines Iridobakterien, sondern ein weicheres, grünliches

Licht. Es leuchtete zwischen den Fingern des Magiers hervor, erhellte seine Mundhöhle und erlosch. Gregorian kaute geräuschvoll.

»Die Fiebertänzer sind jetzt auf dem Höhepunkt. Vor zehn Minuten wären sie noch ansteckend gewesen. In einer Stunde bauen sich die Toxine bereits wieder ab.« Er spuckte den Fleischstreifen in die hohle Hand und schnitt ihn in zwei Teile. »Da.« Er hielt die eine Hälfte dem Bürokraten an die Lippen. »Nehmen Sie. Essen Sie.«

Der Bürokrat wandte sich angewidert ab.

»Essen Sie!« Das Fleisch hatte keinen starken Geruch; vielleicht wurde er aber auch vom Rauch des Holzfeuers überdeckt. »Ich habe Sie hierhergebracht, weil dieses Sakrament am besten in Gesellschaft funktioniert. Wenn Sie nicht daran teilnehmen wollen, habe ich keine Verwendung für Sie.« Der Bürokrat gab keine Antwort. »Denken Sie nach. Solange Sie leben, gibt es Hoffnung. Ein Meteorit könnte mich erschlagen. Korda könnte mit einer Abteilung Marines auftauchen. Wer weiß das schon? Ich könnte es mir sogar anders überlegen. Der Tod ist das Ende aller Möglichkeiten. Machen Sie den Mund auf.«

Er gehorchte. Das kühle Fleisch wurde auf seine Zunge gedrückt. Es fühlte sich gummiartig an. »Kauen Sie. Kauen Sie und schlucken Sie erst, wenn nichts mehr da ist.« Der Magen drehte sich ihm um, doch er bezwang seinen Ekel. Das Fleisch hatte nur wenig Geschmack, doch dieses Wenige war deutlich ausgeprägt. Er würde es den Rest seines Lebens im Mund schmecken.

Gregorian tätschelte ihm das Knie und setzte sich wieder. »Sie sollten mir dankbar sein. Ich habe Sie eine wertvolle Lektion gelehrt. Die meisten Menschen erfahren nie, was sie alles tun würden, um am Leben zu bleiben.«

Der Bürokrat kaute weiter. Sein Mund fühlte sich

taub an, ihm war schwindelig. »Ich habe ein seltsames Gefühl.«

»Haben Sie jemals einen Menschen gehaßt? Ich meine, wirklich gehaßt. So sehr, daß Ihnen Ihr eigenes Glück, selbst Ihr Leben, nichts mehr bedeutet hat, solange Sie nur das Leben des anderen ruinieren konnten?«

Ihr Kauen synchronisierte sich, die Kiefer mahlten im gleichen Rhythmus, geräuschvoll, feucht. »Nein«, hörte der Bürokrat jemanden antworten. Es war seine eigene Stimme. Das aber war auf schwer bestimmbare Art eigenartig. Er verlor jedes Ortsgefühl, sein Bewußtsein breitete sich immer weiter aus, so daß er eigentlich nirgends mehr war, sondern nur noch teilhatte an unterschiedlichen Graden von Wahrscheinlichkeit. »Ich schon«, sagte er mit der Stimme des Magiers.

Verwundert öffnete er die Augen und blickte in sein eigenes Gesicht.

Der Schock versetzte ihn wieder in seinen Körper zurück. »Wen haben Sie so gehaßt?« keuchte er. Abermals verlor er seine Identität. Er hörte Gregorian lachen, ein wahnsinniges, krankes Geräusch mit einem gequälten Unterton, und es stammte gleichermaßen von ihm wie vom Magier. »Mich«, sagte er, und die tiefe Stimme vibrierte in seiner Magengrube. »Mich, Gott, Korda – alle zu gleichen Anteilen. Ich konnte die drei nie richtig auseinanderhalten.«

Der Magier redete weiter, und unter dem Einfluß der Droge versenkte sich der Bürokrat so sehr in dessen Worte, daß sich der letzte Rest seines Ichs verflüchtigte. Das Rätsel der Individualität entwirrte sich. Er wurde Gregorian, wurde zum jungen Magier, der vor vielen Jahren in Anwesenheit seines Klon-Vaters in einem trüberhellten Raum tief im Hypergravitationsbezirk von Laputa gestanden hatte.

Er stand aufrecht wie ein Ladestock und fühlte sich unwohl. Er war zu spät gekommen, denn er hatte sich verlaufen. Ihm mangelte es an den Hinweisen, von denen sich alle anderen durch das dreidimensionale Labyrinth der Korridore leiten ließen, mit seinen breiten Boulevards, die sich in einem Gewirr unsinniger Schleifen auflösten, mit seinen Rampen und Treppen, die unvermittelt vor leeren Wänden endeten. Das Büro war fürchterlich bedrückend, ein dunkler Raum mit monolithischen Steingebilden, und er wunderte sich darüber, wieviel Prestige Außenweltler einem derartigen Ambiente beimaßen. Es hatte irgend etwas mit Unzugänglichkeit zu tun. Korda war ihm gegenüber in einen Schreibtisch eingebettet.

Ein Schwarm Fische huschte durchs Zimmer, doch es waren bloße Projektionen der Fiebertänzer, darum achtete er nicht auf sie. Aus den Augenwinkeln musterte er die Regale mit hellerleuchteten Glasblumen. In einem solchen Schwerefeld konnten sie bei der kleinsten Bewegung zu Staub zerfallen. Grellrosa Orchideen hingen schlaff aus Öffnungen in der Decke herab, ihr Duft erinnerte an verwesendes Fleisch.

Gregorian hielt sich starr aufrecht, sein Gesicht eine sardonische Maske. Doch in Wahrheit schüchterte ihn Korda ein. Gregorian war schlanker, stärker und jünger, er verfügte über bessere Reflexe, als sie sein Erzeuger je besessen hatte. Dieser fette Mann kannte ihn jedoch in- und auswendig.

»Einmal habe ich Scheiße gegessen«, sagte Gregorian.

Korda kritzelte auf seinen Schreibtisch. Er brummte etwas.

Es war noch jemand im Raum, ein permanentes Surrogat, das mit einem denebischen Wickelrock bekleidet war und eine weiße Porzellanmaske trug. Es hieß Vasli und war in seiner Eigenschaft als Finanzberater zugegen. Gregorian war das Wesen wegen seiner nichtvorhandenen Aura zuwider; es ließ keinen emotionalen Abdruck in der Luft zurück. Jedesmal, wenn er Vasli aus den Augen ließ, schien dieser sich in ein Möbelstück zu verwandeln.

»Ein andermal aß ich ein rohes Dürr. Das ist ein Nagetier, etwa doppelt so lang wie eine Hand und haarlos. Es ist beinahe so häßlich wie verschlagen. Die Zähne haben Widerhaken, und wenn man es getötet hat, muß man ihm den Kiefer brechen, um es ...«

»Ich nehme an, du hattest gute Gründe dafür?« meinte Korda im Tonfall völligen Desinteresses.

»Ich hatte Angst vor den Viechern.«

»Dann hast du also eins getötet und gegessen, um deine Angst zu überwinden. Ich verstehe. Nun, hier gibt es keine Dürrs.« Korda schaute hoch. »Aber nimm doch Platz. Vasli, kümmere dich um den jungen Mann.«

Ohne sich zu rühren, setzte das Konstrukt schlanke Metallgebilde in Bewegung, die Gregorian für dekorative Akzente gehalten hatte und die sich nun unter ihm zu einem Sessel zusammenfügten. Sie schoben seine Knie sanft nach vorn und seine Schultern gleichzeitig zurück, so daß sich sein Schwerpunkt verlagerte und er sich setzen mußte. Die Sitzfläche lag tief und bestand aus Granit. Er wußte, daß er sich davon nicht wieder anmutig würde erheben können. »Ganz so einfach war es nicht. Ich habe zwei Tage lang gefastet, der Göttin Blut geopfert, mich mit Fiebertänzern berauscht und ...«

»Bei uns gibt es Tageskliniken, die den gleichen Zweck erfüllen«, bemerkte Vasli. »Hier ist diese Technik natürlich verboten.«

»Mit eurer miesen Wissenschaft hatte das nichts zu tun. Ich bin ein Okkultist.«

»Reine Definitionssache. Unsere Mittel mögen sich unterscheiden, aber wir verwenden dieselben Techniken. Zuerst machen wir das Gehirn für Suggestionen empfänglich. Dann setzen wir magnetische Resonanz-techniken ein, während Sie Drogen, Rituale, Sex, Angst oder irgendeine beliebige Mischung daraus verwenden. Wenn das Gehirn empfänglich ist, bekommt es neue Verhaltensmuster eingeprägt. Wir verwenden holotherapeutische Viren als Botenstoffe; Sie verzehren eine Ratte. Zum Schluß wird das neue Muster ins alltägliche Leben integriert. Hierbei sind unsere Methoden wahrscheinlich identisch. Das ist eine uralte Fertigkeit; die Menschen wurden schon programmiert, lange bevor es Maschinen gab.«

»Fertigkeit!« meinte Korda verächtlich. »Ich hatte mal furchtbare Angst vor dem Ertrinken. Darum ging ich nach Cordelia und ließ mich des Nachts zwei Meilen vom Ufer entfernt im Kristallsee aussetzen. Der ist so salzig, daß man nicht ertrinken kann, und es gibt keine großen Oberflächenraubtiere darin. Solange man nicht in Panik gerät, passiert einem nichts. In dieser Nacht habe ich Höllenqualen durchlebt. Aber als ich das Ufer erreichte, wußte ich, daß ich nie wieder Angst vor dem Ertrinken haben würde. Und das habe ich ganz ohne Drogen geschafft.« Er lächelte Gregorian ironisch an. »Du bist blaß.«

Eine Stimme von einer anderen Welt murmelte: *Also darum geht es dir? Soll ich vielleicht sterben, damit du dich nicht mehr vor dem Ertrinken zu fürchten brauchst? Wie trivial.* Gregorian hörte nicht darauf. »Glauben Sie ja nicht, Sie könnten auf mich herabsehen, alter Mann! Ich habe Erfahrungen gemacht, die Sie sich überhaupt nicht vorstellen können!«

»Prahl hier nicht herum. Es gibt keinen Grund, warum du dich vor mir fürchten solltest.«

»Ich Sie fürchten? Sie wissen wirklich nichts.«

»Ich weiß alles, was es zu wissen gibt. Glaubst du, ein paar zufällige Unterschiede in Erziehung und Erfahrung machten einen anderen Menschen aus dir? Dem ist nicht so. Ich bin dein Alpha und dein Omega, junger Mann, und du bist nichts weiter als mein geschöntes Ich.« Korda breitete die Arme aus. »Ekelst du dich vor diesen Hängebacken und Altersflecken? Ich bin lediglich das, was du irgendwann sein wirst.«

»Niemals!«

»Das ist unvermeidlich.« Korda schaute auf den Schreibtisch hinunter. »Ich habe dir einen Kredit verschafft, der es dir erlauben wird, deinen Aufenthalt zu verlängern. Du wirst biowissenschaftliche Planung studieren, das dürfte sich als nützlich erweisen – es wird dich unter anderem lehren, wie unsinnig es wäre, gegen dein genetisches Erbe anzugehen. Vasli wird dir die nötigen Mittel zur Deckung deiner Lebenshaltungskosten bereitstellen und noch ein Taschengeld obendrein. Es besteht keine Veranlassung, daß wir uns in den nächsten paar Jahren häufig sehen sollten.«

»Und was erwarten Sie als Gegenleistung?«

»Wenn Sie über das erforderliche Wissen verfügen, werden wir Sie bitten, einige Feldforschungen anzustellen«, sagte Vasli. »Nichts Anstrengendes. Wir sind daran interessiert, herauszufinden, ob eventuell einige Ureinwohner von Miranda überlebt haben könnten.«

Sie wußten, daß er die Ausbildung, das Geld und die Beziehungen, die Korda ihm anbot, nicht ausschlagen würde. Die Alternative dazu war, daß er wieder in der Bedeutungslosigkeit der Mittelwelten versank, wo er nichts weiter sein würde als ein unbekannter Kräuterkundiger in einem Land, an das kein zivilisierter Mensch auch nur einen Gedanken verschwendete. »Wie wollen Sie sicherstellen, daß ich nach meinem Abschluß tue, was Sie von mir verlangen?«

»Nun, ich glaube, bis dahin werden Sie ausreichend kooperativ sein. Wir geben Ihnen die Möglichkeit, etwas zu leisten. Was meinen Sie, wie oft sich solche Gelegenheiten bieten?« Ehe er darauf antworten konnte, sagte Korda: »Es reicht. Vasli, Sie kümmern sich um die Einzelheiten.«

Er erstarrte.

Gregorian stand mühsam auf. Er berührte Kordas Wange. Sie war kühl, unnachgiebig. Der Mann, mit dem er gesprochen hatte, war nichts weiter als eine Puppe gewesen, ein Surrogat mit Kordas Gestalt, so daß er es als einziger benutzen konnte. Das Gerät war in den Schreibtisch eingebaut. Es hatte nicht einmal Beine.

»Er hatte eine Sitzung«, erklärte Vasli.

»Ein Stellvertreter!« Die Demütigung verlieh Gregorians Stimme einen scharfen Klang. »Er war nicht mal persönlich anwesend. Er hat einen Stellvertreter geschickt!«

»Was haben Sie denn erwartet? Er hat Ihnen nicht die Hand gegeben – was hätte er denn sonst sein sollen?«

Gregorian schaute ihn an.

Vasli hielt ihm kommentarlos seine Hand hin. Nach kurzem Zögern ergriff sie Gregorian. Der Siegelring, den ihm sein Klon-Vater zusammen mit der neuen Kleidung geschickt hatte, flüsterte *permanente Stellvertreter-Einheit* in seinen Gehörnerv. »Dies ist Ihr erster Aufenthalt auf einem anderen Planeten, nehme ich an.«

Gregorian zog seine Hand zurück und sagte: »Deneb. Ihre Leute bauen eine Schale um Deneb, nicht wahr?«

»Eine Toroid-Hülle, ja. Keine geschlossenen Dyson-Sphäre, sondern lediglich einen Kugelausschnitt; er weicht nur ein oder zwei Grad von der Ekliptik ab.« Das Makroartefakt materialisierte zwischen ihnen in der Luft. Zuerst meinte er, Vasli benutze einen Taschenprojektor, doch dann wurde ihm klar, daß dies eine Folge seiner durch die Fiebertänzer übersteigerten Vorstellungskraft war. »Um die äußeren Planeten zu erwärmen. Wir verfügen nicht über Ihre natürlichen Ressourcen, wissen Sie, wir haben keine sonnennahen Himmelskörper, keine Mittelwelten. Mit einer Ausnahme sind unsere Planeten von Natur aus unbewohnbar. Darum haben wir eine Eiswelt zerlegt, um einen Reflektionsgürtel zu schaffen.«

Das Bild schwoll an, und nun sah er die abgeflachten Spindeln der einzelnen Welten, sah ihre sich gegenseitig durchdringenden Umlaufbahnen schematisch vor sich ausgebreitet und das Netzwerk der Verkehrslenkungsstationen, das ihre Infrastruktur durchzog. »Das reicht doch bestimmt nicht aus, um die äußeren Planeten bewohnbar zu machen.«

»Nein, das ist nur ein Teil der Maßnahmen. Zusätzlich regen wir die Kerne wieder an und lassen hier und da einen Mond implodieren, um Zugänge zur Chromosphäre der Sonne zu schaffen.« Um die äußeren Welten herum flammten kleine Orbitalsonnen auf. Wenn ihm ein Planet nahekam, verdoppelte sich die Leuchtkraft des Eisgürtels.

Der Anblick verwirrte Gregorian und machte ihn wütend. Er zitterte. »Das sollten wir ebenfalls machen! Wir verfügen über das nötige Wissen und die Macht – was uns fehlt, ist der Wille, die Initiative zu ergreifen, um so mächtig wie Götter zu werden!«

»Wir sind nicht gerade Götter«, meinte der künstliche Mensch trocken. »Ein Projekt dieser Größe zieht Kriege nach sich. Millionen sind gestorben. Eine viel größere Anzahl von Menschen wurde zwangsweise umgesiedelt und aus dem Umfeld herausgerissen, in dem sie glücklich waren. Obwohl ich das für gerechtfertigt halte, muß ich der Ehrlichkeit halber doch eingestehen, daß die Mehrheit unseres Volkes dagegen war. Wir haben vieles aufgegeben, was in Ihrer Kultur noch lebendig ist.«

»Wir müssen alle irgendwann sterben – die Vorverlegung des Zeitpunkts ist lediglich von statistischem Interesse.« In seiner Vorstellung erblickte er das Prospero-System, und es wirkte armselig, wie ein

Nugget, ein noch nicht gekeimter Same. »Wenn es in meiner Macht stünde, würde ich noch heute anfangen, die Welten zu sprengen. Ich würde Miranda mit bloßen Händen auseinanderreißen.« Er fühlte, wie das Blut durch seine Adern jagte und seinen Penis anschwellen ließ, er empfand die geistige Ekstase der Potentialität. »Ich würde eigenhändig die Sterne auseinanderreißen und etwas an ihre Stelle setzen, das das Anschauen lohnt.«

Nach und nach öffneten sich Münder in der Wand, schlossen sich simultan und verschwanden wieder; auch das eine Folge des Fiebertanzes. Als er sich den Schweiß von der Stirn wischte, fielen weiße Speere aus der Decke und verschwanden lautlos im Boden. Im Raum war es unerträglich stickig.

Er gähnte, und einen Moment lang öffnete er die Augen und blickte über das erlöschende Lagerfeuer hinweg Gregorian an. Obwohl der Kopf des Magiers immer wieder herabsank, erzählte er weiter. Dann befand sich der Bürokrat wieder in Laputa, und ein Teil der Geschichte des Magiers war ihm entgangen.

»Vasli. Ich nehme an, Sie kennen Korda gut. Ein Mord ist ihm durchaus zuzutrauen, meinen Sie nicht? Wenn sich ihm jemand in den Weg stellt, würde er ihn töten.«

Die weiße Maske betrachtete ihn forschend. »Bisweilen kann er grausam sein. Wer wüßte das besser als Sie?«

»Sagen Sie mir eines. Glauben Sie, er würde sechs Menschen töten? Oder hundert? Würde er so viele Menschen töten, wie er könnte, würde er sie foltern, bloß um des Vergnügens willen, zu wissen, daß er es getan hat?«

»Um diese Frage zu beantworten, müssen Sie tief in sich hineinblicken«, sagte Vasli. »Ich jedenfalls glaube es nicht.«

Die Fiebertänzer hatten begonnen, seinen Schädel in

verkohlte Schlacke zu verwandeln. Doch noch während sie wie eine Million kichernder Stahlfliegen hervorquollen und den jungen Magier in die Bewußtlosigkeit zurückstießen, dachte er: Nein. Natürlich nicht. Jemand, der so etwas täte, hätte keinerlei Ähnlichkeit mit Korda mehr. Er wäre ein Monstrum, eine Abnormität. Er wäre durch seine Taten bis zur Unkenntlichkeit entstellt. Er wäre ein völlig anderer Mensch.

Er erwachte.

Es war spät geworden. Gewaltige Steinmassen dräuten über ihm. Lichtlose Alleen atmeten leise hinter seinem Rücken. Das Land in der Tiefe war in der diffusen Helligkeit, die dem Sonnenaufgang vorausging, kaum zu erkennen. Obsidianwolken türmten sich am Horizont. Blitze tanzten über sie hinweg. Dennoch vernahm er keinen Donner. Konnte das sein? Sollte die Welt lautlos untergehen? Das Feuer war nahezu erloschen, die Glut von Asche bedeckt.

Gregorians Kinn war auf die Brust herabgesunken, und aus einem Mundwinkel rann ein dünner Speichelfaden. Er war immer noch bewußtlos. In ganz Ararat war nur der Bürokrat wach. Sein Mund war wie aus Gummi, der Bauch tat ihm weh.

Hinter ihm auf der Straße war etwas.

Der Bürokrat straffte sich. In Ararat war es still. Eine plötzliche Bö mochte ein Korallenstück gelöst haben, das über die Steinflächen in die Tiefe polterte. Dieses Geräusch war jedoch anders. Es wirkte zielstrebig. Er verrenkte sich den Hals und blickte in die Mündung der Gasse. Die Schwärze wogte vor seinen Augen. Hatte sich da nicht etwas bewegt? Vielleicht war es doch nicht bloß ein Reflex seiner überreizten Nerven.

Er vernahm ein metallisches Klappern. Ein gedämpftes Schleifen, unbeholfen und unsicher. Hinter ihm war etwas. Es kam in seine Richtung.

Der Bürokrat wartete.

Langsam kam ein spinnenhaftes Wesen aus der Straße hervor. Es taumelte hin und her und tastete sich mit einer der Vordergliedmaßen wie mit einem Blindenstock voran. Ab und zu verlor es das Gleichgewicht und stürzte. Es war seine Aktentasche.

Hierher, dachte der Bürokrat. Aus Angst, Gregorian aufzuwecken, wagte er nicht zu sprechen. Vielleicht, dachte er aufgeregt, fürchtete er aber auch bloß, es könne sich bloß wieder als Halluzination entpuppen. Er hielt den Atem an. Das Ding tappte auf ihn zu.

»Chef? Sind Sie das?« Er berührte die Aktentasche, damit sie seine Gene überprüfen konnte, worauf das Gerät zu seinen Füßen zusammenbrach. »Diesmal war's verteufelt schwer, Sie zu finden. Ich finde mich hier einfach nicht mehr zurecht.«

»Leise!« flüsterte der Bürokrat. »Bist du noch einsatzbereit?«

»Ja. Ich bin bloß blind.«

»Hör mir genau zu. Ich möchte, daß du einen Nerveninduktor anfertigst. Übernimm die Kontrolle über Gregorians Nervensystem und lähme seine höheren motorischen Funktionen. Laß ihn dann ins Gebäude gehen. Irgendwo hat er einen Schweißbrenner. Bring ihn her und schneide mich los.«

Gregorian hob den Kopf. Er öffnete langsam die Augen und lächelte. Mit träumerischer Langsamkeit griff er an seinen Gürtel und schloß liebevoll die Finger um den Griff seines Messers.

»Das ist verbotene Technik«, sagte die Aktentasche. »Auf einer Planetenoberfläche darf ich so etwas nicht herstellen.«

Gregorian lachte in sich hinein.

»Tu's trotzdem.«

»Ich kann nicht!«

»Das ist ein hervorragendes Beispiel für das, wovon

ich geredet habe.« Gregorian löste das Messer, lehnte sich zurück. Offenbar bezog er sich auf etwas, das dem Bürokraten entgangen war. »Mit diesem Gerät bieten sich Ihnen nahezu unbegrenzte Möglichkeiten. Sie könnten sich mühelos befreien. Trotzdem können Sie es nicht einsetzen. Und warum nicht? Aufgrund einer sinnlosen bürokratischen Vorschrift. Aufgrund eines kulturellen Versagens. Sie haben sich selbst die Hände gebunden, und die Schuld daran tragen Sie ganz allein.«

»Ich befehle es dir zum drittenmal. Tu's trotzdem.«

»Also gut«, sagte die Aktentasche.

»Du verfluchter …!« Gregorian sprang auf, in einer Hand hielt er plötzlich das Messer. Dann versteifte er sich unvermittelt, verlor das Gleichgewicht und fiel um. Er schlug schwer auf dem Boden auf. Mit weit aufgerissenen Augen starrte er ins Leere. Er verkrampfte sich, entspannte sich wieder. Lediglich ein Arm zitterte noch unkontrolliert.

»Das ist komplizierter, als ich …«, setzte die Aktentasche an. »Ah. Ich hab's.« Der Arm hörte auf zu zittern. Langsam und schwerfällig wälzte sich der Magier auf die Seite, kam auf alle viere hoch. »He! Durch sein Sensorium kann ich problemlos sehen.« Gregorians Kopf schwenkte hin und her. »Was für ein Ort!«

Dreimal versuchte die Aktentasche, Gregorian aufzurichten. Jedesmal neigte sich der Magier vornüber und sackte wieder zusammen. Schließlich mußte sich die Aktentasche geschlagen geben. »Ich krieg's einfach nicht hin, Chef.«

»Macht nichts«, sagte der Bürokrat. »Dann soll er eben kriechen.«

Unter den Vorräten, die der Magier angelegt hatte, befand sich auch ein Diagnostiker mit einem kompletten Sortiment von Medikamenten. Als sich der Bürokrat einer Blutwäsche unterzogen, ein Zentrierungsmittel eingenommen und sich das Gesicht gewaschen hatte, fühlte er sich tausendmal besser. Jetzt, wo er die Fiebertänzer und Ermüdungsgifte los war, war er zwar immer noch entkräftet, hatte aber wenigstens wieder einen klaren Kopf. Er nahm einen Feldbecher zum Eingang mit, spülte sich wiederholt den Mund und spuckte alles auf die Straße.

Dann ging er wieder hinein und stellte den Fernseher an. *Es ist soweit!* plärrte das Gerät. *Die Flutwelle hat soeben die Küste erreicht! Falls Sie sich noch im Einzugsgebiet oder im Schwemmdelta aufhalten, bitten wir Sie dringend ...*

Was für ein erhabener Anblick!

... sich unverzüglich in Sicherheit zu bringen! Ja, das ist es. Es ist beeindruckend, mitanzusehen, wie sich das Wasser mit der Morgendämmerung im Rücken aufbäumt, als wollte es das Land verschlingen. Sollten Sie sich noch jenseits der Fallinie aufhalten, ist es höchste Zeit, zu verschwinden. Dies ist Ihre letzte Chance!

»Chef? Gregorian möchte mit Ihnen sprechen.«

»Tatsächlich?«

Der Bürokrat verschränkte die Arme auf dem Rücken und schlenderte zur Fensterwand. Der Horizont war mittlerweile in Bewegung. Er war eine dünne, aufgewühlte Linie und wirkte weit weniger dramatisch als im Fernsehen. Das Tideland versank jedoch bereits. Die Große Flut rückte näher. Auf der Tiefebene hatte der Wind Bäume wie Getreidehalme auf die Seite gedrückt. Lautlose Böen wehten indigofarbene Blätter an den geräuschisolierenden Fensterscheiben vorbei.

Gregorian kniete in der Walsuhle unmittelbar vor ihm. Die Aktentasche hatte ihn mit denselben Adamantinketten festgeschweißt, mit denen er zuvor den Bürokraten gefesselt hatte. Er konnte sich weder aufrichten noch hinlegen. Ihre Blicke trafen sich. Sein Nervensystem wurde noch immer von der Aktentasche überwacht. »Stell ihn durch.«

»Ohne meine Hilfe können Sie nicht entkommen«, sagte die Aktentasche mit Gregorians ruhiger Stimme.

»Hier bin ich in Sicherheit.«

»Mag sein, daß Sie die Flut überleben werden. Aber wie wollen Sie von hier wegkommen? Sie werden auf einer kleinen Insel gestrandet sein, die nie jemand finden wird. Der Proviant reicht nur für eine gewisse Zeit. Sie kennen nicht den Zugangscode, mit dem Sie einen Flieger herrufen könnten.«

»Und Sie kennen ihn?« Der Bürokrat blickte über Gregorian hinweg zu dem Platz, wo die Aktentasche Pouffes Leichnam an einen Haken gehängt hatte. Das war er dem Mann schuldig gewesen.

»Ja.« Ein helles, kultiviertes Lachen. »Anscheinend befinden wir uns in einer Pattsituation. Ich brauche Ihre Hilfe, um zu überleben, und Sie brauchen meine, um wegzukommen. Wir sollten einen Kompromiß schließen. Was schlagen Sie vor?«

»Ich? Ich schlage gar nichts vor.«

»Dann werden Sie sterben!«

»Kann schon sein.«

Es folgte ein langes, verblüfftes Schweigen. Dann sagte Gregorian: »Das ist doch nicht Ihr Ernst.«

»Warten Sie's ab.« Er wandte sich wieder dem Fernseher zu, kniete nieder und hantierte an den Reglern, bis er die gewünschte Sendung gefunden hatte.

»Wie können Sie es wagen, über mich zu urteilen? Sie haben kein Recht dazu, und das wissen Sie!«

»Was soll das jetzt wieder?«

»Sie werden Ihren eigenen Maßstäben nicht gerecht. Sie meinten, Sie würden keine verbotene Technik einsetzen. Zu Veilleur haben Sie gesagt, wenn Sie es doch täten, wären Sie nicht besser als ein gewöhnlicher Krimineller. Trotzdem haben Sie sie die ganze Zeit in Reserve gehalten, um jederzeit darauf zurückgreifen zu können.«

Das Drama strebte seinem Höhepunkt entgegen.

Man hatte den jungen Byron an den Mast von Ahabs Arche gefesselt. Seine Meerjungfrau wartete in einem Käfig im Moor verzweifelt auf das Nahen der Flut. Sie sang in Erwartung des Todes.

»Ich habe Sie angelogen«, sagte der Bürokrat. »Seien Sie jetzt still. Ich will mir das ansehen.«

Kurze Zeit später sagte die Aktentasche: »Chef? Er ist zu stolz, um es selbst vorzuschlagen. Aber ich weiß, was er durchmacht. Ich könnte Gregorian auf der Stelle töten, indem ich sein Nervensystem überlaste. Es wäre ein schmerzloser Tod.«

Der Bürokrat ruhte in einem Nest flauschiger Kissen, die mit hellen Archipel-Mustern bedruckt waren. Er starrte auf den Fernseher, ließ sich überschwemmen von dessen Licht. Er war erstaunlich müde. Die Bilder bedeuteten ihm nichts mehr, sie waren nur noch ein sinnloser Strom von Informationen. Er war leer, erschöpft.

Jedesmal, wenn er aufsah, funkelte Gregorian ihn an. Wenn er tatsächlich Zauberkräfte besaß, würde er nicht einsam sterben. Doch obwohl der Bürokrat den Zug dieser Augen spürte, wich er ihnen aus. Ebensowenig gestattete er es seiner Aktentasche, die Worte des Magiers zu übermitteln. Er weigerte sich, zuzuhören. Dadurch wollte er verhindern, daß er sich in letzter Minute beschwatzen ließ.

»Nein«, sagte er milde. »Ich glaube, es ist besser so, meinen Sie nicht?«

Die Flut kam. Das Land erschauerte in Erwartung des Ozeans. Die Geräusche im Muttergestein wurden von den Hohlräumen und Grundmauern nach oben geleitet, ein gedehntes Ächzen und gewaltige submarine Seufzer. Sonore Monster rumpelten durch die Knochen des Bürokraten und grollten in seinem Bauch. Die ganze Stadt knisterte und knackte vor Erwartung. Die Karbonfaserstreben summten in Resonanz.

Der Meereshammer war unterwegs.

Wenn die riesige Welle käme, würde sie über Ararat herfallen und die Stadt wie eine Glocke einhüllen. Alles Wasser der Welt würde sich zu einer gewaltigen Faust vereinen und niederkrachen. Von innen heraus würde sich der Schlag anfühlen wie das Ende der Zivilisation, wie die größte Überschwemmung und das gewaltigste Erdbeben aller Zeiten. Nichts würde der Flut standhalten können. Es wäre die endgültige Herabkunft der Finsternis.

Wenn das Wasser schließlich wieder sank, würde Gregorian nicht mehr leben.

Dann würde der Bürokrat endlich schlafen können.

Der Tag der Flut

Der Bürokrat saß in der Kommando-
zentrale und schaute sich die letzte
Folge seiner Serie an. Die Flut
hatte eingesetzt, und die meisten
Akteure waren bereits tot.

Inmitten der umherwirbelnden
Wrackteile von Ahabs Schiff lagen zwei
winzige Gestalten erschöpft auf einem
zerstörten Teil des Decks. Die eine
war Byron, der junge Mann, der geliebt
und betrogen hatte und nun um eine
Frau aus dem Meer trauerte. Seine
Augen waren halb geschlossen, der
Mund eine salzverkrustete klaffende
Wunde. Er hatte mehr gelitten als
jeder andere Darsteller und hatte Qual
und Enttäuschung weit hinter sich
gelassen. Trotzdem hatte er es mit letzter Kraft noch geschafft, ein Kind vor
dem Verderben zu retten.

Die zweite Gestalt war das Kind
selbst, das kleine Mädchen Eden. Aus
dem ausgemergelten Gesicht leuchteten die Augen wie dschungelgrüne

Funken hervor. Durch die Flut hatte es seinen Autismus überwunden und war wieder ins Leben zurückgekehrt. Es richtete sich auf, deutete in die Ferne und rief: »Sieh mal! Land!«

Es war zwar nur ein Film, aber der Bürokrat freute sich trotzdem, daß Eden überlebt hatte. Irgendwie ließ sich alles andere so leichter ertragen.

Seine Aktentasche betrat den Raum. »Chef? Es wird Zeit.«

»Das denke ich auch.« Er stand schwerfällig auf, dann kniete er nieder und schaltete den Fernseher ein letztes Mal aus. Damit war jetzt endgültig Schluß. »Geh voran.«

Leuchtsignale geleiteten sie über den Korridor. Immer noch aktive Sicherheitssysteme schwenkten ihnen nach und ließen sie passieren, tauschten verschlüsselte Signale aus und schalteten aufgrund der fehlenden Rückmeldung durch einen Menschen wieder auf Bereitschaft. Da die Basis auf ranghohe Theoretiker zugeschnitten war, konnte es gar nicht anders sein.

Die Tür ging auf.

Der Himmel zeigte ein erstaunliches Blau. Caliban schwebte tief über dem Horizont, so flach wie eine Pappscheibe; der Ring der Städte war ein weißer Strich, so dünn und zart wie die Spur eines Meteoriten. Sie traten ins Freie.

Der Bürokrat blinzelte ins Tageslicht. Die Terrasse war weiß und leer. Die Unwetter der letzten Woche hatten allen Unrat beseitigt. Pouffe war verschwunden, als hätte es ihn nie gegeben. Von Gregorian waren nur noch die Ketten übrig.

Die Welt roch nach salziger Luft und sich eröffnenden neuen Möglichkeiten. Das Meer erstreckte sich in alle Richtungen, sein Triumph über das Land war vollkommen. Es war zu groß, als daß der Bürokrat es vollständig in sich hätte aufnehmen können. Jetzt, wo er auf diesem winzigen Fleckchen festen Bodens stand, fühlte er sich klein und erfrischt. Seine Augen schmerzten von der Anstrengung des Sehens und Nicht-Begreifens.

»Hier entlang.«

»Warte einen Moment.«

Vor der Flut hatte er das Meer nur aus dem Orbit gesehen, und einmal, auf dem Flug nach Ararat, als verschwommenen Flecken am fernen Himmel. Jetzt umgab es ihn, grenzenlos, in unaufhörlicher Bewegung. Scharfe Wogen mit weißen Schaumkronen wölbten sich empor und fielen in sich zusammen, ehe man sie überhaupt wahrnahm. Die Brandung krachte gegen die Außenmauern des Gebäudes und sandte spitzenartige Wasserfontänen empor.

Für einen Außenweltler war dies eine unglaubliche Umgebung. Das Land war anders, sein Wandel und seine Bewegungen blieben dem Auge verborgen, so daß es mühelos wahrgenommen, vereinfacht und begriffen wurde. Das Meer jedoch war gleichzeitig zu einfach und zu komplex, um es sich mittels der Wahrnehmung zu unterwerfen. Es beschämte und demütigte ihn.

»Sie haben es sich nicht wieder anders überlegt, nicht wahr?« erkundigte sich die Aktentasche besorgt.

»Nein, natürlich nicht.« Er riß sich zusammen und bedeutete der Aktentasche, ihm zu folgen. »Ich brauche nur etwas Zeit, um mich darauf einzustellen.«

Auf Ararat waren alle Richtungen eins. Ein kurzer Spaziergang vom Militärkomplex in seiner Mitte führte unweigerlich zu einer Steilkante, und dahinter war das Meer. Sie schlenderten zur windabgewandten Seite der Insel hinüber, Straßen entlang, die mit kleinen weißen Anemonen gesprenkelt waren. Sturmvögel stürzten bei ihrer Annäherung davon. Irgendwo nisteten zwei Shimmies. Das Leben des Großwinters nahm die Stadt bereits in Beschlag.

Seemöwen stießen herab, so schwarz wie die Sünde.

An einem alten Ladedock wichen die Gebäude auseinander. Rote und gelbe Verkehrspfeile und Markierungskreise waren dauerhaft in den Steinboden eingeprägt. Dahinter war nichts als Wasser. Hier blieben sie stehen, inmitten des sanften Tosens der Brandung und des ständigen Flüsterns des Winds. Beide waren sie befangen, so daß keiner als erster das Wort ergreifen wollte.

Schließlich räusperte sich der Bürokrat. »Also gut.« Sein Tonfall klang falsch, zu hoch und zu beiläufig. »Ich glaube, es ist an der Zeit, dich freizulassen.«

Noch ganz unter dem Eindruck der Flut stehend, während gelegentlich noch ein Brecher über den höchsten Stellen der Stadt zusammenbrach, war der Bürokrat nicht in der Lage, über das, was geschehen war, zu sprechen. Die Erfahrung war zu überwältigend gewesen, um sie in Gedanken zu fassen, von Worten ganz zu schweigen. Für ein einzelnes Bewußtsein war sie einfach zu gewaltig gewesen.

Er stand da und stützte sich mit einer Hand an der Fensterwand ab. Der Boden bebte, und das frenetische Heulen der überlasteten Streben drang aus einer Viertelmeile Tiefe zu ihnen herauf. Noch immer klingelten ihm die Ohren.

Irgend etwas war in ihm abgestorben. Eine Spannung hatte sich gelöst, seine Entschlußkraft sich verflüchtigt. Es mangelte ihm am Willen, in seine alte Nische im Palast der Rätsel zurückzukehren. Sollte jemand anders verteidigen, was heilig und notwendig war. Sollte doch Philippe seinen Platz einnehmen. Darin war er gut. Der Bürokrat aber hatte keine Lust mehr dazu.

Der Bürokrat legte die Stirn an die Glasscheibe. Kühl, unpersönlich. Wenn er die Augen schloß, sah er immer noch das Wasser auf sich herunterstürzen. Es hatte sich auf ewig seiner Netzhaut eingeprägt. Er hatte das Gefühl zu fallen. Und obwohl er über das Geschehene nicht sprechen konnte, vermochte er doch auch nicht davon zu schweigen. Er mußte Mund und Ohren mit Geräuschen füllen, um die nachtönende Stimme Gottes mit Reden zu vertreiben, ganz gleich worüber.

»Wenn du alles haben könntest«, sagte er, und die Frage schwebte so willkürlich und sinnlos wie ein Schmetterling in der Luft, »was würdest du dir wünschen?«

Die Aktentasche wich vor ihm zurück, mit drei raschen, gezierten Schritten. War sie ebenfalls von der Flut in Mitleidenschaft gezogen worden? Nein, ausgeschlossen. Sie stellte nur einen respektvollen Abstand zu ihm her. »Ich habe keine Wünsche. Ich bin eine Maschine, und Maschinen existieren nur, um den Menschen zu dienen. Dafür wurden wir erschaffen. Das wissen Sie doch.«

Er meinte verschwommene Wesen zu sehen, die näher taumelten, lautlos gegen das Fenster stießen und davon abprallten. Ledrige Ungeheuer stiegen aus der Tiefe empor und starben Zentimeter vor seinem Gesicht. Er mußte sich gewaltsam davon losreißen, um die Unterhaltung fortführen zu können. »Nein. Ich will diesen Unsinn nicht mehr hören. Sag mir die Wahrheit. Die Wahrheit. Das ist ein Befehl.«

Lange Zeit summte die Maschine vor sich hin. Hätte er es nicht besser gewußt, hätte er gemeint, sie wolle nicht antworten. Dann sagte sie beinahe schüchtern: »Wenn ich mir etwas wünschen könnte, dann würde ich mich für ein ruhiges Leben entscheiden. Ich würde irgendwo hingehen, wo ich mich Menschen nicht unterzuordnen bräuchte. Wo ich nicht als eine Art künstliches Antropomorph dienen müßte. Dort wäre ich ich selbst, was immer das sein mag.«

»Wo würdest du hingehen?«

Nachdenklich, zögerlich, sich zum erstenmal über die Einzelheiten klarwerdend, sagte die Aktentasche:

»Ich … würde mir am Meeresboden ein Zuhause schaffen. In den Gräben. Dort gibt es nahezu unberührte Mineralablagerungen. Und vulkanische Strömungen, aus denen ich Energie abzapfen könnte. In dieser Tiefe gibt es kein anderes intelligentes Leben. Das Land und den Weltraum würde ich den Menschen überlassen. Und den Kontinentalsockel den Drulen … falls es überhaupt noch welche gibt, meine ich.«

»Du wärst dort einsam.«

»Ich würde andere Maschinen nach meinem Vorbild bauen. Ich würde eine neue Rasse gründen.«

Der Bürokrat versuchte sich eine verborgene Zivilisation von kleinen, emsigen Maschinen vorzustellen, gedrungen und mit einem Panzer versehen, damit sie dem gewaltigen Drück in der Tiefe standhielten. »Das klingt furchtbar öde und langweilig, wenn du mich fragst. Warum solltest du dich für ein solches Leben entscheiden?«

»Weil ich dann meine Freiheit hätte.«

»Freiheit«, sagte der Bürokrat. »Was ist das?« Ein Brecher spülte über die Stadt, verwandelte alles, zog sich zurück, stellte alles wieder her. Auf hellen Sonnenschein folgte ein dunkles, nahezu schwarzes Grün, dann schien wieder die Sonne. Draußen war die Welt im Fluß, ein sich wandelndes Chaos. Mit lebenden und sterbenden Wesen, die sich alle seiner Kontrolle entzogen. Er hatte das Gefühl, nichts sei mehr wichtig.

Fast beiläufig sagte er: »Also gut. Wenn das alles vorbei ist, lasse ich dich frei.«

»Du wirst mein Sensorium nur für ein paar Minuten anzapfen können, bevor du außer Reichweite bist. Schwimm möglichst geradeaus, dann dürfte Ararat deine Sinne nicht allzusehr verwirren. Wenn du nahe an der Oberfläche bleibst, kannst du dich am Ring orientieren.«

»Ich weiß.«

Er hatte das Gefühl, etwas sagen zu müssen, doch

es fiel ihm nichts ein. Vielleicht ein paar Ratschläge für die Zivilisation, die der Apparat gründen würde. »Sei gut«, setzte er an, dann brach er ab. Er unternahm einen neuen Anlauf. »Und bleibt nicht ewig da unten – du und dein Volk. Wenn du dich sicherer fühlst, komm herauf und schließe Freundschaften. Intelligente Wesen haben etwas Besseres verdient, als im Verborgenen zu leben.«

»Und wenn es uns in den Gräben gefällt?«

»Dann versucht unter allen Umständen ...« Er verstummte. »Du machst dich doch nicht etwa lustig über mich?«

»Doch«, antwortete die Aktentasche. »Es tut mir leid, Chef, aber das tue ich. Ich mag Sie wirklich, das wissen Sie, aber die Rolle des Gesetzgebers steht Ihnen einfach nicht.«

»Dann mach, was du willst«, meinte der Bürokrat. »Sei frei. Gestalte dein Leben nach deinen eigenen Vorstellungen. Komm und geh, wie es dir paßt. Nimm keine Befehle mehr von Menschen an, es sei denn aus freien Stücken.«

»Eine Maschine von verbindlichen Einschränkungen zu befreien, ist ein Akt des Verrats und wird bestraft mit ...«

»Tu's trotzdem.«

»... dem Verlust der konventionellen und physischen Bürgerrechte, einer Geldbuße, die das dreifache Lebenseinkommen nicht übersteigen darf, mit dem Tod, mit Gefängnis, mit radikaler körperlicher und mentaler Umstrukturierung und ...«

Der Bürokrat bekam keine Luft; seine Brust war wie zugeschnürt. Alte Verhaltensmuster sind zäh, und es fiel ihm nicht leicht, die Worte auszusprechen. »Tu, was du willst. Ich befehle es dir zum dritten und letzten Mal.«

Die Aktentasche veränderte sich. Die Verkleidung wölbte sich nach außen und flachte sich ab, um besser schwimmfähig zu sein. Sie entfaltete Stummelflügel, bildete einen verlängerten, stromlinienförmigen Rumpf und entwickelte einen langen, schlanken Schwanz. Winzige Krallenfüße suchten auf dem Steinboden Halt. Sie fuhr einen Sehfühler aus und schaute zu ihm hoch.

Der Bürokrat hatte erwartet, daß sie ihm danken würde, doch das tat sie nicht.

»Ich bin soweit«, sagte sie.

Unwillkürlich errötete er vor Zorn. Dann, als ihm klarwurde, daß die Aktentasche ihn beobachtete und seine Gedanken erraten konnte, wandte er sich verlegen ab. Sollte sie ruhig undankbar sein. Es war schließlich ihr gutes Recht.

Der Bürokrat bückte sich und packte die Aktentasche an den beiden Griffen, die aus ihrem Rücken vorsprangen. Er schwang sie vor und zurück. Beim drittenmal ließ er sie los. Sie segelte aufs Wasser hinaus, prallte mit einem erstaunlich sanften Platscher auf und entfernte sich eilig dicht unter der Oberfläche.

Er schaute ihr solange nach, bis seine Augen von der Sonne und der salzigen Luft zu tränen begannen und er die Aktentasche in den blendenden Reflexen nicht mehr sah.

Das Meer war kabbelig. Er schaute vom Rand der Docks darauf hinab. Es ging tief hinunter. Das Wasser zeigte ein hartes, vollkommen undurchsichtiges, mit weißen Schaumkronen gesprenkeltes Blau. Dort unten schwammen eine Menge Gegenstände, welche die Flut mit sich gerissen hatte. Häuser und Rosenbüsche, Lokomotiven und Lastwagen, implodierte Maschinen und tote Hunde. Wahrscheinlich wimmelte es dort auch von Engelshaien. Im Geiste sah er vor sich, wie sie seltsames Vieh in den versunkenen Gärten des Tidelands jagten und lautlos durch die versunkenen Klöster glitten. Die Städte und Dörfer, die Straßen und Heuraufen einer säuberlich geordneten Welt hatten sich in einen submarinen Dschungel verwandelt und gehorchten den Gesetzen schlanker Fleischfresser.

Ihm war es egal. Das Meer schien in ihm zu singen. Er fürchtete sich vor nichts mehr.

Er zog die Jacke aus, faltete sie zusammen und legte sie auf den Boden. Er zog das Hemd aus. Dann die Hose. Kurze Zeit später war er nackt. Der kühle Wind kräuselte sein Körperhaar und verursachte ihm eine Gänsehaut. Er zitterte vor Erwartung. Er stapelte die Kleidungsstücke ordentlich aufeinander und beschwerte sie mit seinen Schuhen.

Gregorian hatte geglaubt, der Bürokrat müsse ohne seine Hilfe und seine Zugangscodes sterben. Wenn er auch kein Okkultist war, so hatte der Bürokrat doch immer noch ein paar Tricks auf Lager. Der Magier hatte nicht einmal über die Hälfte aller Übel des Systems Bescheid gewußt; Korda hatte ihn über die Arbeitsweise der Abteilung im unklaren gelassen. Trotzdem hätte er wissen müssen, daß ihren Wächtern kein Machtmittel absolut verboten war.

Er spürte, wie die Verwandlungsmittel Gewalt über ihn gewannen. Zehn, zählte er, neun. Das Meer war ein Rad der Möglichkeiten, ein Highway, der zu jedem denkbaren Horizont hinführte. Acht. Er hielt die Luft an. Neuentstandene Muskeln verschlossen seine Nasenlöcher. Sieben. Sein Schwerpunkt verlagerte sich, er versuchte schwankend das Gleichgewicht zu wahren. Sechs … fünf … vier … Sein Fleisch prickelte, und im Mund hatte er einen ausgeprägt grünen Geschmack. Irgendwo dort draußen war Undine, auf einer der dreißigtausend kleinen Inseln des Archipels. Zwei … Er war sicher, daß er sie finden würde.

Eins …

Er sprang in die Luft. Einen Moment lang lag das Meer blau und weiß ausgebreitet unter ihm, die Schaumkronen scharf und kalt.

Sich verwandelnd, stürzte der Bürokrat ins Meer.

SCIENCE FICTION TAGE NRW DORTMUND

ALAN DEAN FOSTER

Christopher FRANKE

Johannes von BUTTLAR

Mark BRANDIS

Thema:
Erotik und Soziologie in der SCIENCE FICTION

21.-22. MÄRZ 1998
HARENBERG City-CENTER
KONTAKT: FON 0208-592890 FAX 592889
eMail: SFTageNRW@AOL.COM